트랩 학교에 갇힌 아이들

트랩

학교에 갇힌 아이들

마이클 노스롭 지음 **김영욱** 옮김

 책담

1

우리 일곱 명은 마지막까지 학교에 남아 버스를 기다렸다.

매일 일어나는 평범한 일상으로 들릴 수도 있겠지만, 그날은 그냥 그런 겨울날이 아니었다. 역사의 한복판에 있던 날, 모든 것이 한꺼번에 들이닥친 그 시점, 바로 그때 바로 그 장소에 있었다면, 누구라도 그 사건의 일부가 되었을 것이다. 찾으러 오는 사람이 단 한 명도 없는 운명을 우리와 함께 나누게 되었을 것이다.

그날 그 후로, 일주일 동안 지치지 않고 내린 눈보라가 시작되었다. 이런 엄청난 눈보라는 처음이었다. 지진과 해일처럼 이 역시 자연 재앙이었다. 눈보라만이 아니었다. 그 뒤로 벌어진 모든 일이 대재앙이었다.

전력 공급은 끊어지고, 공항은 폐쇄되었다. 눈보라는 땅바닥을 때리듯 매섭게 휘몰아쳤다. 길은 완전히 통제되었다. 제설기도 서서히 멈춰 섰다. 눈보라가 제설기를 덮쳤고, 후진을 하려 해도 높이 쌓인 눈덩이에 막혀 버렸다. 제설기에 갇힌 채 얼어붙은 운전자만 봐도 눈보라가 어느 정도인지 알 수 있었다.

사람들은 집 안에 몸을 웅크리고 있었다. 눈이 올 때면 으레 그랬지만, 그래 봤자 여섯 시간 내지 반나절, 길어 봤자 하루였다. 하지만 이번에는 달랐다. 눈보라가 동북부 해안 쪽으로 올라와 머뭇거리는 동안 약해지기는커녕 강해졌다. 하강 중이던 거대한 한랭 전선과 북상 중이던 거대한 온난 전선 사이에 끼어 버렸다. 그 결과 대서양 주변에서 생성된 습기가 눈비가 되어 다시 땅으로 떨어졌다.

사람들은 집 안에서 혹은 대피소에서 사태를 지켜보며, 남아 있는 음식을 세고 또 셌다. 사람들은 한결같은 질문을 던졌다.

"이 눈보라가 얼마나 더 오래갈 것 같아요?"

날마다 똑같은 질문이었지만, 첫날에는 전등 밑에서, 며칠 뒤에는 촛불 곁에서, 그 후로는 깜깜한 어둠 속에서 으슬으슬 떨며 물어야 했다.

하지만 그런 사람들은 그마저도 불행 중 다행이었다.

이 사태의 발단부터 우리 곁에는 아무도 없었다. 그저 우리끼리, 창밖을 내다보며 하염없이 내리는 눈을 지켜보았다.

처음에는 고슬 선생님이 우리 곁에 있었다. 고슬 선생님은 역사를 가르치고 미식축구부 보조 코치를 맡고 있는 무뚝뚝한 남자 선생님이었다. 고슬 선생님은 군대를 이끄는 장군처럼 행동했다. 몰라서 그렇지, 어쩌면 군인 출신일 수도 있었다. 선생님은 도움을 요청하러 간다며 어깨로 문을 밀어제치고 밖으로 뛰쳐나갔다. 그 뒤로 다시는 볼 수 없었다.

우리는 기다리는 사람 명단에 고슬 선생님을 추가했다. 전조등을 비추며 눈길을 내고 달려온 차들이 우리를 태우고 집으로 돌아가는 장면을 상상했다. 어른들이 조수석 문을 열며, "올라타라.", "어서 와! 집에 데려다줄게!"라고 외치는 모습도 상상했다.

하지만 우리는 아무 데도 갈 수 없었다. 전조등 따위는 보이지 않았다. 고슬 선생님, 제이슨 아빠, 크리스타 엄마, 우리가 기다리고 있는 그 누구도 오지 않았다. 아무도 우리를 어떻게 해 줄 수 없었다. 오직 우리 일곱 명뿐이었다. 우리 일곱 명과 끝없이 내리는 눈이 전부였다.

2

아침부터 눈이 내리기 시작했다. 나는 2교시 생물 수업이 시작되고 나서야 눈이 내리는 걸 눈치챘다. 어쩌면 1교시가 끝날 즈음 내리기 시작했는지도 몰랐다. 눈이야말로 시간표에 따라 움직이는 포로 신세는 아니니까. 얼핏 보기에는 그다지 많이 내리는 것 같지 않았다. 이번 달엔 이미 많은 눈이 내렸기 때문에 대수롭지 않게 여겼다. 눈송이는 백설탕 알갱이처럼 아주 작고 기운 없어 보였다. 하지만 3교시가 시작될 즈음에는 분위기가 심상치 않았다. 교실 여기저기에서 수군거리기 시작했다.

"오늘 일찍 보내 줄까?"

피트가 물었다. 우리는 공책과 필통 등을 챙겨 시청각 교실로 향했다.

창밖을 내다보았다. 눈송이들은 한껏 부풀어 있었다. 펑펑 쏟아지고 있었고 이미 창틀에 오 센티미터 정도 쌓여 있었다.

"그럴지도. 엄청 올 것 같지 않냐?"

내가 되물었다.

"폭설 온다고 했잖아. 대설주의보! 뉴스도 못 듣고, 어디서 뭐 했냐?"

피트가 물었다.

"학교, 운동, 숙제, 기타 등등. 그래서 빌어먹을 날씨 채널은 못 봤다."

"흠. 봤다면 이 살벌한 날씨에 척스 딱지가 붙은 농구화를 신지는 않았겠지."

나는 운동화를 내려다보았다.

"그러게. 예고대로 큰 놈이 온다면, 학교에서 일찍 보내 주겠지."

"네 생각이 맞길 바란다, 윔스."

피트가 비아냥거렸다.

내 이름은 스코티 웜스다. 나는 스코티로 불리는 게 좋다. 하지만 대부분 사람들은, 심지어 내 친구 녀석들도 날 웜스라고 부른다. 발음하기 쉬워서라는 생각이 들지만, 범생이란 뜻인 웜스를 더 재미있어하는 사람들도 있는 것 같다. 그렇다고 신경에 거슬리는 건 아니다. 실제로 스노티 스트림스(코흘리개―옮긴이) 따위로 불리지 않는 것만으로도 기쁘니까.

아무튼 나는 운동선수이고, 내 성이 뭐라 불리던 마음 편히 갖기로 했다. 꼬맹이 시절부터 농구를 잘하거나 망칠 때마다 사람들이 웜스라고 부르는 소리를 들었다. 지금은 내 농구복 상의 등판에 '웜스'라고 박아 두었다. 관중석에서 사람들이 "웜스! 웜스! 웜스!"라고 외쳐 대는 광경을 상상하면 언제나 짜릿하다. 팬들이 연호하는 이름은 그 어떤 것이든 기분 좋게 들린다.

어쨌든 이게 나다. 내 소개를 한 셈이다. 나를 좀 다르게 보는 사람들도 있을 테고, 좀 더 근사하게 말해 주는 사람들도 있을 테지만, 남들이 뭐라고 하든 신경 쓰지 않는다. 모든 사람들이 남일에 왈가왈부하는 것도 아니니까 신경 끄면 그만이다.

그날은 화요일이었고, 하늘에서 눈이 내리기 직전까지만 해도 내 레이더망에서 가장 중요한 건 농구 시즌이 시작되었다는 사실이었다. 그날 밤, 첫 경기가 홈에서 있을 예정이었다. 그래서 피트가 "오늘 일찍 보내 줄까?"라고 물었을 때, 나는 "오늘 경기가 취소될까?"로 들었다. 피트와 나는 보는 관점이 달랐다.

피트 두보이스는 내 절친이다. 제이슨 길레스피도 함께. 우리 셋은 꽤 친하다. 피트는 지극히 평범하다. 그 녀석 하는 짓이 그렇다. 좀 이상하게 들리겠지만, 피트는 운동을 즐기는 것도 아니고, 그렇다고 '미래의 미국 농부'나 학생회 위원 감도 아니었다. 물론 멋쟁이도 아니고 뛰어나게 머리가 좋은 편도 아니었다. 그렇고 그런 학생일 뿐. 피트는 스탠다드 록을 들었고, 크리스마스나 생일 때 선물로 받은 옷을 가리지 않고 입었다. 하긴 우리 나이에는 그런 무던한 친구가 필요하다. 그러지 않으면, 트집이나 잡는 까칠이라든가 매일 유니폼이나 다름없는 같은 옷을 입는 못난이라든가 음악을 크게 틀어 놓으려고 기를 쓰는 멍청이에게 둘러싸여 지내게 될 테니까.

피트에게 단축 수업이란 집구석에 처박혀 입안에 피자나 쑤셔 넣으면서 비디오 게임으로 때우는 시간이 늘어나는 걸 의미했다. 반면, 내게는 농구 경기가 없는 시즌 동안 연습에 바친 모든 시간이 대가를 받지 못하는 걸 의미했다. 체육관 안에서든 우리 집 앞에서든 도서관 뒤뜰에서든 내가 시도했던 모든 점프 슛이 수포로 돌아가는 걸 의미했다.

농구에 비유하자면, 다른 팀 슈팅 가드가 나를 따라잡아 시간을 끌면서 내 시간을 빼앗는 것과 마찬가지였다.

"경기를 취소하겠지, 보나마나야."

11

나는 피트에게 들리도록 말했다.

"정말? 실망인걸."

녀석이 대꾸했다.

우리는 아홉 살 무렵부터 자전거를 타고 공동묘지를 함께 돌아다니던 동네 친구들이다. 그때나 지금이나 한결같다. 엄마들은 차에 치일 수도 있는 길바닥에서 자전거를 타는 것보다 차라리 죽은 사람들밖에 없는 묘지가 안전하다는 이유로 우리를 공동묘지로 내몰았다.

어릴 적 친구가 여전히 친구라는 게 이상하다는 생각이 들 때가 있었다. 보통 운동을 좋아하는 사내들은 비슷한 부류끼리 무리 지어 다녔다. 나는 농구 선수지만, 피트는 농구를 하지 않는다. 그건 제이슨도 마찬가지다.

외곽 숏을 맡은 나는 흔히 말하는 아웃사이더였다. 몇 명 되지 않는 2학년 중에서 카일 같은 스타도, 조이처럼 내내 벤치 신세도 아니었다. 덕분에 팀 선수들과는 어울려 다니지 않아도 아무런 문제가 없었다. 그들은 내가 전반전 주전 선수로 뛰는 것에 만족했고, 그 정도가 이번 시즌 내 목표이기도 했다.

나와는 달리 한창 좋은 시절을 보내고 있는 내 불알친구, 피트와 제이슨한테까지 내 우정을 증명할 필요는 없었다. 농구 경기마다 숏을 성공할 때마다 그들을 의식할 필요도 없었다. 그럴 이유는 전혀 없었다.

"너한테 할 말이 있어."

스페인 어 시간에 책상을 사이에 두고 앉자마자, 피트가 말했다.

"넌 금요일 댄스파티에 오지 않는 게 어때?"

"왜? 지난번처럼 마리사에게 수작 부리려고?"

나는 여자애들에게 은근히 추접스럽게 구는 녀석의 행동을 트집 잡았다.

"어라, 점잖은 사람을 불한당으로 만드네."

피트는 뭔가를 더 말하고 싶은 눈치였지만, 때마침 수업종이 울렸고 우리의 수다는 중단되었다.

"올라, 클래스."

채니 선생님이 자신만의 독특한 스페인 어 발음으로 말했다.

"올라, 시뇨라 채니."

대부분의 여자애들이 대답했다. 그중 몇 명은 '알(r)' 발음을 굴린다며 턱을 끌어당겼다.

나는 피트를 바라보았다. 피트도 날 쳐다보았다. 두 눈을 크게 뜨고 어깨까지 들썩이는 녀석의 품새는 "내가 무슨 말하려는지 알지?"라고 묻는 것 같았다.

하지만 결국 금요일에 댄스파티는 열리지 않았다.

피트와 나는 스페인 어 수업이 끝나고 제이슨과 마주쳤다. 다른 아이들은 눈 이야기에 한창 빠져 있었다. 그때 하얀 커튼이 바람에 나부끼듯, 백지가 돌돌 말리듯, 흰 눈이 내리고 있었다. 그 순간에도 제이슨은 터무니없는 '프레멘베르퍼'에 대해 말하고 싶어 했다. 그건 제이슨이 매달리고 있던 기술 수업 프로젝트였다.

프레멘베르퍼는 뚜껑 없는 경주용 자동차였다. 제이슨은 반드시 움직이게 한다며, 기술 시간마다 열심히 부품을 조립했다. 녀석은 한 학기 내내 그 작업에만 몰두했다. 만일 제대로 작동하지 않는다면, 공들인 노력이 물거품이 될 판이었다. 녀석은 아주 멋질 거라며 떠벌리고 다녔다. '완성만 되면', '제대로 움직이면', '어찌어찌 하기만 하면', 그러면서…….

"애들아, 이리 와 봐. 우리한테 적합한 장소가 있어."

제이슨이 말했다. 실습실에서 전동 공구를 가지고 놀자는 뜻이었다.

프레멘베르퍼는 화염 방사기에 해당하는 독일어다. 제이슨 덕분에 알게 된 유일한 독일어였다. 나는 독일어는 젬병이다. 스페인 어도 고전을 면치 못하는 처지였다.

제이슨은 나뿐 아니라 자신이 아는 모두에게, 프레멘베르퍼에 대해 한 번 이상 설명했다. 보통 '독일 무기'라고 하면 제2차 세계대전을 떠올릴 것이다. 혹은 지금껏 보아 온 온갖 전쟁 영화를 떠올리겠지. 그런 영화들을 보면, 제이슨에 대해 조금 더 알 수 있다. 나치스도 뭐도 아니지만, 제이슨은 전쟁과 군대에 관한 것이라면 환장을 했다. 열 살짜리 사내아이들이 빠져 있는 것과는 차원이 달랐다. 내 말은, 우리도 한때는 아무것도 모르는 열 살이 었지만, 이젠 뭘 좀 알 만한 열여덟이란 뜻이다. 저렇게 미쳐 있다는 건 정신이 조금 위험하다는 신호가 아닐까? 평소에도 제이슨은 사람을 지치게 만드는 경향이 있었다. 아무것도 모르는 철부지 어린애도 아니면서, 악질 선생님만큼 심하게 사람을 들볶았다. 솔직히 녀석과 내가 꼬맹이 때부터 알고 지내지 않았다면, 나도 벌써 뚜껑이 열렸을 것이다.

제이슨의 성격을 나타내는 좋은 예: '장거리, 그곳에 그대로 있는 것이 차선(次善)'라는 문구가 적힌 긴 소매 파란색 티셔츠를 입고 있다. 그 문구는 전화 회사의 구닥다리 슬로건이다. 하지만 제이슨의 셔츠에는 그 문구와 함께 저격수들의 총이 그려져 있다.

"안 돼. 오늘 밤 시합이 있어."

내가 말했다.

일이 초 동안 아무도 반응을 하지 않았다. 피트와 제이슨은 웃거나 눈알을 굴리지 않으려고 참고 있었다. 나도 그 애들의 속마음을 알고 있었다.

"어쩌면."

한 마디를 덧붙였다. 잔뜩 쫀 목소리로. 그 정도면 적당히 대응한 거라고 생각했다.

"그런 일은 절대 일어나지 않을 거야."

제이슨은 손으로 창문을 톡톡 건드리면서 눈 내리는 창밖을 가리켰다. 밖을 내다보지 않아도 녀석의 생각이 옳다는 걸 알 수 있었다. 하지만 손으로 창문을 두드리는 소리에는 짜증이 났다. 그러거나 말거나 내 반응 따위는 무시하는 태도로 보였다. 오늘이 시즌 첫 경기인 걸 떠올렸다.

"내 말 좀 들어봐. 거의 다 끝냈어. 조만간 엔진 테스트를 할 수 있을 거야."

제이슨이 말했다.

"그래. 그다음에는 그 이상한 바퀴에 엔진을 달아 놓을 새로운 방법을 찾아봐야겠네. 그것도 제대로 작동해야겠지만."

피트가 말했다.

"우아, 우아, 뭐가 그리 삐딱하지? 제대로 작동하면 어쩔래?"

제이슨은 기분 나쁜 티를 숨기며 물었다.

"그보다 폭발해 버리면?"

내가 끼어들었다.

"글쎄올시다. 폭발한다면 지켜볼 만하지 않을까?"

제이슨은 피식 웃으며 대답했다.

"그래. 뭐, 세상을 사는 데 이 손가락들이 다 필요한 건 아니니까."

내가 거들었다.

우리는 이때부터 시답지 않은 농담을 주고받기 시작했다. 제이슨을 비난하고 나서 혼자 내버려 두고 자리를 뜰 수는 없었다. 왜 그런지는 설명하기 어렵다. 이유를 말하자면 한두 가지가 아니니까.

우리는 남아서 녀석을 돕게 되리란 걸 알고 있었다. 하지만 아직도 확인해야 할 것이 남아 있었다.

"내 생각은 그렇지 않아. 일찍 보내 준다면, 늦게까지 버스가 없을 거야."

내가 말했다.

"아니, 괜찮아. 우리 아빠가 데리러 올 거야. 알다시피 사륜구동 트럭이 있어. 오늘은 여기에서 삼 킬로미터 정도 떨어진, 바로 강 건너 캔턴에서 일하고 계셔."

우리 학교는 한때 농장으로 사용하던 넓은 지역에 있었다. 인적이 드문 곳이었다. 평상시라면 삼 킬로미터가 그리 멀게 느껴지지는 않았을 것이다. 하지만 눈비가 내릴 때는 예외였다.

"나는 밤새 여기에 있고 싶지 않아."

피트가 말했다.

"아무리 늦어도 네 시쯤에는 끝나실 거야."

제이슨이 재빨리 대답했다.

"그래? 하지만 실습실을 열어 둘까? 할러웨이 선생님도 다른 사람들처럼 집으로 돌아갈걸."

"지금 농담해? 그 선생님은 방과 후에도 우리가 남아 있는 걸 좋아하잖아."

그건 사실이었다. 이 늙수그레한 선생님은 자신의 수업에 학생들이 흥미를 보이면 티를 내며 좋아했다.

"나갈 때는 문을 잠그도록."

제이슨이 손짓을 멈추고 말했다. 할러웨이 선생님 목소리와 그럴듯하게 유사했다.

나는 피트를 쳐다보았다. 피트가 어깨를 으쓱해 보였다. 제이슨의 엉터리 차만큼이나 어설픈 몸짓이었다. 사실 피트와 내 관심을 끌 만한 다른 일이 있을 성 싶지 않았다. 농구 시합은 없을 테고, 피트한테는 그저 그런 화요일일 뿐이었다.

나는 결국 이렇게 말했다.

"좋아. 최소한 안내 방송을 할 때까지는 기다려 보자."

우리는 곧 방송이 있을 것이라고 믿었다. 농구 경기 취소가 첫 소식이고, 단축 수업이 그다음 소식일 거라고 생각했다. 우리 머리 위쪽 벽에 스피커가 달려 있었다. 하지만 한참 동안 먹통이었다. 우리는 자리를 털고 일어나 다음 교실로 향했다.

3

수업이 시작되었다. 누구라도 지리 수업을 받고 싶지 않은 게 당연하게 생각되었다. 심지어 페라그리노 선생님도 수업할 기분이 아닐 것 같았다. 교실 앞쪽에 앉아 있다면 누구라도 알 수 있었다. 본래 선생님들은 수업을 위해 존재하는 사람이다. 페라그리노 선생님은 예고도 없이 쪽지 시험을 준비해 왔다. 이미 프린트까지 해 가지고……. 아이들에게 쪽지 시험을 보게 하고서 어떤 공지든 기다리는 편이 낫다고 판단한 듯했다.

아이들이 시험지에 고개를 파묻자마자, 휴대 전화가 울리기 시작했다. 물론 벨소리가 나지는 않았다. 타타와 공립학교에서는 휴대 전화 사용이 금지되어 있었다. 장난이 아니라, 엄중 처벌감이었다.

처음에는 경고에서 그치지만, 다시 걸리면 방과 후에 학교에 남아 벌을 받아야 했다. 그러고도 또 걸리면 학교에 남아 있는 시간이 더 길어졌고, 네 번째는 정학이었다.

나는 앞으로 벌어질 상황을 추측하는 데 온 신경을 집중했다. 주먹만 한 크기의 벌레가 누군가의 가방에서 나오려고 애쓸 때처럼 고요하던 교실이 휴대 전화 하나로 진동했다. 아이들은 간헐적으로 울려 대는 소리를 감추려고 헛기침을 하거나 의자 등받이 쪽을 긁어 댔다. 그렇지만 귀머거리가 아닌 다음에야 소리의 정체는 빤히 알 수 있었다.

그런데도 페라그리노 선생님은 움직이지 않았다. 한 마디도 하지 않았다. 지금쯤이면 왼쪽부터 오른쪽 방향으로 휴대 전화를 가진 아이들 이름을 적고 있어야 했다. 하지만 그러지 않는 선생님이 이해되었다. 부모님들도 아이들이 곧 집으로 돌아올 수 있을지 걱정되었을 것이다. 휴대 전화의 용도가 뭔가? 온갖 앱을 갖고 놀거나 웹서핑을 하는 것도 가능했지만, 일단 연락을 하라고 있는 게 아닌가?

나도 어릴 적에는 동그란 깜찍이 휴대 전화가 있었다. 내가 엄마에게 전화하거나 엄마가 내게 전화하는 게 기능의 전부였으니 버튼 하나로도 충분했다. 당황스럽게도 그 휴대 전화의 정식 이름은 두들버그('개미귀신'을 뜻하는 영어 단어—옮긴이)였다. 개목걸이가 더 어울리는 이름이었을 테지만.

십오 분 후, 한 문제를 풀고 두 번째 문제의 절반쯤을 풀고 있을 때, 스피커가 살아났다. 사무적인 말소리가 지지직거리며 들려왔다. 구내방송은 이렇게 시작되었다.

"잠시 경청해 주시기 바랍니다. 교장입니다."

굳이 밝히지 않아도 그 목소리의 주인공이 교장 선생님이라는 건 누구나 알 수 있었다.

"상황이 나빠져서, 모든 수업은 오후 1시에 종료합니다. 체육 활동과 방과 후 활동도 모두 취소되었습니다. 모든 통학 버스는 1시 15분에 출발합니다. 이상입니다."

피트는 통로 쪽으로 몸을 내밀고 존과 하이파이브를 했다. 존은 드럼스틱이라는 별명으로 불리는 애다. 물론 드럼스틱은 1시 15분에 버스를 타고 집에 갈 테고, 피트는 네 시 혹은 그 이후까지 학교에서 버틸 것이다. 나와 제이슨과 함께.

드럼스틱이 몸을 돌려서 내게도 하이파이브를 하려고 했다. 처음에는 손을 들고 있도록 내버려 둘 셈이었다. 농구 경기는 취소

21

되었으니까. 하지만 반 박자 정도 머뭇거리다 결국 손을 뻗어 녀석의 손바닥을 마주쳤다.

우리는 의무적으로 학교에 다녀야 했고, 학교 밖으로 벗어나서는 안 되었고, 가축들처럼 울타리 안에서만 어슬렁거려야 했다. 학교에서 우리를 풀어 준다고 하니, 일종의 승리감이랄까, 그런 기분이 들었다. 모두들 해방감을 느꼈고, 서로 하이파이브를 했다.

휴대 전화 진동이 울린 아이는 그제야 손을 가방 속 깊숙이 밀어 넣고 전원을 껐다. 실제로 그럴 필요까지는 없었다. 회선들은 이미 뒤엉켜 버렸고, 통화 음질 또한 점점 나빠지고 있었다. 다만 우리 중 그 누구도 아직 그 사실을 깨닫지 못했을 뿐이었다.

어떤 상황이 되었든, 내 입장에서 신경 쓸 것이 못 되었다. 내겐 휴대 전화조차 없었기 때문이다. 이번 학기에는 벌써 경고를 받은 상태였다. 방과 후에 남는 벌까지 받게 되면 연습을 빠지는 꼴이라서 그런 일은 내 사전에 없도록 해야 했다.

"좋아, 조용히 해. 아직 수업이 끝난 게 아니야."

페라그리노 선생님이 말했다.

그건 분명한 사실이었다. 어쨌든 이 상황에 그놈의 쪽지 시험을 끝마쳐야 하는 건 부당한 처사 같았지만, 뭐, 나는 나머지 세 개의 문제는 도통 답이 뭔지 알 수 없는 상태였다. 아무튼 점심시간만 남아 있으니 기본적으로 수업이 끝난 거나 다름없었다.

눈이 내리는 모양새로 보건데, 학교에서 우리를 당장 집으로 돌려보내야만 할 것 같았다. 추측하건데, 점심까지 먹여야 하는 법적인 의무만 없었다면, 그 즉시 우리를 눈보라 속으로 몰아냈을 것이다.

학교 급식을 제대로 된 식사로 봐야 하는지 잘 모르겠지만, 그 이후로 한참 동안 음식다운 음식을 먹을 수 없었기 때문에, 그날 점심을 준 건 그나마도 감사한 일이었다.

실제로 그날 점심시간에 대한 기억이 약간 남아 있다. 이를테면 지붕을 뚫고 나갈 듯한 열기로 구내식당이 와글거렸던 점, 평소보다 더 시끌벅적했던 점, 아이들이 웃고 떠들며 식탁 사이를 왔다 갔다 했던 점 등등. 눈발이 흩날리며 창틀에 반달 모양으로 눈이 쌓여 가던 것도 기억난다. 옥수수를 먹지 않았던 것도 기억난다. 한 입 베어 물었는지 아닌지는 잘 모르겠다. 옥수수가 지나치게 물렀거나 지난번 먹었을 때 물렀던 걸 기억하고 그냥 식판에 놔뒀던 것 같기도 하다.

바보 같은 소리로 들리겠지만, 옥수수 때문에 며칠 동안 괴로웠다. 내 말은 무르거나 말거나, 그 옥수수는 전문적으로 식당 일을 하는 조리사들이 준비한 것이다. 무엇이든 충분히 먹지 못했던 상황보다 훨씬 나았는데, 그걸 거들떠보지도 않았다니. 나는 아직도 '휙휙' 소리가 나는 대형 식기세척기 앞에 얹어 놓았던 식판, 그 위에 그대로 남아 있던 노란색 옥수수가 불쑥불쑥 떠오른다. 옥수수 알맹이 따위에 사로잡힐 거라고 예상이나 했을까?

점심을 먹고 나서, 나와 피트, 제이슨은 도서관 복도 바닥에 앉아 버스 바퀴가 눈보라 속에서 천천히 굴러가는 걸 지켜보았다. 복도에는 커다랗고 기다란 이중 유리창이 있었다. 그곳에 앉아 내다보는 설경은 꽤나 멋졌다.

트레버 교감 선생님이 법석거리며 지나가다 잠깐 멈춰 섰다. 선생님은 덩치 큰 흑인이다. 이 점을 밝혀 놓으려는 이유는 단 하나이다. 이 지역에는 이놈의 눈만큼이나 다채로운 피부색의 사람들이 살고 있으니까.

"너희들 여기서 뭐 하는 거냐?"

교감 선생님이 물었다.

우리는 학처럼 목을 빼고서야 선생님을 볼 수 있었다.

"제이슨 아빠가 우리를 데리러 오신 댔어요. 사륜구동 차가 있대요."

내가 대답했다.

교감 선생님은 내 대답을 아주 잠깐 생각하는 듯했다. 아니, 아주 잠시였지만 우리를 걱정하는 듯도 했다. 우리는 문제아는 아니었다. 하지만 우리 중 그 누구도 '올해의 학생'으로 뽑힐 만한 인물은 없었다. 규율과 관련된 면으로 볼 때, 우리는 고만고만하게 반듯한 편이었다. 그런 점 때문에 오히려 판단하기 어려운 부류의 아이들이 된 것 같았다.

"사륜구동이라고?"

교감 선생님이 되물었다. 선생님은 여전히 우리를 평가하려고 애를 쓰고 있었다.

"예. 아시다시피 이런 길에 저런 커다란 버스들은……. 사륜구동이 더 안전해 보여서요. 저희 아빠가 마침 캔턴에 일이 있으셔서 지금 오시는 중이세요."

제이슨이 대답했다.

제이슨을 쳐다보았다. 꽤 확신에 찬 표정이었다. 녀석이 제법 올바르게 처신했다. 제이슨의 말은 거의 사실이었다, 딱 하나만 빼고.

교감 선생님은 잠시 아무 말도 하지 않았다. 이런 훌륭한 날씨에 학교 버스가 언덕을 무사히 넘을 수 있을지 생각하는 것 같았다.

제이슨이 우리에게조차 알리지 않은 한 가지는 그때까지 자신의 아빠에게 데리러 오라고 말하지 않았다는 점이었다. 몇 시간 안에 우리를 데리러 오겠다는 약속 따위는 없었던 것이다. 이런 태세로 눈이 오면, 금세 삼십 센티미터는 훌쩍 쌓일 것 같았다.

제이슨이 버스보다 사륜구동이 더 안전하다고 말하지 않았더라면, 교감 선생님도 되묻지 않았을 것이다. 분명한 건 교감 선생님이 우리를 믿었기 때문에 내버려 둔 건 아니란 점이었다. 그보다는 선생님의 차가 문짝 두 개 달린 토요타이기 때문에 우리를 내버려 둔 것이었다. 선생님 차는 고작 자전거보다 한 단계 위나 다름없었다.

교감 선생님은 더 늦어지기 전에 집으로 돌아가고 싶어 했다.

"좋다. 하지만 체육관으로 가서 고슬 선생과 기다려라. 오늘은 고슬 선생이 당번이고, 다른 출입문들은 몇 분 안에 모두 잠글 테니까."

우리는 그 자리에 앉은 채 고개를 꺾고 교감 선생님을 올려다보았다.

"자, 그럼."

교감 선생님 말에 우리도 자리를 털고 일어섰다.

4

교감 선생님이 오른쪽으로 꺾어져 직원 주차장으로 향할 때, 우리는 영악하게도 체육관으로 가는 척했다. 선생님의 발소리가 더 이상 들리지 않게 되었을 때, 왔던 길로 되돌아가 문짝에 '실습실', 아니, '공예실'이라고 적힌 교실로 향했다.

하지만 문은 잠겨 있었다. 이럴 바에는 차라리 '동절기 폐쇄'라고 적어 놓지…….

"야, 멍청아."

나는 한 번 더 손잡이를 움직여 본 다음, 제이슨 쪽으로 고개를 돌리고 물었다.

"너, 할러웨이 선생님이 분명히 있을 거라더니, 아니잖아?"

"어, 선생님이 여기 있을 거라고 하셨어. 꼭 들르라고 하셨는데……."

"방송 전에 그런 거야, 후에 그런 거야?"

"음, 전에 그랬던 거 같아. 선생님도 우리가 일찍 갈 거라 생각하셨나 봐. 오늘 같은 날 모두 그렇게 생각했을 것 아니냐고."

제이슨이 변명했다.

"바보. 할러웨이 선생님은 천년 묵은 노인네야. 엉큼한 노인네가 무얼 더 얼마나 알고 있을지 누가 알겠어?"

"그렇군. 타당한 지적이야."

제이슨이 대답했다. 녀석은 부츠 앞쪽으로 문 아래를 걷어찼다.

피트가 문에 달린 창문 너머로 고개를 들이밀었다.

"잠깐만. 저 안에서 뭔가 움직였어."

피트가 말했다.

"뭐? 그게 뭔데? 퓨마라도 돼?"

내가 빈정댔다.

"내 말은 사람이……. 윕스! 그 주둥이 좀 닥쳐."

피트는 한 손으로 눈썹 위를 가렸다. 쏟아지는 햇살을 막을 때처럼.

"할러웨이 선생님이다."

"내가 뭐랬어."

제이슨이 나섰다.

"넌 그래도 바보 머저리야."

내가 빈정댔다.

"닥쳐, 윕스. 난 바보도 머저리도 아니니까."

할러웨이 선생님이 이리저리 움직이는 소리가 들렸다. 발을 질질 끌며 문 쪽으로 다가오는 기척도 들렸다. 문은 안쪽으로 열리지만, 우리는 일단 뒤로 물러섰다. 선생님은 복도로 나왔다. 큼직한 파카를 걸치고 커다란 스노모빌 부츠를 신고 있었다. 거의 한 세기 전부터 이 지구의 온갖 일을 견뎌 왔지만, 매 겨울을 혹독하게 버텨 내느라 그다지 기품 있게 늙지는 못한 촌부의 꼬락서니였다.

할러웨이 선생님은 동네 약국 귀퉁이 커피숍에 앉아서 한가하게 '1993년 폭설'에 대한 잡담이나 나누면 어울릴 노인네였다. 나는 선생님이 그런 곳에 앉아 커피 잔을 만지며 다른 노인네들과 잡담을 나누는 모습을 실제로 본 적 있었다. 이야깃거리라 봤자, 시시껄렁한 것이 전부였다. 현재에 대한 불평을 늘어놓거나 과거를 회상하는 정도?

나는 선생님이 언젠가 '온갖 눈보라의 어머니'라고 말하는 걸 흘려들은 적이 있었다. 옷 매무새 때문이라도, 선생님이 우리 마을을 강타한 '눈보라의 어머니'를 알 만한 유일한 증인처럼 보였다. 가짜 회색 털이 달린 파카 모자는 길바닥에서 치여 죽은 동물처럼 선생님 머리 뒤쪽으로 축 늘어져 있었다.

할러웨이 선생님은 우리 셋을 보더니, 커다란 검정 부츠로 바닥을 두 번 굴렀다. '쿵쿵', 동물이 경고 신호를 보내는 듯했다. 순간, 선생님은 어떤 상황에서나 이런 식으로 발을 두드릴 거라는 생각이 들었다.

"제군들, 내 생각엔 자네들이 집으로 가야 하지 않을까 싶네만."

선생님이 말했다.

"어."

제이슨이 나섰다. 그러고는 이렇게 해명했다.

"아침에는 괜찮다고 하셨잖아요."

선생님은 제이슨의 거친 항변에도 흔들림이 없었지만, 나는 선생님 머릿속에서 전투가 벌어졌다는 사실을 눈치챘다. 이 노친네에게는 남들이 뭐라 하든 중요한 두 가지가 있었다.

첫 번째는 기술 실기 수업이었다. 학생들이 좀 더 많은 공을 들이기 위해 방과 후에 남아 계속 작업해도 좋을지 물어보면, 언제나 기뻐하는 마음을 감추지 않았다. 그럴 때면, 늘어진 얼굴에 행복 어린 주름살들이 깊이 패었다. 노인네가 그토록 즐거워하는 모습을 보면 누구라도 미소 짓게 될 정도였다. 할러웨이 선생님은 반세기 이 일을 동안 해 왔을 테지만, 상황은 선생님에게 불리하게 흘렀다. 아예 기술 실기 수업 자체를 개설하지 않는 학교들도 늘고 있었다. 아이들 대부분도 자동차를 튜닝하거나 냉장고를 고치면서 살기 보다는 돈벌이가 더 나은 일을 얻기 위해 신경을 곤두세웠다. 요즘 학생들은, 심지어 별 볼일도 없는 코딱지만한 우리 마을에 사는 학생들조차 기름 만지는 일은 하려 하지 않았다.

날카로운 기구와 모터, 뾰족한 도구들이 가득한 교실에 감독하는 선생님도 없이 우리만 남겨 두는 것은 위험천만한 일이었다. 하지만 할러웨이 선생님 생각에 그 정도는 대수가 아니었다. 선생님은 쇠톱과 화염 방사기 따위를 다른 선생님들이 연필과 계산기를 생각하듯 아무렇지도 않게 취급했다. 그 수업을 듣는 우리는 목숨을 내놓은 꼴이었다. 우리의 삶과 팔다리까지도.

기술 실기 수업을 듣는 아이들은 '법적 책임 면제서'에 서명해야 했다. 학생의 '기술 부족' 또는 학교 측에서 마련한 '장비 불량'을 비롯하여, 이 수업과 관련된 사고로 사지가 절단되더라도 학교 측에는 책임이 없다는 걸 인정하라는 문서였다. 수십 년 묵은 오래된 장비들과 나이든 선생님을 생각해 보면, 학기 초에 나눠 주는 그런 서류는 웃기지도 않는 농담 같았다. 정말로 마른 웃음이 나오곤 했다. 우리는 열여덟 살이었고 누구나 스스로를 절대 다치지 않을 불사신으로 여겼다.

할러웨이 선생님을 걱정시킨 건 삐걱거리는 낡은 도구들이 아니라 눈이었다. 선생님도 어느 정도 나이 든 사람들처럼 기본적으로 이 동네를 떠날 생각이 없었고, 그만큼 이곳 겨울을 좋아했다. 그런 선생님에게 겨울은 마땅히 존중해야 할, 아름답게 생긴 동물 같은 것이었다.

"밖엔 눈이 제대로 오는데, 제군들."

선생님은 어깨 너머로 반대쪽 벽에서 제법 멀리 떨어져 있는 창문을 내다봤다. 그런 다음 문을 잡았다. 선생님은 우리가 실습실 안으로 들어가지 못하게 문을 잠그려고 했다.

그 장면을 놓치지 않은 제이슨도 서둘러 선생님에게 말을 붙였다. 제이슨 아빠가 사륜구동 차를 몰고 올 거란 이야기였다.

"그리고요."

제이슨은 말끝에 덧붙였다.

"버스는 방금 떠났어요."

"너희들 캄브리아에 살지?"

선생님이 물었다.

할러웨이 선생님이 맞았다. 타타와 고등학교에는 세 동네 아이들이 모여 있었다. 서들리, 리틀 리버, 노스 캄브리아. 우리 셋은 모두 노스 캄브리아에 살았다. 내가 커피숍에서 선생님을 보았을 때, 선생님도 나를 알아보았던 게 분명했다. 선생님이 우리를 집까지 태워 줄 것 같은 분위기였다.

"진짜로 저희 아빠가 오고 계셔요. 오시기로 했단 말이에요."

할러웨이 선생님은 제이슨을 쳐다보았다. 무표정했다.

"삼십 분도 안 걸릴 거예요."

제이슨이 말했다. 물론 거짓말이었다.

"길어 봤자 사십오 분이에요."

"그러실 필요까지는 없을 텐데."

선생님이 대꾸했다.

"저희 아빠도 이 눈보라가 진짜 걱정되셨을 거예요."

나는 터무니없이 과장된 제이슨의 거짓말을 들으면서, 두 눈을 크게 뜨고 녀석의 말이 사실인 걸 인정하는 듯이 고개까지 끄덕거려야 한다는 사실에 기분이 나빴다. 하지만 녀석의 거짓부렁이 제대로 통했는지 할러웨이 선생님은 문고리에서 손을 뗐다.

"띠톱은 잠가 놨지만, 화염 방사기에는 기름이 거의 없을 게다."

선생님은 인사말이라도 하듯 대수롭지 않게 말했다.

우리는 실습실로 들어가자마자 문을 걸어 잠그고 코트를 벗어 던졌다.

"이 안은 추워."

피트가 말했다.

창문 아래쪽으로 눈이 조금씩 녹으며 쌓이기 시작했다.

"선생님도 좀 더 자세히 보고 싶었을 거야."

내가 말했다.

"뭘?"

피트 말대로 창문을 통해서는 바깥을 제대로 볼 수 없었다. 좀 억지스럽고 약간의 오해의 소지도 있는 표현이지만, 찢어진 데가 단 한 군데도 없는 종이가 펼쳐진 듯한 하얀 풍경이 전부였다. 학교가 비탈에 세워진 데다 실습실은 본관 뒤편에 있었다. 실습실에서 오른쪽으로 고개를 돌리면, 체육관 뒤편이 멀찍이 보였다. 여기서 학교 운동장까지는 거리가 훨씬 멀었고, 그 밑으로는 축구 연습장이, 그 너머로는 강도 있었다. 하지만 창밖에는 뻥 뚫린 하늘과 저 멀리 있는 언덕만 보였다. 그 언덕마저 볼 수 없게 되어 버렸을 때에는 짐승 같은 눈이 언덕을 먹어 치웠거나 땅 밑에 파묻어 버린 듯했다. 허공에 남아 있는 거라곤 가볍게 떠다니는 백색 가루가 전부였다.

"얘들아, 저기 좀 봐."

갑자기 제이슨이 말했다.

'녀석이 뭘 보라고 하는 거지?'

나는 생각했다. 우리는 재수 없이 눈에 갇혔다. 그 순간, 우리가 실수했다는 사실을 깨달았다. 그런데도 녀석은 실습실에 있고 싶은지, 별 뜻 없이 떠들어 댔다. 우리 혼을 쏙 빼뜨려 멍청하게 만들어 놓으려는 심산 같았다.

"너희 아빠가 좀 일찍 오실 수도 있겠지?"

내가 제이슨에게 물었다. 제이슨은 문 쪽을 돌아보았다. 할러웨이 선생님이 복도에서 어슬렁거리며 우리를 지켜보는지 확인하려는 듯.

잠시 뒤, 녀석은 주머니 속에 손을 쑤셔 넣더니 휴대 전화를 꺼냈다.

"어쩌면."

녀석이 무성의하게 대답했다.

"그런데 통화가 되질 않아."

"전혀?"

내가 되물었다.

제이슨이 다시 액정 화면을 들여다보며 어깨를 으쓱했다.

"좀 전까지 막대가 하나는 있었던 거 같은데⋯⋯. 여기 오기 전에 대수롭지 않게 여겼거든. 이제 아예 하나도 안 떠, 전혀. 빵, 영 퍼센트야."

"네 건 어때?"

피트에게 물었다. 그러자 피트도 문 쪽을 돌아보았다.

"너희 둘 다 그만 좀 의식할래? 할러웨이 선생님은 로켓처럼 여길 떠났어. 부츠가 닳도록 달려갔을 거라고."

내 말에 피트가 휴대 전화를 꺼내 들었다. 비디오 게임기로 더 자주 쓰이는 녀석의 휴대 전화에서 자잘한 빛이 깜빡거렸다.

"안 떠."

피트가 답했다.

"전혀 안 잡혀. 뭐, 내 휴대 전화는 평소에도 여기서 터진 적은 없으니까. 한 시간 전쯤에 엄마한테 문자를 보냈는데, 아직까지 '연결 대기 중' 신호만 떠 있는데?"

"이런."

나는 한숨을 쉬고 창밖을 내다보았다.

이상하게도 이놈의 고등학교에서는 평소에도 수신 막대가 하나밖에 안 떴다. 보슬비만 내려도 통신 상태는 엉망이 되었다. 지리 수업 시간에 울려 댄 휴대 전화가 떠올랐다. 하지만 지금은 함박눈이 펑펑 내리고 있었다.

"눈 때문일까?"

"눈 때문이 아니라면, 많은 사람들이 한꺼번에 전화를 걸고 있기 때문이겠지."

제이슨이 대답했다.

"아니면 둘 다."

피트가 빈정댔다.

"이런 젠장."

내 입에선 욕이 튀어나왔다. 무심코 나온 말이지만, 뜨끔했다. 다행히 아무도 듣지 못한 것 같았다.

우리는 한동안 가만히 서서 창밖만 내다보았다.

눈이 이렇게 계속 내릴 수는 없을 거라고 생각했다. 절대 불가능할 것 같았다. 하지만 눈은 쉬지 않고 내렸고, 설상가상으로 우리가 할 수 있는 일도 많지 않았다. 그러니까 우리가 신이 아닌

이상 두 손 놓고 기다릴 수밖에 없다는 뜻이었다. 제이슨의 아빠
는 몇 시간 안에 올 수도 있었지만, 오지 못할 수도 있었다. 우리
셋은 달리 할 일이 없었다. 쓰레기 같은 경주용 자동차나 손볼 시
간이었다.

5

한 시간 뒤에도 우리 셋은 경주용 자동차 차대의 금속 틀 너머로 몸을 구부리고서 작업을 하고 있었다. 원통 연삭기를 맡은 제이슨뿐 아니라, 피트와 나도 안전 고글을 썼다. 선생님도 없이 그런 장비로 우리끼리 작업하고 있다는 사실이 터무니없었지만, 사실이 그랬다. 나는 눈에 맞는 고글을 하고 있는 게 좋았다. 또렷한 시야를 확보해 주고 흠집이 없어서 마음에 들었다. 작년에 실습실에서 한쪽 눈을 다친 아이가 있었다. 지금도 그 애는 병원에 있다. 엄청난 사건이었다.

나는 허리를 구부정하게 굽히고 제이슨이 녹슨 쇠와 묵은 페인 트칠을 완전히 갈아 낸 뒤 배관 안쪽에 구멍을 뚫을 순간을 기다렸다. 구멍을 뚫고 나면, 녀석에게 한 번 더 '똘아이'라고 놀려 댈 준비를 하고 있었다.

하지만 제이슨이 그 작업을 시작하기도 전에 딸깍거리며 쿵쿵 대는 소리가 들렸다. 소리의 진원지는 금속 배관도 원통 연삭기 도 아니었다. 우리 작업과는 관계가 없는 소리였다. 누군가 문손 잡이를 달가닥거리고 있었다. 제이슨이 연삭기를 멈추었다. 모두 고글을 이마 위로 올렸다.

"누구세요?"

피트가 물었다. 그러면서 녀석은 우리를 둘러보았다. 고글 흔 적이 눈가에 새겨 있었다. 우스워 보였지만, 내 모습도 같을 거 라 생각했다.

"한 가지를 알아냈어. 우리가 여기에 있는 건 비밀도 아니라는 점."

내가 말했다. 원통 연삭기의 소음이 여전히 귓속에서 맴돌았다.

"어, 대단해. 그러게 그만 짓을 해서는 안 된다고 말했잖아."

피트가 비꼬았다.

"뭘? 우리가 다시 페인트칠을 하기 전에 갈아 놔야 했다고."

제이슨이 응수했다.

"네놈이 다시 칠할 수 있기 전이겠지."

내가 나섰다.

"어찌 됐든, 할러웨이 선생님이 허락했다고 말하면 되잖아."

제이슨이 대답했다.

우리는 똑같은 생각을 했다. 지금 문 앞에 서 있는 사람은 트레버 교감 선생님이거나 다른 선생님 중 한 명이 분명하다고. 눈보라가 사력을 다해 불어닥치는데, 우리끼리 남아 전동 공구를 사용했다는 이유로 곤경에 빠질 거라고. 아마도 두 가지 이유 중 하나를 빌미로 맹비난을 받거나, 둘 다로 트집 잡혀 심각한 골칫거리로 몰릴 처지였다. 어쨌거나 우리는 금메달에 혈안이 된 범생이 과는 아니었지만, 방과 후에 학교에 남아 벌 받는 일 따위를 명예 훈장으로 여기는 양아치 과도 아니었다.

다시 말하지만 그렇게 되면 나는 연습을 빠지게 된다. 일주일 내내 체육관을 돌아야 하는 엿 같은 꼴이 되는 셈이다. 킬티 코치는 늘 내게 하던 대로 고래고래 다그칠 것이다. 보조 코치는 내가 '특별 기회'를 잡았다고 위로하겠지만, 나로서는 뚱딴짓소리일 뿐이었다. 보조 코치는 언제나 한쪽 눈은 제대로 뜨고 반대쪽은 슬쩍 감고서 나를 주시했다.

아무튼 문 가까이 다가가서야 교실 앞에 서 있는 사람이 선생님은 아닐 수도 있다는 생각이 떠올랐다. 상상도 못한 녀석이 서 있었다. 여기까지 찾아올 녀석이라고는 생각도 못 했기 때문에 얼떨떨했다. 소문에 따르면, 녀석은 하루하루 학교생활을 버티는 개망나니였다.

문에 가까워질수록 문 두드리는 소리도 커졌다. 녀석은 문이 부서질 정도로 세게 흔들어 대고 있었다.

"그만하고 진정해."

내가 말했다.

"말도 안 돼."

피트는 고개를 돌려 우리를 향해 속삭였다.

"레스 고다드야."

레스 고다드라니, 불길했다. 우리는 심각해졌다. 녀석의 진짜 이름은 레슬리였다. 레슬리라면 세상 어디에서든 꽤 괜찮은 사내 이름으로 통할 텐데, 우리 학교에서만은 예외였다. 레스로 불렸기 때문에 불량스러운 것인지도 모르지만. 녀석은 무기가 될 만한 물건을 몸에 지니고 다닐 것 같았다. 총까지는 아니더라도, 야비한 놈들이 무기로 개조해 가지고 다니는 칼이나 면도날 같은 쇠붙이를 갖고 있을지도 몰랐다.

레스가 우리를 쏘아보았을 때, 문 두드리는 소리가 더 이상 나지 않았다. 그 대신 복도에서 외쳐 대는 고함 소리가 들렸다.

"계집애들아, 문 열어!"

묵직한 문을 사이에 두고 좀 누그러진 목소리가 들려왔다. 하지만 우리는 꼼수라는 걸 알고 있었다.

"문 열라고."

우리가 머뭇거릴수록 녀석의 목소리가 높아졌다.

"음, 내 생각엔 녀석이 뭘 원하는지 알아봐야 할 것 같은데."

목소리를 낮춰 제이슨과 피트에게 말했다.

"녀석이 창문을 깨고 손을 내밀기 전에……."

피트가 대꾸했다.

우리는 겨우 들릴 듯 말 듯 한 작은 소리로 속닥거렸다. 우리 셋이 서 있는 문으로부터 겨우 한 발짝 떨어진 곳에 우리 학교 사이코패스가 서 있었다.

나는 최대한 침착하게 팔을 뻗어 문고리를 돌렸다.

"헤이, 맨."

내 목소리는 낮았지만, 무의식적인 허세가 배어 났다. 레스가 문을 안으로 밀었다. 나는 뒤로 물러섰다.

"안녕. 루저들."

레스가 말했다.

"이 안에 너희뿐이냐?"

"그래."

내가 답했다.

녀석은 실습실 안으로 성큼 들어서며, 제이슨을 향해 고개를 까딱이며 인사했다.

"어이."

제이슨과 레스는 정확히 친구는 아니지만, 레스는 로고가 새겨진 셔츠라든가, 얼룩덜룩한 군용 작업 바지라든가, 군대에 관련된 제이슨의 취향만큼은 제법 인정하는 눈치였다. 우리에게는 비웃음거리였지만 말이다. 제이슨은 재미 삼아 다소 위험하게 노는 부류 중 꽤 괜찮은 녀석이지만—누군가는 좀 으스대는 편이라고 대꾸할 것 같기도 하지만— 레스 녀석은 진짜 위험했다. 마치 방사능처럼.

우리 모두 녀석을 알고 있었다. 우리는 기술 실기 수업을 함께 들었다.

"너희들 여기서 뭐 하고 있냐? 단축 수업했잖아."

"제이슨의 경주용 자동차 작업 중이었다. 왜?"

내가 대답했다. 그런 다음 아직까지 페인트 냄새와 쇳가루들이 떠다니는 실습실 안을 가리켰다. 순간, 느닷없이 사사로운 걱정거리가 전광석화처럼 머릿속을 들락거렸다. 페인트 분진과 쇳가루가 폐에 들어가는 걸 막기 위해서는 마스크를 쓰고 있어야 하는 게 아닐까?

레스는 킁킁거리며 공기를 들이마셨다. 그을린 페인트칠 냄새가 났다.

"오, 예. 연삭기 소리가 들리더라니."

레스가 말했다.

"근데 넌 아직도 학교에 남아서 뭐 하는 거야?"

피트가 물었다. 편한 목소리였다. 아무렇지도 않은 듯이 말하려고 애썼을 게 분명했다. 다행히 말투며 목소리가 어색하지는 않았다.

레스는 우리에게 그럭저럭 친근하게 대했다. 평소답지 않았다. 레스도 이제야 그걸 깨달은 것 같았다. 녀석은 코를 킁킁거리며 어깨를 으쓱했다. 어깨가 제자리로 돌아왔을 때, 친절한 레스는 사라지고 상급생들조차 공공연하게 겁내는, 2학년 깡패로 되돌아왔다. 창밖으로 의자를 집어 던져 정학을 당했다는 전설의 주인공이었다. 그런 일을 저지를 만큼 간덩이가 부은 녀석은 없었다. 아무도 그 정도로 막가지는 않았다. 내가 학교에서 일으킨 문제라고 해 봤자 고무 접착제 사건이 전부였다.

피트의 질문이 레스의 변화에 방아쇠를 당겼다. "아직도 학교에 남아서 뭐 하는 거야?"라는 질문에 무슨 문제가 있을지 생각해 보았다. 잠시 뒤 떠오르는 답이 있었지만, 큰 소리로 웃지 않으려고 애쓸 수밖에 없었다. 만일 웃었다면 한 방 맞고서 쓰러졌을 것이다.

레스는 당당히 나서서 말할 처지가 아니었다. 누구나 순순히 인정할 거리도 아니었지만, 녀석이 아직 학교에 남아 있는 이유는 방과 후까지 남아서 받는 벌 때문이었을 것이다. 그러니까 오늘 같은 날은 남아 있는 사람도 없고 늦게 떠날 버스도 없지만, 아마도 레스는 일주일 동안 벌을 받고 있었을 것이고, 오늘도 별 생각 없이 하던 대로 남아 있었던 게 분명했다.

나는 웃지 않으려고 신경 쓰며 고개를 돌렸다.

"너희는 어떻게 집에 갈 거냐?"

레스가 물었다. 이번엔 싸늘한 목소리였다.

간단히 말해, 녀석은 얻어 탈 차를 찾고 있는 중이었다. 사이코패스인 레스와 같은 차 안에서 오래 찌그러져 앉아 있고 싶지 않았다. 시곗바늘이 재깍거릴 때마다 눈보라를 뚫고 여기까지 차가 올 가능성은 점점 희박해지는 것 같았지만, 이런 사실들과 별개로 문제의 핵심은 레스가 서들리에 살고 있었다는 점이었다.

걸어서 가기에는 멀었다. 제이슨은 레스에게 최대한 상냥하고 부드럽게 뾰족한 수가 없다고 말했다. 피트나 내가 그런 말을 했더라면, 그런 소식을 전한 우리를 죽이려 했을 테지만, 제이슨이 내뱉은 몇 마디는 순순히 받아들였다. 하긴 녀석이라고 뭔 짓을 할 수 있었을까? 모든 게 사실인데. 우리는 노스 캄브리아에 살고, 녀석은 서들리에 살 뿐이지만, 어쨌거나 문제는 문제였다.

"너 그러니까, 음……."

내가 말을 꺼냈다. 솔직히 인정하건데, 나는 레스가 무서웠다. 녀석이 사라져 주길 바랐다. 그래도 다행인 건 우리는 셋이었고, 레스는 혼자였다.

"고슬 선생님한테 가서 물어보는 게 좋을 텐데, 선생님은 체육관이나 그 부근에 있을 거야. 고슬 선생님이 교통편부터 이것저 것 다 책임을 맡았다고 교감 선생님이 얘기해 줬어."

"그래?"

레스가 되물었다.

"그렇대. 고슬 선생님이 널 태워다 줄 수 있을지도 모르잖아."

우리는 한동안 입을 다물고 있었다. 레스도 생각에 잠긴 채 그대로 서 있었다. 나는 다른 쪽 발에 무게 중심을 옮겼다.

"좋았어."

레스 녀석은 이 말과 함께 자리를 떴다.

우리는 녀석의 발소리가 복도를 따라 사라질 때까지 소리에 귀 기울였다. 잠시 뒤 나는 팔을 뻗어 문을 휙 닫아 버렸다.

"완전 사이코야."

피트가 말했다.

"그러게."

내가 받아쳤다. 실내 공기가 영화 속에서 우주선의 에어로크를 닫았을 때처럼 정상으로 되돌아오는 듯이 느껴졌다.

"레스는 갔어. 이제 우리도 여기에서 나가야 해."

"우아!"

제이슨이 창밖을 내다보며 감탄했다. 바깥은 온통 새하얗게 변해 있었다. 빼곡하게 안개가 낀 것처럼 보였지만, 안개가 아니란 걸 알고 있었다.

"안 좋아."

내가 말했다.

피트와 제이슨이 휴대 전화를 확인한다며 이리저리 옮겨 다녔다. 여전히 먹통이었다. 피트가 보낸 두 번째 문자 메시지는 내가 엄마 휴대 전화로 보낸 문자 메시지와 함께 '미발송—보류' 폴더에 담겨 있었다.

"어떻게 너희 아빠가 좀 일찍 나타날 수는 없을까?"

피트가 물었다.

"그러게. 이 와중에 일을 하고 계실 거란 생각은 안 드는데."

"우리도 체육관으로 가는 게 낫지 않을까? 너희 아빠가 오실 경우를 대비해서."

내가 말했다.

"그래. 일찍 오실 수도 있으니까."

제이슨이 대답했다.

6

　우리가 도착했을 때, 체육관 바깥 복도에 네 명의 아이들과 고슬 선생님이 둥그렇게 모여 있었다. 마치 현장 학습을 떠나기 위해 모여 있는 것처럼 보였다. 우리 셋이 끼자, 전체 인원이 여덟 명이 되었다. 여덟 명은 그 이후로 줄곧 최대 인원수였고, 나중에는 오히려 줄어들었다.

　어색한 긴장감이 감돌았다. 창문을 통해 바깥 광경이 보였다. 실습실 창으로 내다보았던 것처럼 새하얗게 텅 빈 세상이 아니었다. 다시 눈여겨볼 것이 있었다.

체육관에서는 하얀 눈밭으로 변한 드넓은 잔디밭과 나무 몇 그루가 보였다. 나무들은 두터운 눈옷을 껴입고 있었고, 눈 무게를 이기지 못한 나뭇가지들은 꺾여 있었다. 나는 나무의 위치를 보며 주차장이 어디쯤일지 가늠해 보았다.

학교에서 멀찍이 떨어진 경사로가 눈보라 사이사이로 겨우 보였다. 7번 도로로 향하는 오르막은 스키장 슬로프 같았다. 7번 도로에는 차가 한 대도 없었다. 꾸준히 떨어지는 눈송이를 제외하고 움직이는 건 아무것도 없었다. 차량이 전혀 없다는 사실을 깨닫기 시작할 무렵, 걸음을 옮길 때마다 신경이 쭈뼛거리며 근육이 조여 왔다.

학교가 문을 닫고 한 시간 반이 지난 이후 아이들 몇 명이 체육관 문 주변에서 옹송그리고 있는 모습을 보는 것만으로는 안심이 되지 않았다. 단지 우리 셋만 이곳에 있다는 느낌을 더해 줄 뿐이었다.

다시 엄마 생각이 났다. 내 문자 메시지는 아직도 전송 대기 중이었고, 엄마는 내가 학교에 남아 있다는 사실조차 알 길이 없었다. 피트의 휴대 전화에서 메시지가 제대로 전송되었다 하더라도 엄마가 메시지를 받지 못할 확률이 높았다. 좀 더 일찍 연락하려고 노력했어야 했다. 상황이 나빠지기 전에 교무실 전화로라도 시도했어야 했다. 중요한 걸 알아채지 못했다는 생각이 들었다. 엄마는 다섯 시까지 일하고, 나는 네 시면 차를 타고 갈 예정이었다. 네 시 반쯤 집에 도착할 거라고 예상했는데, 지금 시점에서 보니 그건 장밋빛 시나리오였다. 지금쯤이면 엄마는 직장에서 돌아와 집에 있을 것이다. 심각할 정도는 아니지만, 몇 전 주에도 눈 폭풍을 맞았다. 그때 엄마는 여느 날보다 일찍 퇴근해 재택근무를 했다. 엄마는 지금 분명히 집에 있을 것이다. 나는 혼잣말을 되뇌다 생각 끝에서 빠져나왔다.

모여 있는 몇몇 중에서 제일 먼저 레스를 알아보았다. 녀석이 우리 쪽으로 얼굴을 향하고 있지는 않았지만, 실습실 앞에서 만났기 때문에 옷차림으로 알아보았다. 녀석은 빙 둘러 모여 있는 무리에서 조금 떨어져 서 있었다. 무리에 끼려고 나름대로 노력해 봤지만, 아무도 끼어 주지 않는 것처럼 보였다. 녀석에게도 좋은 소식이 없다는 것쯤은 녀석의 몸짓으로 읽을 수 있었다. 그렇다고 축 늘어져 낙담하지도 않았다. 오히려 몸을 오므리고 긴장하고 있었다. 당장 벽이라도 내리칠 기세였다.

그곳에는 고슬 선생님도 있었다. 고슬 선생님은 수업 시간에 하듯 한 손으로 턱수염을 빠르게 매만졌다. 좀 더 남성스럽게 보이거나 '탁월'하게 보일 거라고 믿고 있는 듯했다. 하지만 내겐 남자들이 왜 수염을 기르고 싶어 하는지 궁금증만 생길 뿐이었다. 오히려 수염 중간 중간에 은발이 섞여 있어 실제 나이보다 더 늙어 보였다.

이 와중에 여자애들이 있다는 것은 좋은 점이었다. 1학년 크리스타 오리아와 그 애의 절친 줄리 앤더스―엔더스일 수도 있다―
가 있었다. 크리스타는 털모자를 쓰고 있었다. 파란색 털모자와
스웨터. 크리스타가 우리 발소리를 듣고서 주변을 둘러보았다.
크리스타의 머리칼은 짙은 갈색이고 눈동자는 회색이 감도는 푸
른색이었다. 피부에 약간 붉은 기가 감돌고 갈색 주근깨가 나 있
었다. 키가 크지 않지만, 운동으로 다져진 매끈한 각선미와 끝내
주는 비율의 탄탄한 몸매를 지녔다. 가을철에는 축구를, 겨울철
에는 링 운동을 했다. 어른들은 크리스타 같은 애를 평범한 사람
들과 어울리도록 내버려 두지 않지만, 학교에서는 예외였다.

크리스타의 시선이 나를 휙 스쳐 지날 때, 내 몸은 그대로 얼어
버렸다. 산사태가 사람들 허파에서 나온 날숨마저 빨아들일 정도
로 매우 빠르고 거세게 진행된다는 내용을 읽은 적이 있었다. 다
를 바가 없었다. 크리스타가 살짝 쳐다보는 것만으로도 내 몸에
서는 쌩한 바람이 불었다. 실제로 숨이 '헉' 막히지는 않았지만,
그럴 수도 있었다.

크리스타는 나와 같은 통학 버스에 타고 다녔다.

그날 아침에도 나는 버스 뒷자리에서 그 애 목덜미만 쳐다보며
이십 분 동안 소중한 시간을 즐겼다. 말을 잊고, 침마저 제대로
삼키지 못한 채로. 좀 징그럽게 들릴 수도 있겠지만, 흥분했던
건 아니었다. 솔직히 나도 잘 모르겠는데, 일종의 무아지경 상태
와 비슷했다.

크리스타가 여기 있었다는 걸 알았다면 실습실에서 그 많은 시간을 허비하지는 않았을 것이다. 크리스타에게 딱히 할 말이 있는 건 아니었다. 그저 혼란스러웠다.

줄리가 고개를 돌려 크리스타에게 무슨 이야기를 하고 있었다. 그 둘이 함께 있는 건 새삼스럽지 않았다. 오히려 따로 있는 경우가 의외였다. 크리스타와 줄리는 각자의 로커에 상대방 사진을 챙겨 두고 다닐 정도로 절친한 사이였다. 오늘 같은 날 학교에 남아 뭘 하고 있었는지 궁금했다. 그렇다고 내가 직접 물어볼 용기는 나지 않았다.

마지막 친구는 멀찍이 떨어져 서 있는 엘리야였다. 제대로는 엘리야 제임스. 녀석 이름 앞뒤가 바뀌면 덜 이상할 거란 생각이 들었다. 제임스 엘리야. 그 이름이면 성조차도 필요하지 않을 것 같았다. 내가 아는 사람 중에서 엘리야란 이름을 가진 사람은 아무도 없었다. 이백 년 전이라면 좀 있었겠지만.

엘리야는 여러모로 기괴한 녀석이었다. 정확히 고스족은 아니었다. 만일 고스족이었다면 그 부류 아이들이 반겼을 것이다. 엘리야는 별 탈을 일으키지 않는 범위 내에서 요상하게 굴었다. 온통 검정색으로 입고 다녔지만, 빈둥대며 어슬렁거리지는 않았다. 한결같이 추레하고 낡은 스웨터 차림이었다. 두 눈을 초롱초롱하게 뜨고 다니면서 다른 사람들은 보지 못하는 것을 꿰뚫어 볼 것 같았다.

9월 중순쯤으로 기억하는데, 도서관 옥외 복도를 따라 걷다 들여다보니, 엘리야가 열람실에 있었다. 녀석은 도서관 '죽돌이'었다. 그날도 출입구에 나란히 늘어선 기다란 창문 안쪽에 있었다. 얼핏 보았을 뿐이었지만, 녀석은 볼펜 끝에 동전을 올려놓고 균형을 잡고 있었다. 25센트로 보이는 그 동전은 조금도 흔들리지 않았다. 떨림도 없었다. 마치 용접해서 붙여 놓은 것처럼 볼펜 끝에 철썩 붙어 있었다. 녀석은 오로지 동전에 집중하며 균형을 잡고 있었다.

엘리야도 2학년이었다. 하지만 우리와는 딴판이었다. 그날은 갈색과 황갈색 줄무늬가 한 줄 한 줄 교차되는 스웨터 차림이었다. 너무나 호리호리해 눈에 띄는, 몸통 색이 흐릿한 호박벌 같았다. 누군가가 옷을 챙겨 입히는 듯했지만, 정작 녀석은 그러거나 말거나 신경 쓰지 않는 듯했다.

미국 역사상 가장 엄청난 눈보라가 불어 닥친 첫째 날, 나는 여섯 명의 아이들과 타타와 고등학교에 남게 되었다.

7

올 수 없다는 걸 알면서도, 우리를 실고 갈 차를 기다리며 체육
관 창밖을 물끄러미 내다보았다.

체육관 복도 끝에서 밖으로 나가면 공중전화가 있었다. 내가
여기 오자마자 그리로 가려 했을 때 누군가 소용없다고 충고했
다. 여럿이 웅성거리는 것처럼 들렸다.

"회선—은—끄읽어—져었으니—내—버어려—뒈."

곧바로 고슬 선생님 목소리도 들렸다.

"휴대 전화를 꺼내도 좋다. 너희들 중 절반이 어딘가에 숨겨 놨다
는 걸 알고 있다. 너희들은 여기를 체벌실이라고 생각하면 된다."

고슬 선생님이 옳았다. 아이들 절반가량이 휴대 전화를 가지고 있었다. 피트와 제이슨은 각자 한 대씩, 두 여자애들에게도 한 대가 있었다. 크리스타의 것이었지만, 줄리는 마치 공동 소유물인 것처럼 사용했다. 엘리야도 구닥다리 플립형 휴대 전화를 가지고 있었다.

하지만 내 휴대 전화는 내 방 서랍 속에 고이 모셔 두었다. 레스 녀석도 휴대 전화를 가지고 있지 않은 듯했다.

물론 갖고 있는 것과 사용하는 것은 다른 문제였다. 아이들은 통화를 하려고 시도했다. 피트는 문자 송신이 빠를 거라고 했다. '용량이 적다'는 게 이유였다. 휴대 전화에 숨겨진 과학 지식은 모르지만, 전송이 될 때까지 문자를 재전송하다 보면 어찌어찌 성공할 수 있다는 것쯤은 알고 있었다.

"누구 연결이 되면 내게도 알려다오."

고슬 선생님이 몇 차례의 처참한 시도 끝에 입을 열었다. 딱히 누군가 들어주길 바라고 하는 말은 아니었다.

"허리케인 카타리나가 뉴올리언스를 덮쳤을 때 나는 자원봉사를 하러 갔었다. 몇 주 동안 통신이 두절됐었지. 그때 같은……."

선생님 목소리가 차츰 잦아들어 마지막 단어를 듣지 못했다. 대재앙일 거라고 추측했다.

중학교 사회 시간에 허리케인 카타리나를 다룬 적이 있었다. 정부의 반응과 복구 작업은 물론이고 그때 일어났던 모든 상황에 대해 배웠다. 노스 캄브리아에 있는 우리 학교 선생님이 젊은 시절 뉴올리언스까지 내려가 '보다 밝은 미래를 위한 재건' 비슷한 일을 하는 모습은 도저히 상상할 수 없었다. 어쩌면 선생님은 신앙심이 깊든지 내가 모르는 다른 모습도 있었을 것이다.

피트는 문자 전송이 안 되고 있다는 등의 안타까운 메시지를 확인하느라, 게임을 하다 말고 번번이 죽어야 했다. 제이슨은 전화를 걸거나 아빠 차가 나타날 방향을 내다보거나 내리는 눈을 쳐다보길 반복했다.

잠시 뒤, 휴대 전화 자판을 누르는 소리마저 잦아들었다. 다들 근본적인 문제를 깨닫고 휴대 전화 소리를 최고 음량으로 키우고 마냥 기다렸다. 우리 모두는 바짝 긴장했고, 묘한 경쟁심이 도사렸다. 서로 견제하려고 슬쩍슬쩍 곁눈질까지 하고 있었다.

제이슨 아빠의 사륜구동은 크리스타 엄마의 스바루보다 먼저 도착할 수 있을까? 둘 중 하나라도 엘리야를 데리러 온 차—아마 영구차일 듯싶지만—가 나타나기 전에 올 수 있을까? 결국엔 누가 레스를 차에 태워 줄까?

나 역시 묘하게 긴장되며 경쟁심이 생겨났다. 마지막까지 남고 싶지 않았다. 내가 제이슨과 피트와 같은 사람을 기다리고 있다는 사실만으로도 조금은 안심이 되었다. 나 혼자 끝까지 학교에 남게 되는 경우는 없을 테니까. 혼자가 아니라는 느낌은 정말 중요하다.

우리는 복도 전체를 대기실로 썼다. 누구든 복도에서 빠져나갈 수도 있었다. 고슬 선생님이 우리를 감시했지만, 그다지 신경을 쓰는 낌새도 아니었다. 고슬 선생님은 자신만의 걱정거리가 있는 것 같았다. 선생님만 괜찮다면 나는 제이슨과 피트와 함께 다시 실습실로 돌아갈 수도 있었다. 하지만 그 누구도 꼼짝하지 않고 복도에 있었다. 중앙 문 옆에서 약간 떨어진 곳에 옹기종기 모여 서로의 체온을 나누며 누군가의 차를 기다렸다.

이따금 대화를 나눌 때 낮은 말소리가 고요히 복도를 울렸다. 눈치가 보였다. 가령 내가 피트에게 어리석은 이야기를 잠시 꺼냈을 때가 그랬다. 그저 한 사람에게 말을 걸었을 뿐인데, 모두에게 들렸다. 아마 이렇게 생각을 한 애들도 있었을 것이다. '저런 바보 같은 소리를 내뱉다니.' 혹은 '누가 신경이나 쓴데?' 같은. 하긴 그 생각이 영 틀린 것도 아니었다. 목소리를 낮춰 속닥거릴 수는 있지만, 오히려 주목을 끌 뿐이었다. 내키지 않더라도 들을 수밖에 없다.

대화는 달아올랐다 사그라졌다, 다시 달아올랐다 사그라지기를 반복했지만, 많은 말들이 오간 것은 아니었다. 대화가 이어지고 끊어지는 간격이 길어질수록 잠잠히 주문 외는 시간도 길어졌다. 우리는 복도 바닥에 앉아 밖으로 나갈 기회를 기다리며 창밖을 내다보았다. 굵은 눈발이 휘몰아치고 있었다.

본관 뒤편에서 이어진 복도에는 로커들이 줄지어 있었고, 그 일부는 체육관 한쪽 구석에도 있었다. 로커 맞은편에는 바닥에서부터 천장까지 강화 유리창들이 7번 도로에서 떨어져 나온 큰길을 마주하고 있었다. 건물 앞쪽을 에두르고 있는 큰길은 내리막길로 이어졌다. 덕분에 밖을 내다보기가 한결 수월했다. 적어도 처음에는 그랬다. 우리는 벽에 기댄 채, 코트를 엉덩이 아래 깔고 앉거나 뒤통수에 베개처럼 놓고서 쪼그려 앉아 있었다.

눈이 쌓이고 쌓여 유리창을 더 많이 가릴수록, 우리도 자세를 고쳐 앉을 수밖에 없었다. 조금씩 허리를 곧추 세우고 가끔씩 더 잘 내다보기 위해 목을 학처럼 쭉 내밀었다. 이따금 누군가는 자리에서 일어나 창가로 걸어갔다.

처음에는 지나가는 차가 한 대도 없는 텅 빈 풍경이 눈에 들어왔다. 우리 셋이 여기 왔을 때부터 한동안 풍경은 바뀌지 않았다. 평소에도 우리 학교 앞 길목에 많은 차들이 오간 적이 별로 없었다. 하지만 시간이 지날수록 점점 더 하얗게 변해 가는 풍경을 확인하자 새삼스레 마음이 시렸다.

피트와 제이슨과 함께 체육관으로 오기 전까지 분명히 길 위에는 제설기가 있었다. 그리고 자동차 두 대가 제설기 꽁무니에 붙어 눈 위에 흔적을 남기고 지나갔다. 작은 물고기들이 상어들을 따라가듯 말이다. 새하얀 설원이 쭉 뻗어 있는 것을 보면 제설기가 지나간 사실을 모를 수도 있었다. 하지만 가까이에서 보면, 눈 덮인 길 위로 검은 리본이 뚝뚝 끊어진 것처럼 타이어 자국이 새겨져 있을 테고, 저 멀리 경사로로 오르는 7번 도로 쪽에도 흔적이 새겨져 있을 터였다.

지금은 길이 있던 곳도 표가 나지 않았다. 기억에 의지하지 않는다면 어디에 길이 있는지도 알아낼 수가 없었다. 길이 없어진 것만으로도 이제 우리가 무엇을 기대하면 안 되는지 느끼게 되었다. 어떤 차라도 이 눈을 뚫고 여기까지 올 엄두는 못 낼 것이다. 그 전에 제설기가 먼저 와야 할 것이다. 그렇게 되면, 우리는 이 복도에서 짙은 오렌지 색깔의 제설기가 내는 쇳소리에 귀 기울이게 될 것이다.

하지만 이제는 제설기조차 감당할 수 없을 정도로 눈보라가 심해졌다. 이렇게 빠른 속도로 퍼붓는 엄청나게 굵은 눈덩이를 본 적 없었다. 제설차가 눈 속에 꼼짝없이 갇혀 버렸다는 이야기도 들어본 적이 없었다. 그런 건 물고기가 물에 빠져 죽었다는 말도 안 되는 이야기 같았다. 눈도 물과 같은 원소로 이뤄져 있으니 말이 될 수도 있겠지만.

여기에 모인 뒤, 처음 한 시간이 흘러갔고, 어느덧 두 시간째로 접어들었다. 아이들은 휴대 전화를 기적의 황금 돌멩이처럼 매만졌다. 그 누구도 기분이 그리 좋아 보이지 않았지만, 고슬 선생님은 노골적으로 심기가 불편한 티를 냈다. 물론 짜증스러운 말을 내뱉지는 않았지만, 입을 앙다물고 있는 선생님의 표정을 보면 대번에 심사가 뒤틀린 걸 눈치챌 수 있었다. 턱수염이 난 턱을 앞으로 쭉 내밀고 아래윗니를 박박 갈고 있었다. 이 갈리는 소리가 들리는 것 같았다. 우리와 기다리다가 억울하게 집으로 돌아갈 기회를 빼앗긴 것마냥 우리를 원망하는 것 같았다. 나는 선생님이 어떤 차를 몰고 다니는지 몰랐다. 물론 이 시점에 차종 따위가 중요한 건 아니지만.

실습실에서 건너오는 동안 교직원 주차장에 엄청나게 쌓인 눈을 보았다. 군데군데 이글루처럼 볼록볼록 튀어나와 있었다. 그때 제이슨이 농담을 던졌다.

"북극곰을 발로 뻥 차서 얼음 구덩이에 집어넣었나 봐!"

들을 때는 제법 웃겼는데, 지금 생각해 보니 눈에 파묻혀 있던 차 중에 고슬 선생님 차도 있는 게 분명했다. 우리가 목격한 뒤로 벌써 두 시간이 지났으니까 더 큰 이글루가 되었을 것이다.

어쨌든 고슬 선생님이 화가 난 까닭을 알게 되었다. 이제 우리도 이 근처에 서성거리며 우리를 태우러 와 줄 차와 눈보라가 누그러질 때를 기다려야만 했다. 제설기가 길을 낼 수 있을 때까지, 치우기 무섭게 다시 길을 덮을 만큼 폭설이 쏟아지지 않을 때까지, 잠자코 기다려야만 했다. 가만히 앉아서 푹푹 쌓여 가는 눈 더미를 쳐다보고 있는 게 현명한 판단이었다.

어느새 우울한 풍경마저도 눈앞에서 사라지기 시작했다. 한겨울에는 맑은 날에도 태양은 일찍 저물었다. 나는 위쪽의 시계를 올려다보았다. 다섯 시에 가까운 시간이었다. 벌써 어둑했다. 낮 동안에도 눈보라 탓에 제대로 주변을 알아보기 힘들었는데, 그나마도 이젠 사방을 분간하는 게 아예 불가능해졌다.

복도의 불빛이 건물 바깥 주변으로 새어 나와 가까이에서 흩날리는 눈꽃을 비췄다. 하지만 그 부분을 제외하고는 어둠이 슬렁거렸다. 엄청나게 내린 하얀 눈에 비하면 불빛은 너무나도 흐렸다. 우리는 벽에 나란히 기대앉아 창밖을 내다보았다. 눈은 유리창의 절반 높이쯤 쌓여 있었다. 결국 우리끼리 돌아가며 밖을 내다보기로 했다.

아무도 '교대 근무'라는 용어를 쓰지는 않았다. 우리가 하는 일에 대해서도 별다른 의견을 주고받지 않았다. 그런데도 몇 분 간격으로 누군가는 일어나 보초를 섰다. 바깥에서 보면 마치 땅다람쥐가 눈밭 위로 고개를 내밀고 망을 본 뒤 구멍 안으로 잽싸게 들어간 듯했을 것이다. 한 명이 밖을 보고 자리에 앉으면 또 다른 아이가 일어나 같은 과정을 반복했다. 달리 할 일도 없었다. 창밖에는 제대로 보이는 것도 없었다. 그렇더라도 우리는 어슴푸레하게라도 무언가 볼 수 있기를 기대하고 있었다. 그렇게 얼마 동안은 아무 일도 없었다. 줄리가 그것을 발견할 때까지는.

"여기 좀 봐."

줄리가 외쳤다. 줄리는 크리스타에게 말을 걸었겠지만, 모두가 들을 수 있을 정도로 큰 소리였다.

"저거 전조등 불빛이지?"

모두 일어나 줄리가 가리키는 방향을 쳐다보았다. 고슬 선생님도 외따로 떨어져 있던 복도 저편에서 건너왔다. 전조등 불빛이었다. 트럭 비슷한 차량 같았다. 전조등이 달린 높이를 볼 때, 이 눈을 뚫고 체인을 감은 두툼한 타이어 흔적을 남기며 길을 내기에 무리가 없어 보였다. 7번 도로를 슬슬 기어가고 있었지만, 한 치의 실수 없이 오르막길을 따라 학교 진입로 옆길로 향하고 있었다. 떨어지는 굵은 눈발 사이로 두 개의 전조등 불빛은 낮게 뜬 쌍둥이별처럼 또렷이 보였다.

무척 흥분이 되었지만, 그 이유를 해명하기는 어려웠다. 고작 트럭 한 대가 길 위에 있는 것이었는데, 뭐랄까, 세상과 다시 접촉을 하게 된 것처럼 좋은 조짐이 보였다고 할까? 피트는 재빠르게 휴대 전화로 연락을 시도했다. 뒤따라 크리스타도 휴대 전화를 꺼내 들었다. 금세 아이들은 저마다 통화를 해 보려고 애를 썼다. 역시 제일 먼저 피트가 입을 열었다. 모두 두리번거리며 녀석을 쳐다봤다.

"네. 우리는 여기 체육관 옆에 있어요. 제 생각에는 누군가 우리를 태우러 여기로 온 것 같아요."

'아까 그 트럭이 우리를 태우러 온다고?'

내가 보기엔 전혀 그런 것 같지 않았지만, 피트 녀석은 내가 못 본 차량을 목격했을 거라 믿고 싶었다.

"여보세요? 여보세요? 여기요?"

곧 먹통이 되어 버린 듯했다.

"연결된 거였어? 통화가 된 거야?"

내가 물었다.

"그런 거 같아."

피트가 대답했다. 우리 둘 다 안절부절못했다.

"너희 엄마? 아빠?"

"그런 거 같아."

"뭐야? 누군가 전화를 받기는 한 거야?"

"그런 거 같다니까."

"사람 목소리를 들은 거야?"

"꼭 그렇진 않아."

"그럼 뭐야?"

"전화 받을 때 나는 '띡' 소리를 들었단 말이야."

"전화가 끊어질 때 나는 '띡' 소리 아니고?"

"아니야."

비아냥거리는 내 말투에 피트는 심기가 불편한 말투로 답했다.

"어쩌면."

잠시 뒤 녀석이 토를 달았다.

피트를 몰아세우지 않았던 아이들도 어느새 녀석을 비난하고 있었다. 나는 씁쓸한 기분이 되어 창 쪽으로 몸을 돌렸다.

"어쩌자고 누군가 우리를 데리러 오고 있다고 말한 거야? 그리고……."

말을 끊고 녀석을 쳐다보았다.

"잠시만!"

녀석이 내 말허리를 자르면서 액정 화면을 들여다보았다.

"이것 좀 봐."

휴대 전화를 나에게 내밀었다.

나는 고개를 숙이고 휴대 전화를 들여다보았다. 화면에 뜬 글자를 알아볼 수 없었다.

"뭘 보라는 거야?"

"이거 봐. 사라졌어."

녀석이 투덜거렸다.

"별일이군."

그제야 나는 뭘 봐야 했는지 제대로 이해했다. 미발송/보류 폴더에 '0/0'이라고 적힌 숫자가 보였다. 몸이 살짝 휘청거렸다.

"좋은 징조네."

"그러게."

녀석도 빈정대는 내 말에 맞장구쳤다.

"시간 초과로 없어진 게 아니라면."

내 말에 피트가 인상을 찌푸렸다. 하지만 통신사에 따라 종종 그런 일은 있었다. 우리는 창 쪽으로 고개를 돌렸다. 기분이 나아지지 않았다. 저 멀리 전조등 불빛도 움직임을 멈추었다. 휴대 전화를 내려놓은 아이들은 각자 좋아하는 차종을 말하며 어떤 브랜드인지 맞춰 보려 했다. 차가 멈춘 이유에 대해서도 각자가 짐작하는 대로 말했다.

실내 전등이 깜박이기 시작했다. 순간, 정전이 떠올랐다.

잠시 시야를 가리며 퍼붓던 눈덩이들이 바람에 휩쓸려가자, 저 멀리 전조등 불빛도 다시 보였다. 눈 깜짝할 사이, 빨간 불빛도 반짝였다. 고슬 선생님도 우리도 그 점멸의 순간을 목격했다.

"사이렌이거나 플래시 불빛이었을까? 경찰들이 들고 다니는 것 같은?"

크리스타가 물었다.

"파란색 같았는데."

제이슨이 말했다.

"그럴 리가. 소방차 같은걸."

내가 답했다. 그렇게 크지는 않았다.

"소방차일 리는 없어."

"저기엔 뭔가 있을 거야. 자원 봉사로 나선 소방관에게 우리가 사용할 수 있는 쌍방향 무전기가 있을지도 모르지."

고슬 선생님이 조용히 말했다.

'그딴 게 무슨 소용이 있다고!'

나는 선생님 말에 속으로 빈정거렸다.

'쌍방향 무전기로 누구한테 연락이 가능하다는 건데? 경찰서와 소방서? 그런 곳에서 일하는 사람들? 비상 대책 본부 사람들과 구조 대원들이라면 혹시 가능할 수도 있겠지!'

비아냥거리다 보니, 고슬 선생님이 생각하는 바를 순간적으로 이해하게 되었다. 그러니까 선생님은 이 상황을 비관적으로 여기고 있는 게 분명했다. 어느새 그 불빛은 스쳐 지나가는 농구장 전광판 네온사인처럼 저 멀리 어둑한 저녁 공기 속에서 가물거렸다.

"나가 보련다."

고슬 선생님이 말했다.

어쩐지 위험하고 불길한 선언 같았다. 바깥 온도는 영하 10도도 채 되지 않았다. 강화 유리를 통해서도 느껴지는 맹추위였다. 강화 유리는 두껍고 내열 처리도 되어 있었지만, 유리에 얼굴이나 손가락을 댈 때마다 등골까지 서늘해졌다. 영하 10도에다 날은 어둡고 눈은 사정없이 흩날려 여기저기 눈 무덤이 쌓여 갔다.

이런 악천후 속으로 나가는 행동은 여러모로 헛짓으로 보였다. 고슬 선생님은 우리를 위해 자신의 수고를 선택했다. 그 점은 인정한다. 살짝 고마운 마음이 들기도 했다. 그런데도 불길한 기분은 가시지 않았다.

고슬 선생님은 복도 구석으로 걸어가 코트를 집어 들었다. 할러웨이 선생님 것과 매우 비슷한 커다란 회색 파카였다. 학교에서 똑같은 코트를 나눠 준 건지, 가장 따뜻한 외투를 찾아 상점을 돌아다니다 똑같은 걸 구입한 건지 문득 궁금해졌다. 같은 옷을 입고 다녔다는 사실을 서로 알고 있었을까? 시내에 거구와 장신들을 위한 옷 가게가 있다는 건 알고 있었다. 그렇다면 추위를 많이 타는 노인들을 위한 옷 가게도 있을지도 모른다.

고슬 선생님은 모자를 뒤집어쓰고 인조 털 사이로 파카 지퍼를 끝까지 올렸다. 그런 다음에 요란한 소리를 내며 장화를 신고 발목 부분을 단단히 조였다. 구두는 오래된 지도와 망가진 지구본과 90년대에나 쓰던 구닥다리 프로젝트 따위와 함께 집무실 벽장 속에 처박아 두었을 테지.

우리는 새끼 오리들처럼 선생님을 따라 복도를 걸었다. 선생님이 이중문 오른쪽 손잡이를 쥐고 어깨로 단단한 철제문을 밀었다. 문은 꼼짝하지 않았다. 그러자 선생님은 뒤로 물러났다가 다시 어깨로 문을 세게 들이박았다. 문이 움직였다. 그러자 이번에는 문틀 아래쪽을 미식축구 수비수들을 뚫고 가는 기세로 발길질해 댔다. 내내 작은 소리로 욕도 했다.

드디어 문이 콘크리트 바닥 쪽으로 열렸다. 바닥에서 눈보라가 들이쳤다. 그렇게 내린 눈이 문 아래쪽을 삼십 센티미터 가량 파묻어 버렸다. 고슬 선생님이 한 번 더 발길질을 하자, 원호를 그리며 밀려 나가 문이 활짝 열렸다. 선생님은 동작을 멈추고, 간신히 알아볼 수 있을 만큼 빠른 속도로 성호를 그었다. '안경과 고환과 지갑과 시계를 위하여('성부와 성자와 성령의 이름으로'를 비꼰 표현—옮긴이)' 그런 다음 어깨로 문을 밀치며 밖으로 나갔다. 선생님이 나가자마자, 돌풍에 문이 쾅 닫히고 눈이 부채처럼 쫙 펼쳐지며 복도 안쪽으로 떠밀려 들어왔다. 피트, 제이슨, 줄리, 크리스타, 그리고 나는 문가에 서서 고슬 선생님이 멀어지는 뒷모습을 지켜보았다.

선생님은 눈이 흰 벽처럼 쌓인 곳으로 기어 올라가고 있었다. 선생님은 노인네 치고 날렵한 편이었다. 미식축구 보조 코치를 맡고 있는 걸 보면 한때 선수 생활을 했던 게 분명했다. 선생님은 눈 더미 꼭대기로 올라서다 말고 뒤로 한 걸음 물러섰다. 한 걸음 더 물러섰을 때에는 눈 속으로 발이 빠져 이내 허리까지 깊숙이 파묻혔다. 뒤돌아보리라 예상했지만, 선생님은 어둠과 눈 속을 향해 앞으로 나아갔다. 몇 발자국쯤 전진했을 때에는 눈 밑으로 들어간 두 발과 앞으로 기울어진 상체의 동작이 보이지 않았다. 우리는 선생님이 있는 위치를 놓쳐 버렸다.

"정말로 그게 점멸등이라고 생각해?"

모두 기대어 있던 벽으로 돌아왔을 때, 크리스타가 물었다. 피트에게 묻는 질문 같았지만, 피트는 복도 끝에 있는 남자 화장실로 직진했다. 덕분에 내가 대답할 수 있는 기회를 얻어 냈다.

"그런 것 같은데."

내가 답했다.

"그렇다면 왜 저렇게 꺼졌다 켜졌다 하는 거야?"

"나도 모르겠어."

바보 같은 대답으로 크리스타와 대화를 나눌 기회는 끝장나 버렸다. 잠시 아쉬운 침묵이 흘렀다.

우리 중 몇몇은 자리에 앉고 나머지는 서 있었다. 벌써 몇 시간째 깔고 앉아 있었던 재킷에는 온기가 남아 있었다.

"밖에 나간 선생님을 볼 수 있어?"

줄리가 물었다.

"볼 수 있을 것 같은데."

제이슨은 대답과 동시에 차가운 창문에 코를 갖다 댔다.

"저기. 잔디밭 한가운데쯤인 거 같은데. 저기, 저기. 뭔가 움직이는 것 같지?"

"어. 그러네."

줄리가 답했다.

"마치 손으로 금방 쓸어 낸 것 같은데."

제이슨이 말했다.

"뭘 쓸어 내?"

줄리가 되물었다.

"버튼."

제이슨이 대답했다.

"내 말은 점멸등에 달린 버튼 말이야. 누군가 무전기를 찾아내 작동 버튼을 누르려 한 것 같은데."

"그러네."

내가 나서서 제이슨의 말에 맞장구를 쳐 주었다.

"나도 볼 수 있겠네."

줄리가 대꾸했다.

레스는 우리 대화를 무시하는 듯, '칫칫'거리며 한숨을 내쉬었다.

"저건 무전기 점멸등도 자원봉사 나온 소방관의 불빛도 아냐."

레스 녀석이 말했다. 녀석의 말투에서 누구라도 알아챌 수 있는 우쭐함이 배어 나왔다.

"저 빨간 불빛? 저건 신호탄이야. 길을 찾으려고 쏜 신호탄. 다만 지금은 길조차 없으니 저기 있는 저 작자도 우리처럼 맛이 갔겠지. 더 심하게."

레스의 생각을 넘겨받은 우리는 잠시 동안 가만히 있었다. 잠시 뒤 피트가 '땅' 소리를 내며 한 손으로 자신의 머리통에 권총을 쏘는 흉내를 냈다. 피트는 레스의 말이 옳다는 걸 깨달은 듯했다. 사실 우리 모두는 레스 말에 동의하고 있었다.

"그럼 무슨 꿍꿍이로 고슬 선생님이 밖으로 나가기 전에 말하지 않은 거야?"

줄리가 물었다.

"왜 내가 그래야 하는데? 그 선생 인생이니까 알아서 하겠지."

레스가 대답했다. 맞는 말이었지만, 그런 생각이 문제였다. 그때까지 그 누구도 이 눈보라 속에서 죽을 수도 있다는 생각은 하지 않았다. 추운 동네에 사는 우리는 제법 많은 눈사태를 겪어 봤지만, 그런 비극적인 일이 생긴 적은 없었다. 하지만 이제는 안일한 생각을 고쳐야 했다.

레스의 대답을 듣고 난 뒤, 우리는 같은 생각을 하기 시작한 것 같았다. 고슬 선생님이 죽을 수 있단 생각이 아니라, 레스가 사람 하나쯤은 죽였을 수도 있다는 생각. 그때까지만 해도 우리에게는 희망이 남아 있었고, 그다지 절망적이지는 않았다.

다시 어두운 바깥을 내다보았다.

"누구 선생님 본 사람 없어?"

크리스타가 물었다.

아무도 선생님을 다시 찾아보려 하지 않았다. 저 멀리 전조등은 제법 오래 켜져 있었지만, 우리가 대화를 나누는 사이에 사라져 버렸다. 처음 발견하고 난 뒤로 시간이 꽤 흘러서 자동으로 꺼진 것인지, 차가 갑자기 떠난 것인지 분간하기는 어려웠다. 한동안은 그 불빛이 점점 강렬해지는 것도 같았지만, 사방이 어두워졌기 때문에 전조등이 꺼진 차가 어둠에 가려 전혀 보이지 않은 것일 수도 있었다. 어쨌거나 이젠 눈앞에서 완전히 사라져 버렸다. 최악의 경우까지 생각을 몰고 갔다. 침울해졌다. 그와 동시에 정전이 되었다.

8

나란히 앉아 있는 자리에서 욕지거리가 줄지어 터져 나왔다. 따발총이라도 쏘듯, 쌍시옷이 난무했다. 그런 다음, 휴대 전화에 하나둘 씩 액정 화면이 뜨고 어둠 속에서 이리저리 움직였다. 마치 거대한 전자 반딧불이가 날아다니는 듯했다.

"확인해 봐."

피트가 플래시 앱을 켜며 말했다. 휴대 전화를 들고 커다란 반원을 그리는 동작에 따라 아이들 얼굴도 보였다 사라졌다.

"뭐야, 빙닭."

줄리가 불빛에 비치자 빠르게 말했다. 피트는 휴대 전화 불빛을 다시 줄리 쪽으로 비췄다. 피트와 줄리가 조용하고 낮게 낄낄

대는 소리가 들렸다. 피트가 액정을 끄자 복도는 순식간에 어둠에 휩싸였다.

학교로 전력을 공급해 주는 1.5킬로미터 밖의 변전소에서 이어진 전선이 내려앉았을 것이다. 송전선들은 지지직거리거나 파닥거리거나 혹은 아예 꺼져 푹푹 쌓인 눈 밑 어딘가에 묻혀 있을 것이다. 학교 주변에는 땅 밑으로 굵은 전선들이 매설되어 있었다. 전력 회사들은 눈보라나 눈 폭풍이 지나가고 나면 매번 송전선을 교체하는 비용보다 송전선을 땅에 묻는 편이 저렴하다고 판단한 게 아닌가 싶었다. 물론 모든 눈보라가 똑같은 양상은 아니었다.

나는 전력이 끊겼다고 해서 놀라지는 않았다. 이런 날씨면 으레 그랬으니까.

"무슨 일이야?"

빤한 상황인데도 줄리가 물었다. 이 정도도 모를 만큼 바보는 아니었다. 단지 그렇게 말함으로써 어둠 속에서 혼자가 아니라는 걸 느끼려 했다. 아이들도 웅성거리며 대화를 시작했지만, 나는 조용히 있었다. 이 상황에 대해 생각해 보고 싶었다. 앞으로 벌어질 사태에 어떤 계기가 될지 생각해 볼 필요가 있었다.

이제 우리는 진짜로 고립되었다. 길에서 학교는 보이지 않았다. 사람들이 흐릿한 복도 불빛을 보고 우리가 갇혀 있다는 사실을 깨닫게 할 방법은 없었다. 고슬 선생님은 우리가 있는 곳을 알고 있었지만, 무시무시한 눈 폭풍과 칠흑 같은 어둠 속에서 고슬 선생님이 돌아오기를 기대할 수는 없었다.

완벽한 어둠의 세계였다. 걸어가다 뭔가를 들이박을 수도 있고 책걸상에 부딪힐 수도 있는 깜깜한 세상이었다. 심지어 체육관 위쪽 하얀색 대형 시계도 보이지 않았다. 이제껏 퍼져 흐르던 재깍거리는 작은 소리도 사라지고 고요했다. 일곱 시를 향해 서서히 기어가던 짧은 바늘도 멈춰 버렸다. 시계만 보고 있자면, 시간은 멈춰 버린 것 같았다.

겨울철이라도 이 시각에는 이토록 깜깜하지 않았다. 다만 지금처럼 완전히 눈구름이 낀 날씨가 되면 지평선 너머로부터 새어드는 햇살 한 줄기 없었다. 겨울철, 대도시는 눈이 내려도 완전히 깜깜해지지 않는다고 들었다. 차량의 전조등과 거리의 가로등과 도시의 초저녁을 밝히는 이런저런 빛 덕분이겠지. 하지만 우리가 있는 곳은 도시가 아니었다. 근처에도 도시다운 도시는 없었다. 전력이 끊어지면 우리는 길바닥에 쌓인 눈 위쪽으로 전조등 하나 제대로 켜둘 수 없었다. 우리는 변두리에서도 끄트머리에 위치한, 키 큰 나무들로 숲이 울울창창한 오지 마을에 살고 있었다.

창밖을 내다보면 하얀 눈이 내리는 모습을 볼 수 있을 것 같았다. 하지만 이제는 빛이 전혀 없어 눈이 내리는지조차 확인할 수 없었다. 강화 유리의 시커먼 표면 너머로 아무것도 보이지 않았다. 하지만 분명히 눈은 내리고 있었다. 바깥에 눈이 내리는지 정도는 오지 마을 출신으로서 육감으로도 알 수 있었다.

오지 마을 사람들은 창가에 붙어 있지 않아도 바깥 날씨가 칙칙하고 비가 내리고 있다는 걸 추측할 수 있었다. 온몸에서 기운이 빠져나가는 증세로 우중충한 날씨를 정확히 느낄 수 있었다. 눈이 내리는지 아닌지를 알아채는 육감도 그런 느낌과 다를 바 없었다. 하늘에서 쏟아지고 있는 것의 정체가 숨 쉬기 힘들 정도로 세차게 얼굴을 때리는 빗줄기가 아닐 뿐이었다. 이번에는 소리 없이 묵직한 무언가에 온몸이 눌려 깊숙이 파묻히는 기분이 들었다. 차디찬 손이 어둠 속에서 뒷목을 거머쥐는 오싹한 느낌이 지배적인 분위기였다.

눈에 보이는 것이라고는 휴대 전화 화면에 겹쳐 보이는 이미지가 전부였다. 벽을 따라 떠다니는 휴대 전화 불빛과 동시에 복도 유리창에 반사된 휴대 전화 불빛의 이미지. 마치 우리의 도플갱어가 벽에 기대앉아 있는 우리들을 세 발자국쯤 떨어진 곳에서 지켜보고 있는 것 같았다. 하지만 그나마도 몇 번 깜빡이다 하나둘씩 눈을 스르르 감아 버리는 도플갱어.

휴대 전화를 들여다보는 것도 그만두자, 외투를 깔고 앉아 칙칙한 생각들을 떠올리는 것 외에는 달리 할 일이 없었다. 우중충한 생각에 폭 빠져 있다고 자각하는 순간, 계속되고 있던 아이들의 대화 소리가 들리기 시작했다. 크리스타는 내가 생각조차 못한 일을 이야기를 하고 있었다.

"난방은 어떻게 되었을까?"

"아, 맞다."

내가 맞장구쳤다.

"계속 켜져 있을까?"

크리스타가 다시 물었다.

"내 생각엔, 음, 불꽃이든 뭐든 계속 타고 있을 것 같은데."

내가 답했다.

"가스나 전기로 작동하는 거라면 모르지만, 성냥을 갖고 있는 녀석은 없을 거야. 하지만 일단 불이 붙은 거라면 내 생각에는 계속 작동할 거 같아."

나는 횡설수설했다.

"하지만 계속, 영원히 타는 건 아니잖아. 안 그래?"

크리스타가 되물었다.

"맞아. 언젠가 꺼지지 않을까?"

줄리가 크리스타 의견에 맞장구쳤다.

나는 난로나 보일러에 대해 알고 있는 것들을 되짚어 보았다. 별로 없었다. 사람들이 흔히 알고 있다고 생각하는 정도가 고작이었다. 집에 있는 난로를 떠올렸다. 추운 날 어떤 소리를 내면서 불이 붙기 시작했고, 불이 타오를 땐 어떤 소리가 났는지를 떠올려 보았다. 또한 점화되고 나서 얼마 뒤부터 따뜻한 공기가 연통을 타고 올라와 두 손을 얹으면 온기를 느낄 수 있었는지도 생각해 보았다. 보일러는 어떻게 꺼졌는지, 꺼진 후 얼마나 그 온기가 유지되었는지 하나하나 떠올려 보았다. 온기 있는 집에서 나른하게 행복해하는 내 모습이 그려졌다.

"그래. 나도 그렇게 생각해."

내가 대답했다.

"하지만 정지된 다음에 다시 가동하지 않을까? 하지만 정전일 경우에는……."

"지금은 작동 중일까?"

내 말에 이어 누군가가 말했다. 누군지는 알 수 없었다.

"연통이나 난방 시설 근처에 누군가 있지 않을까?"

당연히 아무도 없었다. 학교에는 우리뿐이었다.

"그럴 것 같지 않은데."

제이슨이 답했다. 제이슨 아빠는 집을 수선하는 일을 했다.

"뭐가 그럴 것 같지 않다는 거야? 다시 작동할 수 있잖아?"

크리스타가 물었다.

크리스타가 이번에는 제이슨에게 말을 걸었다. 어둠 속에서도 크리스타가 누구 쪽으로 고개를 돌리고 말하고 있는지 정도는 분간할 수 있었다.

크리스타가 제이슨 아빠를 알고 있을 거라고 생각하지는 않았지만, 크리스타도 제이슨 목소리에 담긴 확신을 느꼈을 테지. 녀석은 적당히 아는 바를 허세 쩌는 목소리로 크게 말한 게 아니라, 경험에서 우러나오듯 나지막한 목소리로 말했다. 제이슨은 그런

면에서는 분명히 나보다 많이 알고 있었다. 제이슨과 내가 절친한 사이이기는 하지만, 그런 식으로 대화를 끼어들어 서운한 느낌이 들었다. 그 마음이 쉽게 수그러들지 않았다. 크리스타의 얼굴선과 어둠 속에서 크게 뜬 두 눈, 딱딱한 벽에 기대어 있는 부드러운 몸을 상상했다.

"그래. 하지만 전력 공급이 되지 않아서 거의 꺼졌을 것 같아. 전열 기구는 아니지만 다른 부속들을 작동하려면 전기가 필요하니까."

나는 제이슨이 다른 부속물이 무엇인지 아는지, 나처럼 생각나는 대로 말한 것은 아닌지, 제대로 모르면서 은근히 우쭐대고 싶어 하는 건 아닌지, 녀석의 의도를 정확히 알아챌 수 없었다. 나는 녀석이 언급한 부품이 무엇인지 추측해 보았다. 스위치? 팬? 펌프? 알 수 없었다. 그런 생각들을 하다 보니, 이 세상 어딘가에 있을 듯한, 산업 혁명기에 노동하던 아이들이 손가락을 잃어버렸다는 크고 오래된 공장이 떠올랐다.

"좋아. 그러니까 다시 점화되지는 않겠네. 그럼 깜빡거릴 때 우리가 먼저 꺼지지 않도록 할 수는 없을까?"

피트가 물었다.

"온도조절장치? 집에 있는 것 같은?"

줄리가 되물었다.

"응. 그 부근 창을 열어 두면 공기가 순환할 수는 있잖아. 혹시 온도조절장치가 어디 붙어 있는지 아는 사람?"

피트였다. 아무도 그런 것에 관심 있는 사람은 없었다. 당연히 대답하는 사람도 없었다. 문득 레스가 아무 말도 없이 있다는 사실이 떠올랐다. 아직 함께 있는지도 불확실했다. 그러고 보니 엘리야 말소리도 듣지 못했다. 하지만 엘리야는 어디에 있든 그다지 신경 쓰이지 않았다.

"잠깐만."

피트가 침묵을 깼다.

"플래시 앱으로 찾아보면 될 거야."

얼핏 좋은 아이디어처럼 들렸다. 온도조절장치를 찾아내서 과열되지 않게 해 주는 것. 하지만 좋은 생각은 아니었다.

"그렇게는 안 될걸."

제이슨이 말했다.

"어째서?"

피트와 크리스타, 줄리가 동시에 따졌다.

"온도조절장치는 전기 기구야."

제이슨이 비아냥거리듯 말했다.

"그게 무슨 뜻이야? 아!"

줄리가 되묻고 나서는 금세 깨달았는지, 감탄사를 뱉었다.

"우린 진짜로 정말로 완전히 엿 먹은 거야."

피트도 눈치를 챈 것 같았다. 이제 전기도 끊어졌고 난방도 안 되었다.

나는 할 말을 생각해 내려고 애썼지만, 생각조차 제대로 할 수 없었다. 화가 스멀스멀 나면서도 무기력한 느낌이 손발은 물론 입까지 묶어 버린 느낌이었다. 바로 그때, 조그맣게 낄낄거리는 웃음소리가 들렸다. 분명 어둠 속에서 누군가 웃고 있었다. 처음에는 레스일 거라고 생각해서, 빌어먹을 주둥이를 닥치라고 말하고 싶었다. 누군지 보이지 않으니 레스도 함부로 주먹을 휘두를 수 없을 테니까. 하지만 이내 그 웃음소리의 장본인이 엘리야라는 걸 알아차렸다. 섬뜩한 느낌이 엄습해 왔다. 웃음소리가 사라지자, 레스도 대화에 끼어들었다.

9

얼마나 오래 여기서 버틸 수 있을까? 이제는 그것이 문제였다. 상상컨대 얼마나 더? 전기도 없고, 빛도 없고, 그나마 남아 있던 온기도 수천 개의 벽 틈새와 이음매와 창문으로 새어 나갔다.

"오늘 하룻밤이면 될 거야."

줄리가 말했다.

"짱! 눈은 벌써 멈췄을 수도 있어."

피트가 말했다.

"우린 외투가 있잖아."

크리스타가 말했다.

이야기는 이런 식으로 이어졌다. "그리 나쁘지 않아.", "이 역시 지나가는 거야." 식의 어조였다. 또한 '억지스런' 구석이 있었다. 마치 엄마가 기분을 북돋아주기 위해 건네는 말을 듣고 있는 것 같았다. 엄마의 말대로 되지 않을 거라는 걸 알면서도 속아 주는 자식이 된 것 같았다.

서로 기분 좋은 척, 이야기를 나눴다. 누군가 그때부터 우리의 대화를 엿들었다면, 야영을 하고 있는 걸로 생각할 수도 있었다. 그것도 남학생과 여학생들이 함께하는 야영. 대화를 나누면 나눌수록, 그런 분위기로 빠져들었다. 그리 나쁘지 않았다.

그때까지 나눈 대화를 정리해 보면, 내일 수업 걱정은 할 필요가 없었다. 수업이 없으면 학교에 올 일도 없으니, 버스에서 우르르 내린 아이들이 추위에 덜덜 떨며 잠든 우리를 밟고 지나갈 일도 없었다. 우리는 눈 폭풍이 누그러져 집으로 돌아가 이불을 뒤집어쓴 채 소파에 앉아 뜨거운 코코아를 거푸 마시며 하루 종일 몸을 녹이며 지낼 수 있었다. 그러니 오늘 밤은 멋진 추억이 될 것이다. "고등학교 시절 학교 건물 바닥에서 자야 했던 밤이었지."라고 운을 떼며 시작하는 이야기도 가능해졌다.

"체육실 매트는 어디에 보관해 뒀을까?"

크리스타가 물었다. 마치 '진실과 거짓 게임'을 하다 말고 갑자기 다른 제안을 꺼내는 듯한 말투였다. 그 순간 맥박이 조금 빨라졌다. 이 어두운 데에서 내가 무슨 짓을 할지 누가 알기나 할까? 뭔 짓이라도 해 보고 싶은 심정이었다. 사랑에 빠져 본 남자라면 그때 내 심정이 어떠했는지 알 것이다. 호르몬이 버스를 몰고 있는데 뒤통수에 달린 뇌 어딘가에 과속 방지용 턱이 있는 것 같은 느낌. 말하자면, 이성이 제대로 작동하고 있는 정상적인 상태는 아니었다. 비상등이 머리 위에서 깜박이고 있든 말든 신경 쓰지 못할 정도로 제정신이 아니었다.

전기가 나가고 한 시간 반 정도가 흐른 뒤였다. 비상등이 켜졌다. 비상등은 한참 뜸을 들이다 켜지는 물건 같았다. 그러니까 주 전력이 나갔을 때 바로 켜지는 건 아니라는 뜻이다. 어쨌든 학교에 그런 것들이 모두 갖춰져 있다는 사실이 놀랍기는 했다. 학교는 본래 밤에는 비어 있는 장소인데…….

비상등은 벽면에 달라붙은 커다란 대게처럼 생겼다. 도시락 통보다 크지는 않지만, 난로에 황갈색으로 그을린 사각형 납작 도시락 통 모양이었다. 위쪽으로는 작달막한 안테나 같은 게 달려 있었고, 그 끝에는 두 개의 전구가 불룩 튀어나와 있었다. 전구는 동글동글했고, 45도 각도로 반대 방향을 향해 붙거져 있었다. 양쪽에 다리는 없고 눈만 달린 게 모양. 양 방향을 동시에 보고 있는 것처럼 사팔뜨기 눈으로 해안가의 이상 유무를 확인하는 꼴이었다.

생각이 엉뚱하게 뻗어 나갔다. 엉뚱한 상상이 꼬리에 꼬리를 물고 이어졌다. 문득 정신을 차리고 보니, 비상등 아래쪽으로 일곱 명이 얼어붙은 채 벽에 붙어 있는 실루엣이 보였다. 다시 바스러질 것 같은 하얀 불빛이 복도의 어둠을 가르며 흩어졌고 끝으로 갈수록 흐릿해졌다. 켜져 있는 손전등을 서랍 속에 놓아두고서 한참 만에 그 사실을 깨닫고 꺼냈는데 배터리가 거의 닳아 버린 꼴과 비슷했다.

"저기 불이 들어왔어."

제이슨이 말했다. 작은 웃음소리가 복도를 채웠다. 다시 흥겨운 분위기가 되었다. 학교는 아직까지 제 기능을 하고 있었고, 앞으로 모든 일이 순순히 돌아갈 것만 같았다. 한순간에 낙관적 상황으로 바뀐 듯했다. 이제 서로의 얼굴을 다시 알아볼 수 있게 되었다. 우리가 입고 있는 외투와 가방의 윤곽도 보였다. 가방들은 바닥에 엎어져 있는 시커먼 강아지 같았다.

몇 마디 농담이 오고 갔다. 줄리가 피트에게 불이 꺼지면 더 잘생겨 보인다고 말하고는 둘이 한참 키득거렸다. 서로가 알고 있는 사실인 듯, 피트도 인정한다며 즐거워했다. 잠시 뒤 우리는 새로운 마음으로 이 암울한 사태를 조금이라도 낫게 해 줄 일을 논의하기 시작했다.

"로커로 가야 해."

크리스타가 제안했다.

학교 곳곳에 비상등이 있다는 사실이 막연하게나마 떠올랐다. 어디쯤에서 보았는지를 기억하려고 애썼다. 내 로커 근처에도 있는 것 같았지만, 평소에 전혀 신경 쓰지 않았던 거라 확신이 서지 않았다.

나는 자리에서 일어나 복도 유리창을 내다보았다. 각도가 제대로 나오지 않아, 차가운 유리창에 이마를 갖다 붙였다. 본관 건물 측면 유리창들이 나란히 보였다. 떨어지는 눈발 사이사이로 비상등이 켜져 있는 상태가 간신히 확인되었다.

"땀복을 꺼내 오고 싶어."

줄리가 말했다.

로커는 꽤 설득력 있는 제안이었다. 한밤중에 정전이 된 학교에 남아 본 적이 없는 사람은 로커의 고마움을 헤아리기 쉽지 않을 것이다.

고슬 선생님마저 눈보라 치는 바깥 어딘가에 있는 상황에서 우리에게 이래라 저래라 지시하는 사람은 아무도 없었다. 어떤 이유에서인지 모르겠지만, 로커로 움직이기로 동의한 '우리의' 첫 결정이 중요하게 느껴졌다. 비상등이 우리가 처한 상황을 비상사태로 느끼게 해 용기를 내는 데 도움을 주었는지도 모른다. 지금껏 우리는 학교에서 시키는 대로 하는 데 익숙해졌기 때문에 스스로 결정하는 걸 겁내고 있었다. 우리는 여태까지 아무런 행동 없이 시간이 흐르도록 내버려 두었다.

로커를 향해 움직이기 시작하면서 우리는 옹기종기 붙어 다녔다. 한 줄로 늘어서서 걸었다. 그 누구도, 심지어 레스조차도 서로의 목소리가 들리지 않는 범위 밖으로는 벗어나지 않았다. 우리가 전부 1학년과 2학년이라는 게 다행이었다. 로커는 모두 같은 구역에 있었다. 하긴 선배들은 버스를 기다리며 학교에 갇혀 있을 필요가 없었다. 상급 학년들은 자기 차가 있거나, 대부분 친구 차를 얻어 타고 다녔으니까.

우리의 로커는 복도 한쪽에 모여 있었다. 상급생들이 '루저들의 통로'라 부르는 구역이었다. 나 역시 처음에는 그 말에 발끈했지만, 선배들의 영역에서 우왕좌왕하는 것보다는 아래 학년들 사이에서 어슬렁거리는 편이 낫다는 걸 비교적 일찍 깨달았다.

"여기서 다시 만나는 거야, 오케이?"

크리스타는 그렇게 말하고 1학년생들의 로커가 있는 복도 왼쪽으로 향했다. 우리 모두 동의했다. 침침하고 싸늘한 복도에서도 크리스타의 목소리는 따뜻한 물처럼 내 마음을 데워 주었다.

우리는 사냥감을 찾아 로커로 걸어갔다. 비상등은 꽤 멀찍이 떨어져 있었다. 좁다란 복도를 따라 로커 사이를 지나가는 동안 이런저런 물건들이 가물가물 보였다 사라지길 반복했다. 곧게 뻗어 있는 통로 한가운데 불빛은 더 환했지만, 가장자리 쪽으로 가면 갈수록 그림자까지 어둠에 깊이 파묻혀 버렸다. 피트는 플래시 앱을 만지작거리며 내내 구시렁거렸다. 휴대 전화의 플래시도 어둠 속에서는 쇠잔한 빛일 뿐이었다. 그야말로 장난감 수준이었다. 그나마도 있는 게 부럽긴 했지만.

로커 근처로 다가섰을 때 내가 행운아라는 걸 알게 되었다. 내 로커는 비상등에서 고작 몇 발자국 떨어진 거리에 있었다. 자물쇠를 열기 위해서 꼭 불빛이 필요한 건 아니었다. 올해만 해도 수백 번 자물쇠를 눌러 손에 익었다. 그럼에도 불구하고 비상등 불빛은 내가 비밀번호를 눈으로 확인하고 로커 속에 넣어 둔 물건을 뒤지는 데 도움이 되었다. 내 로커 속은 엉망진창이었다. 피트나 좀 더 가까이 있는 제이슨에게 휴대 전화를 빌려 달라고 할까 했지만, 부탁하지는 않았다. 솔직히 말해, 내게 휴대 전화가 없다는 사실이 적잖이 자존심을 건드렸다. 내 방 서랍에서 고이 쉬고 있을 휴대 전화가 떠올랐다. 순간 내 자신이 '빅 루저'처럼 느껴졌다.

결국 나는 깜깜한 로커 안쪽으로 손을 밀어 넣고, 시커먼 물속을 헤집어 메기를 찾듯 더듬거렸다. 손가락으로 지저분한 오래된 종잇장 더미를 더듬다 오레오 과자 봉지를 끄집어냈을 때는 진작 이곳을 치웠어야 했다는 후회가 밀려왔다. 언제부터 있었더라, 9월인가? 과자 봉지를 옷 주머니에 쑤셔 넣고 바스락거리는 소리를 들은 사람이 있는 건 아닌지 주변을 두리번거렸다.

상했든 멀쩡했든 과자가 유일한 식량이었다. 복도로 돌아가는 동안 먹어 치울 마음도 반쯤은 있었다. 하지만 물물 교환을 할 때 혹시라도 요긴하게 쓰일 수 있겠다는 생각이 퍼뜩 떠올랐다. 다른 애들도 나처럼 각자의 식량을 찾아냈을 것만 같았다.

레스 쪽을 살펴보았다. 복도 반대쪽 대각선 방향이었다. 레스는 로커 두 개를 열어 놓고 있었다. 언젠가 훔쳐보고서 옆 로커의 비밀번호를 기억해 두었던 게 분명했다. 아니면 강제로 알아냈을 것이다. 레스는 자신의 로커에서 꺼낸 뭔가를 오른쪽 팔뚝에 걸쳐 놓았다. 녀석은 보물찾기라도 하듯 다른 아이의 로커에 들어 있는 물건을 샅샅이 뒤지고 있었다.

나는 다시 내 로커로 고개를 돌리고 재빨리 한 번 더 훑어보았다. 아무것도 없었다. 사정없이 문을 닫았다.

우리는 체육관 복도로 돌아왔다. 집시처럼 마구잡이로 가져온 물건들을 팔에 안고 있었다. 땀복, 여벌의 셔츠, 체육복 등등. 어떻게든 몸을 따뜻하게 데워 줄 수 있는 것들이었다.

피트의 팔 안쪽에는 토끼 귀처럼 늘어진 작은 방울이 달린 스키 모자가 걸려 있었다. 녀석이 그 모자를 쓰고 나타났던 아침이 기억났다. 우리가 무자비하게 놀려 대서 줄곧 로커 구석에 처박아 두었던 모자였다. 이 사태가 일어나지 않았다면, 피트는 결코 그 모자를 다시 꺼내지 않았을 것이다. 하지만 지금은 상패라도 되는 양, 보란 듯이 모자를 꺼내 들었다.

하지만 피트의 상패 중에는 먹을 수 있는 건 없어 보였다. 모두 나처럼 마음먹고 감춘 게 분명했다.

'친구 사이라도 아껴 둔 무언가를 나누거나 맞교환할 일이 있을 것이다.'

나는 우리가 각자 비밀을 갖기 시작했음을 눈치챘다. 다들 친구들이 들고 있는 물건을 훔쳐보았다. 비상등 아래를 지날 때에는 특히 곁눈질이 심해졌다. 크리스타는 이미 스웨터 위에 축구부 땀복을 입었고 그 위로 외투까지 걸쳤다. 아직 그 정도로 겹쳐 입을 만큼 춥지는 않았지만, 크리스타는 추위를 많이 타는 모양이었다. 아니면 추워질 걸 예상하고 미리 껴입은 걸지도……

우리는 그날 밤 작은 복도 구석에서 몇 시간째 잡담을 나누다가 갑자기 중단하고 다시 아무 말이나 꺼내 대화를 이어나갔다. 많은 이야기를 나눴다. 고슬 선생님—"선생님은 언덕길에 있는 마을 어느 집 근사한 벽난로 앞에 앉아 있을 거야."라는 누군가의 말에 모두 동의했다—과 우리가 이용하던 버스—"그중 절반은 이 언덕길을 올라갈 수 없을걸."—와 TV 일기 예보관—"힐튼 칼리쉬는 또 틀렸어. 방송국에서 그런 작자에게 봉급을 준다는 걸 믿을 수 없어." 같은—에 대한 이런저런 이야기가 오갔다.

우리는 비상등을 지켜보면서 차가운 공기가 스멀스멀 기어드는 싸늘한 기운을 느꼈다. 목이 마르면 식수대에서 목을 축였다. 화장실에는 비상등이 켜지지 않았다.

처음 남자 화장실을 갈 때 제이슨의 휴대 전화를 빌렸지만, 흐리멍덩한 푸른빛은 그다지 소용이 없었다. 오줌발이 제대로 조준되지 않았지만 딱히 나만 그런 건 아니었다. 바지 지퍼를 올리는 동안에는 휴대 전화 액정 화면이 소변기 위쪽에 달린 금속제 손잡이를 비추게 했다. 얼마 지나지 않아 끈적거려 지저분해질 거라는 생각이 들었다.

복도로 돌아왔을 때에는 각자 잠자리를 마련하고 있었다. 다행히 비상등은 여전히 켜져 있었다. 우리는 배터리가 닳고 있는 것처럼 이 집행 유예 기간도 그리 오래가지 않을 거라고 막연하게 믿고 있었다. 하지만 그 누구도 이곳에서 또 다른 밤을 지새워야 한다는 생각을 미처 하지 못했다.

가끔 누군가 휴대 전화를 확인했다. 액정 화면이 뜰 때면 흐릿한 불빛이 퍼졌고, 모두 그 불빛을 쳐다보았다. 하지만 아무런 소식이 없었다. 부재중 전화도 메시지도 그 어떤 새로운 소식 따위는 없었다. 우리는 회선이 여전히 복구되지 않았거나 눈보라 탓에 서비스가 극도로 약해진 것이라고 생각했다.

그때 누군가가 창가로 걸어가 길 쪽을 내다보았다. 새로울 건 없었다. 그저 눈밖에 없었다. 바깥을 내다보려고 일어설 때 두 눈의 감각만으로도 변화가 없다는 건 알 수 있었다. 처음에는 "아직도 내리고 있어." 따위의 말이라도 했지만, 얼마 되지 않아서는 "그렇지 뭐."라는 자조적인 투로 투덜거렸다. 이따금 거센 바람이 불어 창문이 털썩거렸다. 아무도 내다보지 않아도 눈보라는 자신이 건재하다는 사실을 알렸다.

그쯤 되자 이 밤에 우리를 위해 학교까지 올 사람은 아무도 없다는 점이 한결 분명해졌다. 하릴없이 이리저리 눈동자를 굴리며 어둠을 응시하는 것 이외에는 달리 할 일이 없었다. 우리는 바닥에서 자야 하는 부랑자 신세였다. 재미 삼아 한데 모여 잠을 잔다는 기분은 싹 사라져 버렸다. 그 대신, 딱딱한 바닥과 깜깜한 화장실을 오가며 하룻밤을 온전히 지새워야 하는 처지임을 받아들였다.

내일은 다른 날이 되리라 기대하며 잠자리에 들었다. 제설기가 거대한 눈 더미를 말끔히 걷어 내고, 우리도 집으로 무사히 갈 수 있을 거라 믿었다. 우리가 눈 속에 갇혔다고는 꿈에도 생각하지 못했다.

10

눈을 떴을 때 비상등은 꺼져 있었다. 나는 잠에서 깨자마자 누운 채로 눈을 깜빡거리며 비상등을 똑바로 쳐다보았다. 타이머가 있는 건가? 아니면 벌써 배터리가 다 닳았을까? 겨우 하룻밤 지나고서? 그럴 가능성은 없어 보였다. 보통 이보다는 좀 더 오래 가도록 배터리를 만드는 게 정상일 것 같았다. 만약 꺼졌다면 저 배터리는 얼마나 오래 묵은 걸까?

벽에서 창문 쪽으로 시선을 돌렸다. 미약한 빛이 유리창에서 새어 들어와 복도 길이만큼 기다란 양지를 드리웠다. 눈에 보이는 것이 뭔지를 알아차리는 데 시간이 걸렸다. 처음에는 머릿속이 멍해서 지하실 위쪽에 창문이 달려 있다고 생각했다. 그러다 복도 한 면 전체가 유리창으로 되어 있는 걸 기억해 냈다. 눈에 보이는 건 무려 이 미터 오십 센티미터로 쌓인 엄청난 눈이었지만, 머리는 좀체 그 사실을 인정하려 들지 않았다.

천장 높이가 삼 미터 십 센티미터쯤 되니까, 이 정도라면 유리창 전체에서 육십 센티미터 정도만 눈에 덮이지 않은 셈이었다. 새벽녘 박명이 스며드는 창 꼭대기 부분과 여명이 번져 회색처럼 보이는 언저리를 제외하고는 눈조차 검게 보였다. 시커먼 눈을 상상해 보았다. 물론 눈이 검지 않다는 것쯤은 알고 있었다.

자리에서 일어나 앉아 창 쪽을 좀 더 자세히 살펴보았다. 별다른 건 없었다. 한밤중에는 안도 밖도 보이지 않았지만 이제 창 안쪽은 그나마 보이는 정도였다. 눈에 뒤덮인 창의 꼭대기에서 눈살을 찌푸릴 필요도 없는 흐릿한 아침 햇살이 들어오고 있었다. 밤새 내린 폭설 속에 살아 있는 채로 파묻혔다는 두려움이 느껴졌다.

쌓인 눈 위로는 두 가지만 보였다. 이미 말한 대로 첫 번째는 흐릿한 아침 햇살이었고 두 번째는 여전히 내리고 있는 눈이었다. 다행히 어제처럼 맹렬하게 내리는 것처럼 보이지는 않았다. 시간 당 내리는 양 역시 줄어든 것 같았다. 하지만 새벽부터 호들갑을 떨 기분은 아니었다. 어젯밤 잠자리에 들 때만 해도 눈을 뜨면 눈은 그쳐 있으리라 믿었다. 하지만 밤새 위세를 떨친 게 분명했다. 쌓인 눈의 차이가 한눈에 보였다. 눈이 내리는 모습을 가만히 쭉 지켜보았다. 그러면서 꼭대기까지 차올라 빛이 건물 안으로 새어 들어오지 않으려면 시간이 얼마나 걸릴 지 계산해 보았다. 금세 가슴이 답답해졌다. 참다 못해 고개를 돌려 버렸다.

허리를 곧추세우고 제대로 앉았다. 처량 맞은 처지가 느껴졌다. 어젯밤보다 더 추웠다. 낮고 길게 숨을 내쉬었다. 입김은 보이지 않았다. 체감 온도에 비해 실내 온도가 그리 낮지 않다는 뜻이었다. 재킷을 입고, 모자를 뒤집어쓰고, 장갑까지 끼고서 몇 시간을 잤다. 덕분에 어느 정도 체온을 유지할 수 있었다. 손바닥에서는 땀까지 났다. 지금껏 장갑을 끼고 잠든 적은 단 한 번도 없었다. 장갑을 벗었다. 축축한 손바닥에 차가운 공기가 파고드는 간지러움이 느껴졌다. 기분이 괜찮았다. 다만 뻣뻣한 등줄기에 오싹오싹한 찬 기운이 신경 쓰였다.

왼쪽 엉덩이는 멍이라도 든 것처럼 얼얼했다. 왼쪽으로 누워 잠을 잤던 게 분명했다. 몸의 무게 중심을 반대편으로 옮기고 어디가 아프고 어디가 아프지 않은지 살펴보았다. 감각이 돌아오도록 왼쪽 뺨을 문지르면서 주변을 둘러보았다. 다른 아이들은 아직 잠을 자고 있는 것처럼 보였다. 색깔을 분간하기에는 아직 침침했지만, 실루엣은 알아볼 수 있었다. 제이슨은 모로 누워 입가에 괸 손바닥에 침을 질질 흘리고 있었다. 피트는 우스꽝스러운 모자를 쓰고 잠든 채, 여기가 아닌 다른 곳에 있는 꿈을 꾸는지 실실 웃고 있었다. 레스는 저 아래쪽에 팔다리를 쫙 펼친 채 누워 있었다. 녀석의 가슴팍이 오르락내리락했다. 우리 중에 심각한 코골이가 없다는 사실이 새삼 고마웠다.

고개를 돌려 왼쪽을 쳐다보았다. 여자애들이 잠들어 있었다. 둘은 한 쌍의 책꽂이처럼 서로 얼굴을 맞대고 몸을 웅그리고서 잠들어 있었다. 내 시선은 줄리를 스쳐 지나 크리스타에게 꽂혔다. 크리스타는 땀복 셔츠 위에 재킷까지 걸친 채였지만, 모자는 쓰고 있지 않았다. 맨 얼굴이 차가운 타일 바닥에 닿지 않게 모자를 머리 밑에 깔아 두었다. 입은 살짝 벌어져 있었고, 숨을 내쉴 때마다 콧구멍이 벌렁거렸다. 양쪽 무릎을 가슴 쪽으로 당겨 몸을 말고 누워 등허리와 허벅지가 S자 모양이 되었다. 나는 한동안 크리스타의 S 라인을 쳐다보고 있었다. 내가 크리스타 몸매에 넋을 놓고 있을 때, 엘리야의 시선이 내 쪽을 향해 있는 느낌이 들었다.

엘리야는 크리스타를 쳐다보는 나를 지켜보고 있었다. 녀석이 날 쳐다보는 동안 누군가가 나를 쳐다보고 있을 때 드는 느낌을 받은 건지는 잘 모르겠다. 아니면 내가 지레짐작으로 녀석이 날 지켜본 것으로 오해한 것인지도 몰랐다. 아직 나는 녀석을 제대로 보지 않았으니까. 얼핏 보니 녀석은 L자 형으로 굽은 저 아래쪽 벽에 등을 기대고 앉아 있었다.

내가 바라보자 급히 고개를 숙였다. 왜 그랬을까? 날 줄곧 지켜보고 있던 녀석이 왜 갑자기 시선을 피하지?

우리는 서로를 견제하면서 한동안 그대로 앉아 있었다. 녀석이 정확히 시선을 내리깐 건 아니었다. 느낌으로 알 수 있었다. 엘리야는 천리안을 가지고 있는 녀석 같았다. 녀석이 누군가를 지켜봤다면, 속마음까지도 보고 있을 터였다. 그런 녀석에게 말을 건네는 건 어려웠다. 우리 둘 다 입 한 번 뻥끗하지 않았다. 순간, 녀석이 오른손을 머리 위로 버쩍 들더니 머리카락 속을 뒤적였다. 원숭이처럼 머리털 속에서 뭔가를 골라내는 듯한 행동이었다. 그런 다음엔 손을 아래로 내리더니 바닥에 뭔가를 놓는 행동을 했다.

처음에는 무슨 짓을 하고 있는지 이해되지 않았다. 녀석의 머릿속에도 손에도 아무것도 없었다. 나는 오른손을 머리로 가져갔다. 그런 다음 녀석이 짚었던 위치를 짚어 보았다. 아니나 다를까, 오레오 과자 봉지가 머리털에 붙어 있었다. 손에 움켜쥐자 빈 봉지는 쪼그라들며 바스락거렸다. 실제 소리가 크지는 않았지만, 귀에 거슬렸다. 등 뒤쪽에서 인기척이 들렸다. 제이슨이 일어나 앉았다. 그러자 피트가 다른 쪽으로 몸을 돌렸다. 아직도 행복한 꿈나라에서 노니는 행복한 표정이었다.

제이슨을 향해 고개를 까닥거렸지만, 녀석은 내 시선은 아랑곳없었다. 제이슨은 밤새 쌓여 흰 벽이 되어 버린 눈을 노려보고 있었다. 이제 꼭대기에서 스며들어오던 새벽 박명도 더 밝아졌다. 복도 역시 아까보다는 좀 더 환해졌다. 벽처럼 높이 쌓인 눈도 그리 시커멓게 보이지는 않았다. 유리창에 들러붙은 눈들은 실내의 어둠 탓인지 잿빛으로 보였다. 나는 다시 잡생각에 빠져들었다.

'진짜 검정 눈이 내린 적이 있었을까?'

고개를 돌려 엘리야를 쳐다보았다. 녀석이 보이질 않았다. 심하게 쌓인 눈이 복도 유리를 가려 L자 형으로 꺾인 모퉁이는 제대로 보이지 않았다. 엘리야가 움직이는 소리는 듣지 못했는데……. 잠시 현기증이 났다. 순간 시선이 흐릿해졌다.

자리에서 일어섰다. 혈액 순환이 되었는지 다시 정신이 들었다. 무릎에서 '삐걱' 소리가 났지만, 일어서니 복도 안으로 새어 들어오는 햇살과 가까워져서 기분이 나아졌다.

"어이."

제이슨이 속삭였다.

"왜?"

나도 고개를 돌리고 작은 소리로 알아들은 체했다.

제이슨은 유리창에 들러붙어 있는, 문자 그대로 어마어마한, 눈을 내다보고 있었다. 잠시 뒤 제이슨이 뒤돌아 나를 보았다. 녀석이 권총을 쏘는 손짓을 했다. 어젯밤 피트도 그랬는데. 다른 점이라면 제이슨은 쌍권총을 쏘았다. 자신의 양쪽 관자놀이에 대고 나 보란 듯 엄지손가락을 아래로 떨어뜨렸다.

"굿모닝!"

목소리가 입 밖으로 나오지 않았다.

11

피트가 잠에서 깨어났을 즈음에 유리창에 쌓인 눈은 칙칙하기는 해도 하얀색으로 보였다. 여자애들도 깨어 났고 곧이어 레스까지 눈을 떴다. 엘리야도 우리에게로 돌아왔다. 어젯밤처럼 일곱 명의 아이들이 옹기종기 모여 있었다.

"모두들 챙겨 입었지만 갈 데가 없군."

제이슨이 말했다.

우리는 여전히 어젯밤 입고 잔 여벌의 옷은 껴입고 있었다. 나는 배낭이 있는 곳으로 걸어가 모자를 집어넣었다. 춥지 않았다. 아마 실내 온도는 13도 정도? 나는 만약을 위해 뭐든 아껴 두고 싶었다. 내 배낭은 어젯밤 우리가 잠든 쪽 벽에 비스듬히 세워져 있었다. 잠자리에서 일어난 우리들은 다시 벽 쪽으로 옮겨 갔다. 모두들 잠든 공간을 따로 두는 데 한마음이 된 듯했다. 말하자면 그쪽은 '침실'이었다. 이제 우리는 중앙 출입문에서 좀 더 가까운 '거실'에 모인 셈이었다. 머지않아 우리에게 새 '집'이 필요하게 되리라는 불길한 예감이 스쳐 지나갔다.

모두 유리창 가까이 걸어가 그 앞에 멈춰 섰다. 누가 시킨 것도 아닌데, 각자 자신만의 방법대로 밤새 쌓인 눈의 높이를 가늠해 보기 시작했다.

모두들 이 미터 오십 센티미터를 조금 넘겼을 거라 추측했다. 하지만 나는 이미 삼십 분 전에 이 미터 오십 센티미터 근처까지 쌓였다는 말을 꺼낼 용기가 없었다. 얼마 지나지 않아 빛 한 줄기 들어올 공간도 남아 있지 않을 것이었다.

휴대 전화가 있는 아이들은 다시 휴대 전화를 만지작거렸다. 연락이 없다는 걸 확인하고 창가에 나란히 서서 눈이 쌓인 높이까지 팔을 들어 휴대 전화를 머리 위로 올렸다. 크리스타는 깨금발을 하고 섰다. 역시나 아무런 신호도 없었다. 다소 충격이었다. 이제 아침이었다. 아침에는 모든 것들이 리셋되고 재부팅되는 게 당연했다. 하지만 우리가 생각하지도 못했고 알 방법도 없었던 일이 지난밤 사이에 일어났다. 눈보라가 절정에 달했을 때 산꼭대기 송신탑은 쓰러져 버렸다.

우리는 잠시 그대로 서 있었다. 욕을 하며 벽을 발로 차는 짓 외에는 뾰족한 수가 없었다. 아침이 점점 밝아 왔지만, 태양이 높이 떠올라 짙게 낀 구름 속으로 기어들어 가고, 유리창마저 점점 더 많은 눈에 가려지면서 또다시 어두워졌다. 이제 다른 곳으로 옮겨야 했다.

내 눈에는 햇살마저 현실적이지 않고 요상하게 보였지만, 다른 것들은 묘하게도 또렷하게 보였다. 우리끼리였고, 당분간 이렇게 있게 될 터였다. 고슬 선생님은 돌아오지 않았다. 선생님은 대피소를 찾았거나, 찾지 못했을 수도 있다. 전기는 나갔고, 전화기는 먹통이고, 학교 건물의 난방까지 꺼져 있었지만, 눈만은 끈덕지게 내리고 있었다. 그런 것들만 아니라면, 모든 게 근사했을 것이다.

"오줌 싸러 가야겠어."

제이슨이 말했다.

"빨리 가. 난 똥이 마려워."

피트가 대꾸했다.

어젯밤에 기본적인 수칙을 정했다. 서로의 신발 위에 오줌을 갈기거나 오줌이 묻어서는 안 될 곳에 오줌 칠을 하지 않기 위해 한 번에 한 사람씩 차례로 화장실에 가기로 했다.

"어둠 속에서는 오줌을 빨리 쌀 수밖에 없지 않을까?"

제이슨이 말했다.

"나 심각해. 똥 대가리가 나오려고 한단 말이야."

피트가 말했다.

둘의 대화에 나는 낄낄거리며 웃었다. 순전히 구질구질한 단어

때문이었다. "거북이 고개를 몸통 밖으로 내밀듯이 똥 대가리가 나올 것 같다니." 피트가 그런 말을 줄리 옆에서 꺼내리라고는 상상도 못 했다. 실제로 근처에 줄리는 없었다. 여자애 둘은 떨어져 있었다. 우리 일곱 명은 한 명, 두 명, 혹은 세 명씩 끼리끼리 모여 있었다. 선생님은 단 한 명도 없었지만, 패거리는 여전했다. 좀 더 큰 패거리 속에서 작은 패거리들이 어슬렁거린 셈이었다. 우리는 아메바의 세포 조직 같았다. 'ATP 가수 분해를 통해 에너지를 생산해 내는 세포'인 미토콘드리아 같았다. 아무튼 금요일에 생물 시험은 없으리라는 확신이 들었다.

크리스타와 줄리는 개수대 옆에 앉아 있었다. 둘 중 하나가 칫솔과 치약을 가지고 있었는지 둘은 차례대로 이를 닦고 있었다. 남자애들 중에서 학교에 칫솔을 들고 다니는 녀석을 본 적이 없는데, 여자애들은 역시 달랐다. 오레오 쿠키 부스러기가 이 사이에 끼어 있는 건 아닌지, 손가락으로 이를 문질러 보았다.

레스는 혼자였다. 그러면서도 아랑곳하지 않는 것처럼 태연했다. 나는 그저 하느님께 감사하다고 말할 수밖에 없었다. 레스 녀석이 혼자 동떨어져 어슬렁거리고 있다는 게 그리 좋은 징조는 아니지만, 지금까지 별 탈 없었다. 내 패거리는 셋이었다. 우리 셋은 모두 2학년이고 친구 사이였다. 우리는 본래 한 패거리였고 머릿수로도 레스를 능가했다. 우리는 녀석만의 공간을 허용해 주었고 변변찮은 농담에도 웃어 주었다.

엘리야도 외따로 있기는 했지만, 평소에도 녀석은 늘 외톨이였다. 녀석은 태양계에서 쫓겨난 명왕성처럼 언제나 가장자리에서 어슬렁거렸다. 태양계 행성도 아닌 지옥별이 그저 멀찍이 떨어져 태양계 행성들을 지켜보고 있듯, 녀석도 항상 그런 식으로 뭔가 신나는 일이라도 발견하려는 듯 우리를 바라보고 있었다. 지금도 그러고 있다. 하긴 녀석은 지금 이 상황에서도 우리 눈에는 보이지 않는 재미난 걸 응시하고 있을지도 모른다.

"아, 이런!"

피트가 말했다.

"2층으로 올라가 봐."

내가 대답했다. 학교 본관 2층 끄트머리에 화장실이 있었다. 본관에는 각 층마다 한쪽 구석에 창이 딸린 화장실이 있었다.

"적어도 똥 닦는 건 보일 거야."

"그래? 그거 괜찮은데."

피트가 대꾸했다.

피트 녀석이 뒤뚱거리며 복도 끝으로 걸어가더니 개수대를 지나쳤다. 나도 치약을 챙겨 둔 게 있는지 확인하려고 뒤돌아보았다. '적절한 위생 상태'는 솔직히 걱정거리가 아니었지만, 나도 입안을 개운하게 할 무언가가 있었으면 좋겠다는 생각이 들었다. 치약을 깨알만큼이라도 내 손가락 끄트머리에 묻혀 단 몇 초만이라도 이를 닦고 개수대에서……

하지만 그것보다 더 큰 문제로 넘어가야 했다. 이제는 무시할 수도 없었다. 속이 빈 느낌이 들었다. 약간 쓰라린 것도 같았다. 식사 시간이 되었다며 몸이 알려 왔다. 눈을 뜬 다음부터 줄곧 뱃속에서 꼬르륵 소리가 났다. 우리는 어제도 저녁을 먹지 못했고 이제 아침 식사도 건너뛰어야 할 판이었다. 먹을거리가 필요했다. 모두 일곱 명이니까, 제법 많이 필요했다.

12

생각을 질질 끌 필요는 없었다. 학교에서 음식을 찾는다면, 가볼 곳은 딱 한군데였다.

"거기도 잠겨 있을 거야. 학교 전체가 꽁꽁 잠겨 있잖아."

줄리가 말했다.

"거긴 이중으로 잠겨 있을걸. 저 커다란 이중문도 그렇지만 부엌으로 통하는 문도."

피트도 거들었다.

"멍청하긴. 카운터를 뛰어넘으면 되잖아."

제이슨이 말했다.

"그래. 하지만 그러려면 쇳소리 나는 고철 덩어리 문을 통과해야 되는걸."

피트가 다시 말했다.

"어떤 문?"

"뭐긴 뭐야. 우리가 늘 들어가던 문이지. 줄 서는 곳에 있는."

"아, 그러네."

"작은 창유리를 깨부수면 되잖아."

레스가 말해 놓고서 기운이 나는지, 우리를 둘러보았다.

"내 생각에 텔레비전에서 본 대로, 그런 식은 먹힐 것 같지 않아."

제이슨이 말했다.

"그 문에는 손잡이가 없어. 깨부수고 손을 넣어 문을 열 수 있는 유리창도 없고. 그냥 통째로 문을 밀어야 해."

"그렇다면 잠겨 있는지 어떻게 알아?"

"꺼벙하긴. 너 거기 일찍 가 본 적 없지? 늘 잠겨 있어."

"바닥에 잠금 장치가 있어."

크리스타가 끼어들었다.

"뭐?"

제이슨이 되물었다.

"밑바닥 한가운데 열쇠 구멍이 있는 금속 회전판이 있어."

"정말?"

"그래. 언젠가 식당 문을 열 때 봤어."

"우리도 그렇게 따면 되겠네."

내가 말했다. 말해 놓고 후회했다.

"따자고? 좋아, 007. 해 보시지."

피트가 비아냥거렸다. 다른 애들은 키득거렸다. 나는 열쇠 잠금 장치를 어떻게 따야 하는지 아는 바가 없었다.

줄리는 높은 톤으로 가장 크게 웃었다. 기분이 상했다. 줄리에게 인상적인 모습으로 보이려고 피트가 일부러 날 깔아뭉개는 것처럼 느껴졌다. 나는 크리스타 의견에 맞장구치기 위해 말을 꺼냈을 뿐이다. 여기서 여자애들 둘과 함께 있다가는 남자들끼리 뭔 일이 날 수도 있을 것 같았다.

"하지만 그걸로 말이야……."

제이슨이 나섰다. 녀석이 뭔가를 알고 있을 때 나오는 말투였다. 목소리에 자신감이 담겨 있었다. 그 순간 제이슨이 자동차 점검 사항을 알려 주는 차량 정비공처럼 느껴졌다. "과열된 라디에이터는 이렇고, 타이밍 벨트는 망가져서 저렇고, 장담하건데 그러다가는 실린더를 망가뜨릴 겁니다."라는 식.

제이슨의 의도를 알 것도 같았다.

"뭐로 말이야?"

내가 되물었다.

"기다란 금속 같은 것. 이를테면 드릴 날이라든가 망치 같은."

"흠. 드릴 날이나 망치 가지고 있는 사람 있어?"

나는 주변을 두리번거리며 물었다. 농담이었지만, 제이슨을 깔아뭉갠 것 같아 후회했다. 하지만 제이슨은 내가 그러거나 말거나 신경도 쓰지 않았다. 나와 달리 낯짝이 두껍거나 여자애들에게 잘 보이기 위해 한 말이 아니었을 것이다.

"구할 수 있어."

녀석의 얼굴에 슬쩍 미소가 스쳤다.

"좋아. 그럼 아무 문제없네."

레스 녀석까지 되받아쳤다.

우리는 실습실을 떠나기 전에 문을 잠갔다. 실습실 문고리에 달린 작은 버튼을 돌려놓고 등 뒤에서 문이 닫히는 걸 확인했다. 하지만 실습실 유리창을 깨고서 문을 여는 건 쉬웠다. 우리 중에는 자진해서 나설 녀석도 있었다. 하지만 갑자기 자신감이 없어졌다. 어느새 나는 긴장하고 있었다.

"난 잘 모르겠어. 정말 유리창을 깨부수고 들어가고 싶은 거야? 아니, 그게 그러니까……."

내가 이어 말했다.

"내 말은 구내식당으로 들어가려면 실습실 유리창을 깨야 한다는 거지. 창문 하나를 깨뜨려서 자물쇠를 따기만 하면, 형편없지만 먹을거리를 구할 수 있겠지. 정말 형편없다면 먹을 수도 없겠지만 말이야."

영웅심이 발동해 마지막으로 열변을 토한 셈이었다. 유리창을 깨는 건 막고 싶었지만, 받아들여지지는 않았다.

"그래. 대강 맞는 이야기 같네."

레스 녀석이 대꾸했다.

"친구, 우리는 뭐든 먹어야 하잖아."

제이슨이 말했다.

"쪼다처럼 굴지 마."

레스가 비아냥거렸다.

나는 속으로 "엿이나 먹어라."라고 중얼거렸지만, 농구팀에서 쫓겨나고 싶지 않아서 그 말을 꺼내지는 않았다. 나는 참고 또 참으면서 상황을 가늠했다.

제이슨과 레스는 찬성이었다. 제이슨은 자신의 아이디어였으니 그랬겠지만, 레스 녀석은 뭔가를 부수고 싶어서 그랬을 터였다. 여자애들은 아무 말도 하지 않았다. 줄리는 부동표였고, 크리스타와 피트 역시 줄리를 따랐다. 나는 몸을 슬며시 돌려 줄리를 보며 입을 열었다.

"그래, 먹어야지. 하지만 지금은 먹을 게 없어. 지금이…… 10시지? 아직 점심때는 아니네. 하지만 땅콩버터와 잼 나부랭이 좀 구하려고 기물을 파손하자고?"

"친구. 난 어제 점심을 먹고 난 뒤로 빈속이었어. 빌어먹을! 거의 24시간 동안 아무것도 못 먹었다고."

제이슨이 짜증을 부렸다.

"내가 확실히 아는데 사람은 아무것도 먹지 않고서도 24시간을 버틸 수 있어."

내가 말했다. 스스로 생각해도 선생님이 으스대는 말투처럼 들려 은근히 불안했다. 나는 어쩌자고 제이슨에게 머저리처럼 구는 걸까?

"네 말이 맞다고 해. 하지만 우리가 왜 굶어야 되는데? 음식을 식당에 놔두고, 왜? 바로 거기 있는데, 왜?"

"일단 좀 기다리자. 최소한 점심시간이 될 때까지만이라도."

내가 제안했다.

아이들이 시간을 확인했다.

"지금 배고파 죽을 지경인데 기다리면 뭔 수가 생겨?"

제이슨이 비아냥거렸다.

"그사이에 누군가 올 수도 있잖아?"

줄리였다. 줄리가 내 편을 들어줘서 기쁘면서도 그 말이 실제로 이루어질 수 없는 거라는 예감에 우울해졌다.

"아하!"

제이슨이 다시 비아냥거렸다. 잠시 뒤 유리창 쪽으로 걸어가더니, 복도 유리창을 쳤다. 녀석의 머리 높이 이상으로 쌓여 있는 눈들은 조금도 흐트러지지 않았다.

"누가 와? 제설차? 행여 눈밭에 굴을 파서라도 누가 올 거라고? 와서는 눈에 묻힌 우리를 구해 줘? 재수 없게 앞으로도 우리끼리일 게 빤히 보이는데!"

레스는 웃음을 참느라 얼굴이 빨개져 있었다.

"제설차."

레스가 단어를 되풀이했다.

제이슨과 레스는 그새 친구가 된 것처럼 보였다. 물론 같은 걸 원하기 때문이었지만, 둘 사이에는 비슷한 공통점이 몇 가지 더 있었다. 그중 하나가 '공격성'이었다.

"몇 시간만 더 기다려 보자."

나도 굽히지 않았다.

"왜?"

제이슨이 물었다. 녀석은 이제 기세등등했다. 자기편이 있었고, 그 덕분에 녀석의 자신감도 강해졌다.

"왜냐하면……."

나도 물러서지 않았다. 녀석을 누그러뜨릴 무언가가 필요했다. 결국 난 사실대로 말하고 말았다.

"농구팀에서 쫓겨나고 싶지 않아서다. 됐냐? 이 안에서 무슨 일이 일어나면, 누가 저지른 건지 알아내기 어렵지는 않을 거야. 우리 모두가 벌을 받게 될 거고. 나도 계속 굶자는 건 아니야. 다만 조금 더 버텨 보는 척이라도 해 보자는 거야. 우리가 24시간이 넘도록 먹지 못해서 그랬다고 하면, 비난할 사람이 누가 있겠어? 하지만 아침에 눈 뜨자마자 물건들을 부수기 시작했다면, 그건 우리가 기다려 보려는 노력조차 하지 않은 것이 돼."

제이슨은 잠시 동안 아무 말도 하지 않았다.

학교에서 스포츠는 꽤 중요했다. 학생들 대부분이 운동을 하고 있었다. 제이슨도 야구팀 소속이었다.

"난 그저 팀에서 쫓겨나고 싶지 않을 뿐이야. 그게 다야."

다시 한 번 고백하고 나서야 내 뜻대로 성사되었다.

"그래. 오케이."

제이슨이 답했다.

"근데 몇 시에?"

피트가 물었다.

"한 시?"

내가 되물었다.

"열두 시 반은?"

크리스타가 물었다.

"몇 시든."

제이슨이 말했다.

"너희 모두 재수 없는 루저들이야."

레스가 말했다.

13

제설차는 오지 않았다.

몇 시간 뒤, 우리는 구내식당으로 향했다. 제이슨 손에는 망치와 금속제 볼트가 들려 있었다. 레스는 유리창을 가격할 때 권투 장갑처럼 손을 감쌌던 모자를 아직도 들고 있었다.

지금은 한낮이고 빛이 있어야 하는 시각이었다. 하지만 통유리로 된 복도는 눈에 파묻혀 있었고, 비상등도 나간 상태였다. 어젯밤 어둠이 내리기 전에 비하면 아주 어두웠다.

구내식당으로 이르는 복도는 그래도 괜찮았다. 평소에는 마당이 보이던 커다란 창문 꼭대기로 햇살이 비춰 들었다. 조금 따듯해진 것 같았다.

"보일러는 꺼져 버린 거 같아."

제이슨이 말했다.

피트는 통풍구로 가서 손을 얹었다.

"그래. 정말."

피트가 대꾸했다.

우리는 통풍구가 동물원에 내놓은 전시물이라도 되는 양, 주위로 모여들었다. 이름하여 '북미 반점 열 통풍구'. 미약하게나마 미지근한 공기가 서서히 퍼져 흘렀다. 그리 따뜻한 것은 아니었지만, 손을 높이 들어 통풍구 근처에 대면, 확실히 따뜻한 느낌이 전해졌다. 난 두 손을 들어 올린 다음 손바닥으로 양쪽 뺨을 지그시 눌러 보았다. 기분이 좋았다.

"죽어 가는 동물이 내뱉은 마지막 숨결 같아."

제이슨이 말했다.

그 순간, 내가 제이슨에게 왜 바보처럼 굴었는지 깨달았다. 녀석이 나를 뛰어넘었기 때문이었다. 확실히 어제까지 내가 녀석보다 한두 단계 앞서 있었다. 인기도 더 있고, 더 똑똑하고, 더 근육질이었다. 하지만 지금, 이 폐쇄된 학교에서는 제이슨 녀석이 앞서고 있었다. 사람들이 녀석에 대해 나쁘게 생각한 모든 점들이 지금은 이로운 점이 되어 있었다.

제이슨 아빠는 공사 현장에서 일했는데, 제이슨에게 건축에 관한 실용적인 지식을 가르쳐 주었다. 평소에는 제이슨의 작업복과 소총이 그려진 티셔츠를 비롯하여 녀석에게서 간혹 발견되는 공격성이 터무니없이 느껴졌다. 하지만 정전이 되고 우리끼리 있는 이 상황에서는 그런 점들이 이득이 되고 있었다.

그럼 난 뭐였나? 좋은 농구 선수인 건 맞나? 그럭저럭 사정거리 내에서 줄줄이 득점을 올리는 선수? B+ 이상, 아니면 이하?
이제는 그런 사실도 우스꽝스러웠다. 이 모든 일들이 떠오르며,
퍼뜩, 내 자신이 녀석을 지켜보며 견제하고 있다는 생각이 들었
다. 그때 제이슨이 나를 쳐다보며 어깨를 으쓱하더니, "그래서,
뭐? 관심 꺼."라는 듯 묘한 표정을 지어 보였다.

나도 피식 웃었다. 진짜 녀석에게 집착하는 사람이 되어 버린
것 같았기 때문이다. 녀석은 웃으며 머리를 흔들었을 뿐, 자신이
날 어떤 면에서 능가했다거나, 내가 B+ 따위를 받는 라이벌이라
고 생각하지는 않았다.

나는 제이슨의 성격을 잘 알고 있었다. 설령 내가 경쟁심을 품
었다는 것을 알게 되었더라도, 혹은 녀석이 잠시 날 깔아뭉갤 속
셈이었더라도, 제이슨은 여전히 내 친구였다.

레스는 이미 구내식당으로 향하는 커다란 이중문 앞에 무릎을
꿇고 앉아 있었다.

"여기 있어."

레스 녀석이 말했다.

녀석은 오른쪽 문 밑바닥 쪽 모퉁이에 있는 작은 원반에 손가
락을 댔다. 그러고는 원반 한가운데에서 슬그머니 손가락을 돌렸
다. 열쇠가 들어가야 되는 곳을 가리키는 동작이었다.

"그것 좀 줘 봐."

레스가 말했다. 제이슨의 허를 찌를 수도 있는 말투와 행동이

었다. 제이슨은 망치와 볼트를 자기 몸 가까이로 끌어당겼다. 마치 "내 거야."라고 주장하는 느낌이었다.

레스가 자리에서 일어났다. 족히 오 센티미터는 제이슨보다 컸다. 그 둘은 더 이상 친구 사이로 보이지 않았다. 제이슨은 머릿속으로 간단한 셈을 하고 나서 도구들을 넘겨주었다. 제이슨의 눈과 내 눈이 마주쳤다. 녀석은 어깨를 슬쩍 들어 보였다. "상관없잖아?"라고 묻는 듯했다. 나도 줄곧 같은 생각을 하고 있었다.

'부수고 망가뜨리는 일을 레스 녀석이 몽땅 하도록 내버려 둬. 실습실 창문도 구내식당 문도. 그러면 곤란해질 때 녀석 핑계를 댈 수 있으니까.'

레스는 다시 무릎을 꿇고 등허리를 구부린 채로 바닥을 기어갔다. 우리도 녀석이 하는 일을 지켜보기 위해서 자리를 옮겼다. 녀석은 왼쪽 손으로 자물쇠의 실린더에 금속제 볼트 끄트머리를 밀착시켰다. 그런 다음 몸을 돌려 오른쪽 손이 움직일 공간을 확보하고 손 밑으로 포물선을 그리며 망치를 두드렸다.

'쿵!'

볼트 끝이 실린더 안쪽으로 일 센티미터쯤 들어간 듯했다.

'쿵!'

다시 일 센티미터.

한 번 더 망치질을 하자, 볼트는 완전히 들어갔고 실린더는 자취를 감췄다. 레스 녀석이 망치와 문 사이를 손으로 내리쳤다.

'탕—팍!'

"아!"

레스가 아픈 듯 손을 털며 자리에서 벌떡 일어섰다. 만일 그 순간 누구든 녀석을 보고 웃었다면, 레스는 웃어 댄 녀석의 머리통에 볼트를 박을 것 같았다. 우리는 녀석이 욕설을 퍼붓는 동안 그대로 서 있었다. 나는 크리스타의 모습을 살폈다. 크리스타는 문자 그대로 숨을 참고 있었다.

아픔이 좀 가시자 레스는 도구를 제이슨에게 넘겨주었다. "여기, 자. 이 물건 받아 둬." 투의 거만한 행동이었지만, 제이슨은 그다지 신경 쓰지 않았다. 레스는 주변을 살펴보더니 이중문을 밀었다. 문은 원호를 그리며 쉽게 열렸다.

평소대로라면 긴 줄로 서서 천천히 통과했겠지만 우리는 한꺼번에 우르르 통과했다. 배가 고팠고 음식에 대한 희망으로 들떠 있었다.

게다가 또 다른 스릴이랄까. 이미 벌어진 일에 대해 이러쿵저러쿵할 필요는 없었다. 우리는 학교 기물을 파손하고 식당에 침입했다. 하지만 함께한 짓이 아니라 레스 혼자 했다고 말할 수도 있었다. 망치가 레스의 도구였다면, 레스는 우리의 도구였다. 이런 구도라면 여기서 이제부터는 뭐든 할 수 있다고 생각했다. 화가 난 늙수그레한 선생님들이 돌아와 소유권을 되찾아 갈 때까지 이제 이 장소는 우리 차지였다.

14

나는 작업대를 넘어가고 싶은 묘한 충동을 느꼈다. 얼마나 많은 날 동안 레일 위에 식판을 올려놓고 요리 한 점 먹을 순간을 기다리며 줄을 서서 걸었던가? 나는 제이슨과 레스와 함께 레일이 끝나는 곳의 평평한 작업대를 뛰어넘었다. 지하철 회전문을 뛰어넘는 영화배우가 된 것 같아 으쓱했다.

피트는 몸을 숙이고 걸쇠를 흔들었다. 잠시 뒤에 작업대 한쪽이 열렸다.

"어, 열렸어."

피트가 외쳤다. 피트는 열린 쪽으로 걸어 들어갔고, 그 뒤로 두 여자애와 엘리야가 따라 들어갔다.

취사 구역으로 들어온 우리는 여기저기 선반 안쪽을 두드려 대기 시작했다. 이곳은 창이 높아 햇빛이 더 잘 들었다. 눈이 창문 꼭대기까지 차오르려면 시간이 한참 걸릴 것 같았다. 사실 이곳에 있는 모든 것이 전부 다 컸다. 마치 거인의 부엌 같았다. 창문도 크고 벽면 전체를 몽땅 차지하고 늘어선 붙박이장도, 금속제 사각형 선반도 커다랬다. 마치 붙박이장은 범죄 드라마에서 많이 보던 시체 보관함처럼 보였다.

"시체야!"

나는 작업대 붙박이장이 툭 튀어나왔을 때 소리쳤다.

내 호들갑에 다른 아이들이 웃었다. 내가 거대한 복숭아 통조림통들을 끄집어냈을 때 웃음소리는 더욱 컸다. 칠 리터쯤 되는 복숭아 캔 두 통이었다. 엄청나게 무거웠다.

"뇌가 담겨 있어!"

나는 통조림을 작업대에 올려놓으며 말했다.

"그게 뭐냐?"

제이슨이 물었다.

"시럽에 절인 복숭아."

라벨을 읽어 주었다.

"오, 내가 좋아하는 건데!"

제이슨이 말했다. 농담이 아니라 제이슨은 진짜로 복숭아 통조림을 좋아했다. 우리는 통조림 따개를 찾기 시작했다. 아무리 뒤져도 없었다. 따개를 찾는 데 평생이 걸릴 것 같았다. 마침내 찾아냈을 때에는 모두 머저리가 된 듯이 느껴졌다. 통조림 따개는 우리 바로 앞에 있었다. 다만 집에서 사용하는 작은 따개와 다르게 생겼을 뿐이었다.

제이슨이 통조림을 따려고 할 즈음, 줄리가 냉장고를 발견했다. 사람이 들어갈 수 있는 작은 방만 했다.

"여기 좀 살펴보자!"

줄리의 제안에 우리는 냉장고 주변으로 모여들었다. 줄리가 커다란 손잡이를 건드리자 거대한 문이 밀리면서 열렸다. 안쪽은 칠흑처럼 어두컴컴했다. 레스가 냉장고 안으로 들어갔다 나오면서 하얀색 플라스틱 통을 들고 나왔다. 통을 바닥에 내려놓고 뚜껑을 열었다. 땅콩버터였다.

"달달한데!"

레스의 말에 우리는 통 주위에 빙 둘러서 처음 보는 음식인 듯 쳐다보았다. 레스가 엄지손가락을 통 안으로 쑥 밀어 넣었다 빼고 쪽쪽 빨았다.

"역겨워!"

줄리가 말했다.

"다시 그 안에 손가락 넣지 마!"

나는 슬쩍 웃으면서 말했다. 명령하듯 얘기했다가는 레스가 자신의 손을 통 안으로 완전히 밀어 넣을지도 몰랐다. 녀석은 날 훑어보더니 쩍 벌린 냉장고 입 속으로 다시 들어갔다. 안에서 여기저기를 두드리는 소리가 들렸다. 잠시 뒤 겨드랑이 아래에 기다란 비닐 봉투를 끼고 밖으로 나왔다. 식빵이었다.

그다음에 피트가 냉장고로 들어갔다. 플래시 앱까지 켜고 뒤졌지만, 잼을 찾는 데 한참이 걸렸다.

"냉장고 문을 닫아야 하지 않을까?"

줄리가 물었다.

"급할 게 뭐 있어?"

레스가 따졌다.

"그래야 음식들이 상하지 않지."

"냉장고 안쪽에 냉기가 전혀 없어."

피트가 끼어들었다.

나도 숨을 내쉬어 봤지만, 입김이 보이지 않았다.

"바깥보다 냉장고 안이 따뜻해."

나도 거들었다.

"어, 그러네. 그럼 음식이 상할까? 우리가 여기 얼마나 더 있을 거 같으냐?"

피트가 물었다.

"나도 몰라. 하지만 여전히 눈이 내리니까, 하루 정도 더 있을 수도 있지."

내가 조심스럽게 대답했다. 자신이 없었다. 말은 했지만, 24시간 안에 나갈 수 있을지 의문이었다. 얼마 전까지만 해도 선생님들이 교실에 들어오지 않기를 바랐지만, 지금은 선생님들이 학교로 돌아오지 않을까 봐 걱정이었다.

"하루 만에 상하는 건 없어."

피트는 내 의견을 그럴싸하게 받아들였는지 어깨를 으쓱하며 말했다.

"우유."

내가 말했다.

"우유~."

제이슨의 말소리가 울려 퍼졌다.

"맞다. 우유!"

레스는 고개까지 돌리며 맞장구친 뒤, 다시 냉장고 안으로 들어갔다.

그렇게 학교에서의 첫 번째 식사가 시작되었다. 땅콩버터와 잼을 바른 식빵과 우유, 통조림에서 금방 꺼낸 시럽에 저린 복숭아. 우리는 복도 난방기 통풍구 근처에 앉아 음식을 먹어 치웠다.

15

끼니를 때운 후에 체육관 복도로 곧바로 되돌아가는 건 그다지 좋은 생각이 아니었다. 전체가 어두침침한 일 층 복도는 사람을 축 처지게 만들었다.

"이 층이 어떤지 살펴봐야 해. 거긴 밝아. 화장실까지도."

이 층 화장실을 사용했던 피트가 말했다.

"따뜻하고?"

줄리가 물었다.

"따뜻한 공기는 위로 올라가."

엘리야였다. 녀석의 목소리를 듣다니, 놀라운 일이었다. 우리는 이 층으로 이사하기로 결정했다.

확실히 이 층은 아래층보다 환했고 더 따뜻했다. 이 층으로 이어지는 계단 끝에서 크리스타가 재킷의 지퍼를 내렸다. 교실 문을 통과해 들어온 햇살이 크리스타의 재킷 안에 입은 땀복 앞쪽을 비췄다. 크리스타는 전혀 신경 쓰지 않았지만, 나는 빠르게 고개를 돌려 버렸다.

"어느 교실?"

레스가 물었다. 녀석의 손에는 연장이 들려 있었다.

"글릭슨 선생님 교실, 영어 교실이 어때?"

크리스타가 물었다.

그 교실은 이 층 한가운데 있었고 다른 교실보다 넓었다.

"창이 곧장 나 있잖아."

크리스타가 덧붙였다.

그 교실 창문 너머에 큰길이 있어서 누가 오는지 지켜볼 수 있다는 뜻이었다. 레스는 맡은 일을 착수했다. 이번에는 단 한 번 후려치는 동작으로 자물쇠에 달린 실린더가 떨어져 나갔다. 점점 실력이 좋아지고 있었다.

우리는 줄지어 교실 안으로 들어갔다. 기분이 이상했다. 마치 수업이 시작되어 교실로 들어가는 느낌이었다. 아이들은 책상을 고르고, 각자의 소지품을 그 옆에 떨어뜨려 놓고, 의자에 앉았다. 나는 별 생각 없이, 일 년 전 글릭슨 선생님 시간에 앉았던 자리를 찾아 갔다. 나와 제이슨과 피트는 교실 중간에서 작은 무리를 이루어 앉았다.

크리스타와 줄리는 앞쪽에 앉았고 레스는 뒷자리에 앉았다. 엘리야는 어떤 선택을 할지 몰라서 서성거렸다. 이 모든 게 일종의 조건 반사 작용 같았다. 우리는 이렇게 하도록 훈련을 받았다.

'교실로 들어온다. 각자의 자리를 찾아 앉는다.'

그리고 한 가지 훈련이 더 되어 있었다. 우리는 모두 휴대 전화를 확인했다. 어제보다 좀 더 높은 곳에 있고 눈발도 약해졌으니까 휴대 전화가 작동할 것 같았다. 하지만 아무도 메시지를 받지 못했다.

"배터리가 다 되어 버렸어."

피트가 구시렁거렸다. 제이슨이 피트의 액정 화면을 들여다보며 고개를 끄덕였다.

"뭘 기대해? 지금까지 내내 플래시 앱을 써 놓고서."

"내내 켜 놓은 건 아냐."

피트가 허탈한 웃음을 지으며 대답했다.

"'외계인 대학살' 게임을 했지."

피트가 덧붙였다.

"비—잉—신."

제이슨이 어이없다는 듯 웃으며 고개를 설레설레 흔들며 말했다. 투박한 시골뜨기가 '비—잉—신'이라고 촌스럽게 발음하는 것 같았다. 제이슨, 피트와 나 사이에 오가는 이런 농담은 좋아하는 영화에서 따온 것이었다. 피트는 마지막으로 하나 남은 배터리 막대를 확인하고, 히죽거리며 자신의 휴대 전화를 멀리 치워 버렸다.

우리는 자리에서 벌떡 일어나 창문으로 다가갔다. 창밖에 펼쳐진 건 영화 〈제국의 역습〉 앞부분에서 대전투가 벌어진 얼음 행성에나 있을 법한 살풍경한 광경이었다. 실제 크기로 모형을 만들고 난 뒤, 스프레이 눈으로 절반을 덮어 버린 세트장 같았다.

나무들은 몸통 꼭대기까지 눈에 파묻혀 가지들만 보였다. 산자락에 위치한 이층집들은 단층 주택처럼 보였다. 그 집들은 거의 팔백 미터 이상 떨어진 곳에 있었지만, 족히 팔십 킬로미터 이상 멀리 있는 것처럼 보였다. 우리가 있는 학교와 그 집들 사이는 수백만 톤의 눈으로 막혀 있었다.

아담한 크기의 서관은 이미 눈에 거의 다 파묻혀 버렸다. 농업 관련 수업에 주로 사용되는 단층짜리 건물이었다. 건물 안으로 볕도 들지 않았다. 전등도, 난방도, 그 무엇도 없었다.

나는 학교 정문 부근을 살펴보았다. 주차장과 '대잔디 광장'이라고 불리던 곳들은 형태조차 알 수 없는 대설원이 되어 버렸다. 그리고 저 너머 큰길은 눈 속에 파묻혀 버렸다. 웜홀처럼 쌓인 눈이 아래로 푹 꺼져 버린 곳도 간간히 보였다. 거기에 길이 있었다는 사실을 알려 줄 길다운 길은 보이지 않았다.

길이 있던 곳조차 제대로 보이지 않는다는 생각이 나를 괴롭게 했다. 끊어진 길이야말로 우리가 세상과 떨어져 고립되었고 어쩌면 잊힐 수 있다는 걸 보여 주는 가장 명확한 징후였기 때문이다.

"저기를 봐."

피트가 말했다.

"보여?"

피트가 물었다.

"뭐?"

"연기."

학교에서 그나마 가장 가까운 집 굴뚝에서 칙칙한 잿빛 연기가 뿜어져 나오고 있었다.

"우아, 저 사람들은 행운이야."

내가 말했다.

"저기에서 난로에다 땔감을 던지고 있는 고슬 선생님을 생각해 봐."

피트가 말했다.

나는 고슬 선생님이 그곳에 있는 그림을 머릿속에 그려 보았다. 의자 등받이에 커다란 코트를 걸어 넣고 양말을 말리고 있는 상상이었다.

"그래. 늙은 불도그는 좋겠다."

내가 덧붙였다.

눈은 꾸준히 내리고 있었다. 나는 아무것이라도 좋으니 뭐든 볼 수 있을까 싶어서 흩날리는 눈송이들 사이를 비집고 자세히 내다보려고 기를 썼다. 곧 공기 중에 뭔가 더 있다는 걸 깨달았다. 창을 통해 작은 소리가 들려왔다. '틱틱' 소리였다. 그 소리는 너무 작아 제대로 묘사할 수 없지만, 어느덧 눈 입자에 빗방울이 섞여 있었다.

아무도 말을 하지 않을 때는 유리창을 튕기는 소리가 들리는 듯했다. 비가 내린다면, 이 미터 오십 센티미터나 쌓인 무거운 눈을 얼음으로 다져 줄 것이었다.

갑자기 엄마가 만들어 주던 치즈 햄버거의 바삭거리는 토핑이 생각났다. 나는 엄마 생각을 털어 내려고 머리를 흔들었다. 그런 생각을 그만두어야 할 필요가 있었다. 하지만 그럴수록 집 생각이 스멀스멀 머릿속으로 끼어들었다. 집 생각을 하고 엄마를 걱정한들, 내가 할 수 있는 건 아무것도 없었다. 집으로 갈 방법도 없었다. 그러니까 그따위 생각을 하지 않으려고 노력해야만 했다.

"화장실이 천국이야."

자리로 돌아와 앉으면서 줄리가 말했다.

"엉덩이가 좀 시리지만!"

나도 다른 애들도 한꺼번에 웃었다. 다시 웃을 수 있다는 사실로도 기분이 좋아졌다.

"엘리야는 어디 있어?"

줄리가 주변을 둘러보며 물었다.

"알게 뭐야."

피트가 답했다.

"레스랑 있어. 다른 교실에."

크리스타가 대답했다.

"벌 받는 거야?"

줄리가 또 우스갯소리를 했다. 우리는 또다시 웃음을 터뜨렸다. 단 제이슨은 웃지 않았다. 제이슨이 웃지 않는 걸 보자마자 나 역시 웃음을 멈췄다.

엘리야는 자기 자리를 어디에 마련할지 고민하다가 결국 다른 교실로 갔을 것이었다. 레스도 같은 결론에 이른 것인지 다른 문을 더 부수고 싶어 그랬던 건지 알 수는 없지만, 어느 쪽이든 이제 일곱 명 사이에서 분열이 생겨나기 시작한 것은 틀림없었다.

16

처음에는 아래층보다 밝은 곳에서 빙 둘러앉아 이런저런 이야기를 나누는 것이 기분 좋게 느껴졌다. 그러나 얼마 지나지 않아 조금씩 불안해졌다. 우리는 독 안에 든 쥐 신세였다. 여기에 앉아서 창밖을 내다보고 있을수록 그 사실은 더욱 명확해졌다. 그래서인지 한 사람 한 사람 자리에서 일어나 생각을 돌려 줄 만한 일거리를 찾아다녔다.

"완전 지루해. 난 아래층으로 내려가 경주용 자동차나 손볼래."

세 시쯤이 되자, 제이슨이 피트와 나에게 말했다.

"거기가 작업을 할 수 있을 만큼 환할까?"

내가 물었다.

"어쩌면. 거기에도 구내식당처럼 커다란 창문들이 있잖아."

"아. 그래. 언덕 위에 있고 경사진 곳이니까 빛은 있겠다."

피트가 맞장구쳤다. 그러면서 손가락을 오므렸다 바닥 쪽으로 45도 각도가 되게 펼쳐 보였다. 눈이 경사면을 타고 운동장 쪽으로 흘러내리게 된다는 뜻이었다.

"그럴지도. 밑으로 내려갈 수도 있겠지."

내가 대꾸했다.

"됐어. 우리 일은 아니니까."

나는 피트가 그렇게 말하는 게 좀 거슬렸다. 내 입장 따위는 배려해 주고 있지 않다는 생각이 들었다. 피트 녀석이 줄리를 쳐다보았다. 녀석은 우리가 자리를 차지하고 앉은 이후 줄곧 곁눈질하고 있었다.

어색한 기운이 감돌았다. 제이슨과 피트와 나는 절친한 친구 사이였지만, 하루 만에 서로의 신경을 건드리고 있었다. 어쩌면 우리가 너무 붙어 있기 때문일 수도 있었다. 게다가 여기에 여자애들이 있다는 사실이 우리를 경쟁 상대로 만들어 버렸는지도 모른다. 그것도 아니라면 커다란 시련에 빠질 수도 있다는 두려움 때문에 예민한 것일 수도 있었다. 이번 일은 학교와 관련된 평범한 문제가 아니라, 현재 진행형의 재난이었다.

제이슨이 자리에서 벌떡 일어나 움직였다.

"나도……."

피트 역시 교실 앞쪽에 있는 여자애들을 향해 고개를 끄덕이며 서둘러 말했다.

"가 봐."

내가 말했다.

"야, 너도 가자."

피트가 속삭이듯 내게 말했다. 여자애들 때문에 목소리를 낮춘

게 분명했다.

"아냐. 난 그냥."

나도 녀석의 목소리에 맞춰 낮게 대답했다. 하지만 어느 쪽에도 관심이 없는 것처럼 들리도록 노력했다.

피트는 다시 여자애들 쪽으로 고개를 돌렸다. 내 생각에도 제이슨을 따라가는 게 나을 것 같았다. 사실 여기에 남게 되면 크리스타에게 말을 걸 수 있는 확률은 매우 높아진다. 하지만 무슨 말을 꺼낼 수 있을까? 무심결에 한 손을 들고 오른쪽 뺨 아래쪽 퉁퉁 부풀어 오른 여드름을 만지작거렸다. 아침에 일어났을 때 처음으로 여드름이 만져졌는데, 지금은 더 커져서 만지면 아프기까지 했다.

피트가 뒤돌아보기 직전에 손을 내렸다.

"어서 가 봐. 난 깡통이나 맞춰야겠어."

나는 너스레를 떨었다.

"왜 이래, 윔스!"

"무슨 뜻인지 알잖아? 난 오줌이 급해."

화장실로 가서 여드름에 여드름 크림 한 방울을 짜 발랐다. 그런 다음에는 다른 쪽 뺨 위에도 얇게 펴 발랐다.

어떤 이유에서인지 모르겠지만, 내 얼굴엔 여드름이 대칭으로 나는 경향이 있다. 왜 그런지는 정말 모르겠다. 하지만 오른쪽에 하나가 난 경우, 왼쪽에도 거의 같은 지점에 하나가 솟아났다.

그러니까 이상 체질이다. 의사들이 내 피부를 열어 연구해 봐야 하지 않을까?

그때 살얼음이 바스락거리는 듯한 소리가 자그맣게 들렸다. 성에 낀 화장실 유리창을 긁어 대는 소리였다.

끄트머리를 조금 말아둔 여드름 크림은 별로 남아 있지 않았다. 여드름이 심해질 경우를 대비해서 아껴야 했다. 오른쪽 뺨에 난 여드름은 곧 흉측한 괴물이 될 테고 다른 여드름들도 살갗을 뚫고 올라올 것이었다. 내 피부는 날 성가시게 하지 않고서는 단 하루도 그냥 넘어가지 않았다.

교실로 돌아왔을 때 피트는 여전히 교실 한가운데 덩그러니 앉아 있었다. 나는 잠시 그리로 갈지 말지 고민했지만, 별 뾰쪽한 수도 없었다. 나는 다가가 자리에 앉았다. 피트가 내게 뭔가 말하고 싶은 눈치였다.

"제이슨의 아빠 말이야, 응?"

피트가 몸을 수그리며 입을 열었다. 녀석은 이번에도 작은 목소리로 속삭였지만, 전과는 이유가 달랐다. 크리스타의 엄마에게도 해당될 수 있는 내용이었기 때문이다. 또한 지금껏 우리가 서로의 부모님에 대한 이야기를 많이 꺼내지 않았던 이유 중 하나이기도 했다. 게다가 실제로 어찌 되었는지 알 수도 없었고, 알아볼 방법도 없었으니까.

나쁜 일이 그 누구의 부모님한테도 일어나지 않았기를 바랐지만, 나는 내 부모님 걱정이 먼저였다. 하지만 제이슨에게나 크리스타에게 이런 속내를 드러낼 수는 없었다.

눈이 내리기 시작했을 때 엄마가 길 위에 있지 않았다는 사실만으로도 다행스러웠다. 내가 알고 있는 한, 엄마는 운전 중이 아니었다. 절대 그럴 리가 없었다. 우리 모두 부모님들이 어찌 되었는지 알 수 없었다. 이런 와중에 부모님 이야기를 꺼냈다가는 서로의 기분만 상하게 할 뿐이었다.

하지만 피트는 그 이야기를 꺼냈다. 제이슨은 없었고, 크리스타는 듣지 못했다. 십 분가량 우리는 집 이야기를 나누었다. 각자의 집이 얼마나 높은 곳에 위치해 있는지 말했고, 둘 다 다락방이 있는 이층집인 점에 대해서도 언급했다. 집에서는 먹을거리를 어떻게 챙기고 있을지, 벽난로는 어떨지, 이런저런 대화를 나누었다. 평소에도 냉장고를 꽉 채워 두지만, 우리 집은 엄마의 전용 냉장고가 따로 있을 정도로 형편이 나았다.

"먹을 것을 구하려면 시내로 나가야 하잖아. 시내 쪽 상황은 나을 거야."

피트가 말했다.

피트 말이 맞는 건 인정하지만, 여전히 눈은 내리고 전력은 공급되지 않았다. 나는 엄마가 어두운 곳에 앉아 말도 잊은 채, 옥수수 튀긴 과자로 끼니를 때우고 있는 모습을 떠올렸다. 그러다가 그쯤에서 생각을 멈춰 버렸다.

복도 구석에서 비상등이 다시 깜박거리기 시작했다. 비상등을 살펴보려고 자리에서 일어났다. 크리스타도 일어났다. 우리는 각 무리의 대표 같았다. 우리는 동시에 문을 열고 고개를 내밀고서 복도를 둘러보았다.

문을 밀어 열 때 내 재킷과 크리스타의 재킷이 닿았다. 나일론 옷감이 나일론 옷감에 닿았고, 내 손은 크리스타의 허벅지를 스쳤다. 돌발적인 행동인지 아닌지 헷갈렸다. 그래도 일부러 그런 건 아니었다. 어쨌거나 눈 깜짝할 사이에 일어난 일이고, 크리스타는 아무 말도 꺼내지 않았다. 복도 반대편 아래쪽에서 엘리야가 다람쥐처럼 고개를 빼꼼 내밀고 슬쩍 살펴보더니 금세 들어가 버렸다.

엘리야도 우리처럼 판단한 듯했다. 하기는 맨눈으로도 비상등은 배터리가 다 떨어져가는 고물이나 다름없었다. 그사이 불빛은 더욱 침침해졌다. 어젯밤처럼 노란 불빛도 아니었고, 은은한 오렌지색도 아니었다. 전력도 없는 이 와중에 오래 묵은 배터리로는 더 이상 버틸 수가 없었다.

줄리가 '라디오'를 들먹이며 내려가 보자고 했다. 줄리의 생각은 그럴싸했다. 학교 어딘가에 배터리를 사용하는 구식 라디오가 있을 거라고 했다. 나도 교무실에서 라디오 소리를 들었던 기억이 떠올랐다.

"나도 같이 갈게."

피트가 말했다. 줄리가 웃었다. 살짝, 아주 잠깐 웃었지만, 나는 확실히 봤다. 피트는 행운아였다.

"난 구내식당에 가 볼게. 먹을 걸 좀 더 가져와야겠어."

내가 말했다.

"어두워지면 더 내려가고 싶지 않을 것 같아."

나는 부연설명을 했다.

"좋아. 그럼 난 음식 배달부가 식재료를 이리로 옮기는 걸 도울래."

크리스타가 말했다. 크리스타도 둘 사이를 눈치챈 듯했다. 덕분에 크리스타가 나와 함께 가게 되었고, 나도 피트를 질투하는 신세에서 벗어날 수 있었다.

"우리한테는 자물쇠 장인이 필요할 거 같은데."

피트가 줄리에게 말하자마자, 둘의 얼굴에는 거의 동시에 "어, 이런!"이라고 말하는 듯한 표정이 떠올랐다. 피트와 줄리는 레스가 있는 교실로 향했다.

"내가 눈치 없는 건 아니지?"

크리스타는 내게 속삭이듯 물었다.

"아니야."

나도 같은 생각이었기 때문에 그렇게 답했다. 피트와 줄리는 이미 짝이 된 듯했다.

"그럼 됐어. 너도 저 세 남자애들하고는 별로 편하지 않았을 거야."

계단으로 내려가려고 할 즈음에 크리스타가 말했다.

웃음이 났다. 그러지 말았어야 했는데, 큰 소리로 웃었다. 그럴 수밖에. 옆에 매력 넘치는 여자애가 있는데! 비록 음식을 찾아 나섰지만, 난생 처음 크리스타와 단둘이 있게 된 것이었다.

하지만 웃을 수밖에 없는 또 다른 이유가 있었다. 어제까지만 해도 레스 녀석이 근처에 있으면 은근히 겁이 났다. 모든 게 제대로 돌아가고 있는데, 녀석은 제멋대로 굴었다. 우리끼리 남게 된 단 하루 만에 녀석은 학교 안의 문을 부수고 열었다. 우리를 위해서 한 짓이라지만, 녀석은 즐기는 듯했다.

"그런데, 웜스라고 할까?"

크리스타 물었다.

"스코티가 좋아."

내가 답했다.

"알았어. 좋은 선택이야."

크리스타가 맞장구쳤다.

우리는 일 층 계단 끄트머리까지 금세 내려와 구내식당 쪽으로 움직였다. 아래층은 더 춥고 깜깜했다. 밤이 일찍 찾아온 것 같았다. 이 층 복도의 비상등은 배터리가 거의 다 되어 가고 있었지만, 그나마 불빛이 남아 있어 아래층으로 향하는 복도를 조금이라도 볼 수 있었다.

처음에는 일부러 크리스타의 오른쪽에서 걸어가려고 애썼다. 막상 그러고 보니 그럴 필요가 없다는 걸 깨달았다. 흐릿한 빛이 여드름을 가려 주었으니까.

이제 쌓인 눈은 창문 꼭대기까지 닿아 있었다. 눈에 완전히 파묻힌 듯 창밖으로는 아무것도 보이지 않았다. 어떤 머저리가 허리 높이의 창문을 지하실에다 설치해 놓은 것처럼 아무짝에도 쓸모없어 보였다.

비상등을 하나씩 지나칠 때마다 우리가 지나가는 부근이 조금 환해지는 듯싶다가도 다시 흐릿해졌다. 이제 비상등 불빛은 오줌색 같은 황금빛이었다.

"이 불빛은……, 알지?"

크리스타가 물었다.

"그래. 그런 거 같아."

내가 답했다. 아래층 비상등은 좀 더 흐릿해 보였다.

"아마 저쪽도 조만간 다 켜지겠지?"

크리스타가 물었다.

"그렇겠지. 아마 다른 회선이 아닐까? 그게 아니면 여기 아래쪽 비상등들이 좀 더 오래되었거나. 배터리들이 더 오래되었을지도 모르고. 그래서 이 아래쪽이 더 어두워 보이는 걸지도 몰라."

"제이슨한테 물어보자. 제이슨이 나타나면."

크리스타가 말했다.

지금껏 내가 별생각 없이 말하고 있었던 게 분명했다. 아무거나 생각나는 대로 내뱉고 있었다. 뜨끔했다.

"그때쯤에는 비상등이 다 나갈 거야."

내 말에 크리스타가 바짝 내 옆으로 다가왔다. 본능적인 행동이었을 것이다. 누구도 어둠 속에서 혼자라고 느끼고 싶지 않을 테니까. 고작 반 걸음 정도였지만, 모퉁이를 돌 때에는 몸이 살짝 닿았다.

아래층에서 크리스타와 둘이 있는 기분은 묘했다. 좋으면서도 어색했다. 어제 아침까지만 해도 등굣길 버스에서 크리스타의 목덜미를 바라볼 수 있는 뒷자리를 차지해 앉았다. 크리스타를 훔쳐보는 남자애들이 적지 않았다. 이제 남자애들은 별로 없다. 남자애들도 몇 없지만 여자애들은 더 없다. 부족한 것으로 치자면, 난방도 거의 되지 않고 불빛도 거의 없었다.

크리스타는 괴상한 엘리야 녀석과 함께 텅 빈 교실에 앉아 이틀 내내 내린 눈이나 보고 있느니, 차라리 나와 함께 구내식당으로 내려가 땅콩버터와 잼을 챙기는 걸 선택했다.

언젠가 제이슨과 여자애들에 대한 잡담을 길게 나눈 적이 있었다. 녀석은 우리 나이의 여자들은 우리와는 생각의 구조부터 다르다고 했다. 선택 사항이 제한적일 때, 여자들은 그 범위 안에서 행동한다는 것이었다. 우리 둘은 그 점에 대해 의견이 달랐다. 어쨌거나 제이슨이나 내가 제대로 알고 있는 건 거의 없었다. 나는 데이트를 해 본 적이 없었고, 제이슨은 경주용 자동차와 데이트를 즐겼으니까.

물론 이 상황이 데이트가 아니라는 건 나도 알고 있었다. 게다가 크리스타에게는 다양한 선택권이 없다는 사실도 알고 있었다. 불행 중 행운인지, 나는 크리스타와 함께 흐릿한 복도를 걷고 있었다. 크리스타가 추워하는 걸 알게 되자, 한 가지 생각에 사로잡혔다. 크리스타 어깨에 내 팔을 둘러 주고 싶었다. 다만 그런 행동이 자연스럽지 않았고, 끔찍한 상황으로 이어질 수도 있어 자제하고 있었다. 하지만 적절한 기회를 엿보며 이따금 발걸음을 멈칫거렸다.

우리가 구내식당으로 들어갈 때, 이중문은 열려 있었지만 난방 통풍구는 완전히 작동이 멈춰 있었다. 이번에는 작업대를 뛰어넘지 않고, 더듬거리며 걸쇠를 찾아 크리스타를 위해 작업대를 들어 올렸다.

"먼저 들어가."

내가 말했다.

구내식당은 정오에 들어왔을 때처럼 환하지 않았다. 쌓인 눈은 창문을 거의 다 가려 버렸고 태양의 고도도 낮아져 있었다. 우리는 제일 먼저 작업대 아래쪽 '부검실' 문부터 뒤지기 시작했다. 대부분의 음식은 통에 담겨 있었다. 그런 다음 작업대 상판 위에 붙어 있는 깡통 따개 대신 들고 갈 만한 다른 따개를 찾는 데 십 오 분 정도를 허비했다.

결국 하나 찾아낸 것은 몽땅 연필처럼 아주 작은 따개였다. 여기 있는 모든 것이 극단적이라는 생각이 들었다. 엄청나게 크거나 매우 작거나.

우리는 통조림들을 불빛에 비춰 보기로 했다. 무겁기도 했지만 무지막지하게 커다란 깡통을 코딱지만 한 깡통 따개로 따려면 평생이 걸릴 것만 같았기 때문이다. 시럽이 든 통조림일지도 몰랐다. 말 뼈다귀나 독성 물질로 채워진 통일 수도 있었다.

우리는 더 어두워지기 전에 냉장고 안으로 들어갔다. 번갈아 크리스타의 휴대 전화를 이리저리 비추며 액정 화면에서 나오는 불빛을 활용했다. 한 사람이 계속 뒤지는 편이 더 나았을지도 모르지만, '물건 찾기' 게임을 하는 느낌이 들었기 때문에 번갈아 가면서 뒤져 보았다. 불에 구워야 하는 것들은 집지 않았다. 그냥 먹어도 별 탈 없을 것처럼 보이는 냉동식품만 집어 들었다.

우리는 들고 갈 음식을 챙겼다. 크리스타는 예쁘게 생긴 외모만으로 만족하지 않는 게 확실했다. 여러모로 나보다 훨씬 똑똑했다. 크리스타는 빈 배낭을 가지고 왔다. 나는 그런 생각은 하지도 못했다. 별 수 없이 가슴팍에 안고 갈 수 있을 만큼만 챙겨야 했다.

크리스타는 점보 사이즈 통조림 두 통을 챙기고 있었다. 오래

보관하고 먹을 수 있어서 고른 것이었다. 하나는 복숭아 통조림이었고 다른 하나는 초콜릿 푸딩이었다. 평상시에도 여자아이들이 장을 볼 때마다 빠뜨리지 않고 사는 것들이었다.

"어라, 엄청 큰 통조림을 챙겼네!"

그러자 크리스타가 "그러는 너는!" 하는 표정을 지어 보였다. 하기는 내 팔에는 육가공 식품이 잔뜩 들려 있었다.

우리는 웃다가 멈췄다가 또다시 웃기 시작했다. 잠시 뒤, 냉장 보관조차 되고 있지 않은 육가공 식품은 그대로 놔두기로 했다. 그러고 나니 모든 게 술술 풀릴 것만 같았다. 뭐든 시도해 봐야 한다는 용기도 났다. 마음속에서 "시도해 봐. 시도해 보라고. 시도해 봐야 한다니까!"라는 소리가 들렸다. "지금보다 더 좋은 기회가 있을 거 같아?" 이런 유혹의 소리도 들렸다.

"크리스타?"

"왜?"

우리는 고작 몇 발자국 떨어진 자리에 서 있었다.

"그냥 땅콩버터? 아니면 크런치 땅콩버터?"

내가 물었다. 결국 나는 마음속 소리를 실행에 옮기지 못했다.

17

"음, 스코티, 이번 같은 눈 폭풍에 대해 들은 적 있어?"

크리스타가 질문을 했다.

"아니, 전혀. 하지만 버팔로나 알래스카에는 일 년에 눈이 이십 미터쯤 내리는 곳이 있다는 건 알고 있어. 한 해 총 강설량이지만."

"응. 나도 알아. 하지만 이런 눈 폭풍하고는 차원이 다른 거야. 이건 단 하루 만에 삼 미터가 내린 거잖아."

시간 당 눈이 얼마나 내린 건지 계산해 보려 했지만, 내 손에 들려 있는 물건들에 신경을 쓰면서 계산하려니 좀 전에 들었던 숫자가 정확히 얼마였는지조차 잊어버리고 말았다.

"넌 거기 가 본 적 있어? 버팔로나 그 비슷한 곳? 그 지역에 눈이 많이 내리는 건 호수 때문이라는데."

나는 초등학생처럼 질문하고 있었다.

"난 거기 살았어. 음, 그러니까 그 근처에."

"정말?"

내가 되물었다. 어휴 맙소사, 겨우 이렇게 대꾸하는 고등학생이라니.

"물론이지. 워터타운이란 곳에 있었어."

"꽤 북쪽에 있는 곳 같은데, 맞지?"

"응. 오대호가 바로 그 근처에 있어. 스노우타운이라고 부르는 게 더 어울려. 거기는 꼭 캐나다 같아."

"무스들(북미에 사는 큰 사슴, 우리나라 학명으로 말코손바닥 사슴─옮긴이)은 본 적 있어?"

내 말에 크리스타가 웃었다. 내 꺼벙한 농담에 웃어 줄 것 같지 않아 포기했는데, 어리둥절했다.

"무스의 복수형이 특별한 건 알지? 한 마리일 때는 무스(moose)지만, 두 마리일 때는 미스(meese)라고 하잖아(일반적인 문법대로라면, goose─geese처럼 moose의 복수형은 meese여야 하지만 정확한 복수형은 moose다. moose의 복수형을 meese라고 하는 건 미국에서 흔히 쓰는 농담 중 하나이다─옮긴이)."

크리스타는 짐짓 진지한 표정으로 농담을 던졌다.

슬쩍 코웃음이 새어 나왔다. 내가 했던 말을 농담으로 맞받아 쳐 주다니 기분이 좋아졌다. 여드름 걱정 따위는 날아가 버린 듯했다. 초조함은 사라지고, 한결 편안하게 느껴졌다. 하지만 무거운 음식을 나르느라 어깨가 뻐근해지는 통증은 신경이 쓰였다.

모퉁이를 돌자 아이들 목소리가 들려왔다. 그제야 우리가 학교 건물에 갇혀 있고 몇 무리로 흩어져 있다는 사실이 떠올랐다. 그와 동시에 이 세상 어떤 사람에게는 절대로 통할 수 없는 농담이 있다는 사실도 떠올랐다. 누가 하느냐에 따라 헛소리가 될 수 있기 때문이다. '미스'도 그런 경우였다.

목소리가 메아리쳐 들렸다. 복도에서는 일그러져 울려 퍼졌지만 누구의 목소리인지 분간할 수 있었다. 바로 레스였다. 순간 가슴이 답답해졌다. 레스와도 좀 편해진 줄 알았는데, 어두운 곳에서는 역시 아니었다. 녀석은 줄리와 이야기를 나누는 중이었고, 피트는 그들로부터 몇 걸음 떨어져 있었다. 그 셋은 양호실 바깥에 모여 있었다.

나도 이 주 전쯤에 양호실에 들린 적이 있었다. 라디오가 있었는지 기억나지는 않았다. 몇 걸음 더 다가가자, 피트 손에 들린 라디오가 확실하게 보였다. 이제 기억이 났다. 행정실 선생님은 언제나 오후가 되면 라디오를 틀어 놓았다.

라디오도 구했는데 양호실에서 무엇을 더 찾고 있는지 궁금했다. 하지만 이내 답이 떠올랐다. 담요! 그런 생각을 다 하다니, 보물 찾는 데 도가 트인 아이들다웠다. 하지만 뭔가 문제가 있는 듯 보였다.

"어이, 꼬마. 내 거시기 좀 잡고 있을래?"

레스가 문고리 뜯는 장비를 꺼내며 줄리에게 말했다. 그런 말투는 누가 누구에게 한 말인지에 따라, 그 말을 듣는 사람의 기분이 어떤지에 따라 웃어넘길 수도 있지만, 모욕적인 희롱이 될 수도 있었다.

"입 닥쳐, 짜샤."

피트가 레스에게 한 걸음 다가서며 말했다. 손아귀에 망치와 금속제 볼트를 쥐고 있는 덩치 큰 사내에게 다가서는 한 남자의 불안감과 위태로움이 느껴졌다.

'어라.'

나는 속으로 외쳤다. 아니, 이 사이로 그 소리가 새어 나갔을지도 모른다. 그랬으니까 셋이 크리스타와 내 쪽으로 고개를 돌렸을 것이다. 그게 아니면, 신발 끄는 소리가 우리의 존재를 알린 것일 수도 있었다.

레스는 우리를 보고 상황을 판단했는지 다시 피트에게로 고개를 돌렸다. 그런 뒤, 고개를 한쪽으로 기우뚱 숙인 채 피트를 노려보았다.

"제대로 들은 거 맞지? 네 놈 자식이 나한테 입 닥치라고 했겠다?"라는 식으로 빤히 쳐다보았다.

피트는 그 자리에 그대로 서 있었지만, 간신히 버티고 있었다. 두 발바닥은 그대로 바닥에 붙어 있었지만, 몸은 뒤로 슬쩍 젖혀져 있었다. 피트의 얼굴에서도 묘한 표정이 스쳐 지나갔다. 곧 벌어질 일에 대한 두려움과 그 상황에서 자신이 할 수 있는 일이 그다지 많지 않음을 인정하는 체념 사이에서 오락가락하고 있는 마음이 읽혔다.

"안녕."

크리스타는 눈앞에서 벌어지고 있는 일들을 못 본 척했다.

"뭐 하고 있었어?"

나는 레스가 주먹을 내밀고 피트를 한 방 치리라 예상하고 있었지만, 녀석은 동작을 멈추고 멋진 대답을 궁리하고 있었다. 녀석이 부디 망치질이나 계속해 주길 바랐다. 물론 주먹이든 망치이든 내려치는 순간 나도 대응해야겠다고 준비하고 있었다.

'피트를 한 방 먹이면 나도 복숭아 깡통으로 제대로 한 방 돌려줘야 하나?'

내 나름대로 이 임무를 받아들이려고 애쓰고 있었다. 피트는 내 친구니까 나라도 나서야 했다. 하지만 우선 먼저 여자애들을 옆에 있게 해 주신 하느님께 감사 기도를 드리고 싶었다. 크리스타는 레스를 은근히 구석으로 밀어붙이고 있었다.

"응?"

크리스타가 대답을 재촉했다.

"어?"

마침내 레스가 크리스타를 쳐다보았다.

"안녕, 레스 오빠. 안녕, 줄리."

크리스타는 피트에게만은 인사하지 않았다. 얼핏 보기엔 레스의 편을 들어주려고 피트를 무시하는 것 같았다. 도통 여자의 속마음까지는 알 수 없었다. 어디서 저런 고도의 전략을 배우는지도 모르겠다. 다만 목소리만으로도 덩치 큰 사내를 제압하는 예쁜 여자애를 얕잡아 봐서는 큰일 나겠다는 생각이 들었다.

레스의 몸은 반쯤 크리스타를 향해 있었다.

"무슨 일이야?"

크리스타가 또박또박 물었다.

레스는 크리스타 쪽으로 완전히 몸을 돌렸다.

"보물찾기는 어떻게 되고 있어?"

크리스타는 부드러운 목소리로 다시 물었다.

"라디오를 찾았어."

그 대답은 피트의 몫이라고 생각했는데, 레스가 대답을 했다. 피트는 어이없다는 표정을 지으며 그대로 서 있었다.

"보병, 보여 주도록."

레스가 거들먹거렸다. 사람들은 가끔 피트를 보병이라고 불렀다. 피트의 성인 두보이스가 '보병'을 뜻하는 '도우보이'와 발음이 비슷했기 때문이다. 피트는 긴장을 풀고 라디오를 들어 올렸다.

"아직 배터리가 있어. 하지만 수신 상태는 엉망이야."

레스가 의기양양하게 설명했다.

"이 층에서 틀면 좀 더 나을 거야. 그러니까……."

크리스타가 말했다.

"더 잘 들리겠지."

내가 끼어들었다. 대화에 끼어야 할 때란 생각이 들었기 때문이다.

"그런데 여기서 뭐 하고 있던 거야?"

크리스타가 또다시 물었다.

"담요?"

내가 다시 끼어들었다. 크리스타는 그런 나를 힐끗 쳐다봤다. 말로 옮기자면, "내가 하는 말을 모조리 잘라먹을 거야? 아니면, 내가 할 수 있게 내버려 둘래?" 따위의 경고 메시지가 담긴 눈빛이었다. 하지만 그리 못마땅한 건 아닌 듯했다.

"그래. 넌 보기보다 멍청하진 않구나."

레스가 깐족거렸다.

듣기에 따라 달리 들릴 수도 말이었지만, 나는 기회를 놓치지 않고 대꾸했다.

"글쎄. 잘 모르겠네. 제법 멍청해 보일 수도 있을 텐데……."

그러자 녀석이 웃어 댔다. 야비한 느낌 따위는 전혀 없는 순수한 웃음이었다. 갑자기 '아차' 싶은 기분이 들었다. 레스 녀석의 감정이 막연하게나마 느껴지면서, 녀석이 처한 문제가 뭔지, 왜 난폭하게 행동하는 지도 알 것 같았다. 이제야 레스가 엘리야와 같은 교실을 쓰는 이유를, 삐쩍 말라빠진 작은 체구의 엘리야를 괴롭히지 않는 이유를 이해할 수 있을 것 같았다.

나는 크리스타를 쳐다봤다. 크리스타도 날 돌아봤다. 그 애 얼굴에는 "남자애들은 다 가소롭거든."이란 말이 적혀 있었다. 나

역시 고개를 살짝 끄덕여 그 점을 인정했다.

"좋았어. 그럼 우리 라디오 성능을 시험해 보자. 라디오 배터리 불빛이 약해지기 전에."

라디오 배터리가 얼마나 오래갈 지 궁금했다. 하루 정도? 라디오에 딸린 작은 전구의 불빛은 배터리가 언제 멈추게 되느냐에 달려 있었다.

그때 '탁' 소리가 들려왔다. 소리가 난 쪽으로 고개를 돌렸다. 레스의 망치질 한 방에 양호실 문 자물쇠 부분에서 실린더가 튕겨져 나왔다.

나는 피트에게 걸어가 배를 한 방 때리는 시늉을 했다. 우리끼리의 인사법이다. 거기에는 "안심해, 나 여기 있어."라는 뜻이 담겨 있었다. 피트는 슬쩍 웃어 보였다.

레스가 손바닥으로 문을 밀어 열자마자, 모두 양호실 안으로 우르르 들어갔다. 양호실은 금광 같았다.

18

우리는 라디오를 가운데 두고 의자를 끌어다 반원 형태로 앉았다. 라디오는 교탁 위에 올려놓았다. 엘리야도 우리와 함께였다. 제이슨이 다이얼을 이리저리 맞춰 보고 있었다.

제이슨은 오후 내내 경주용 자동차를 손보다가 깜깜해져 작업이 힘들어지자 실습실에서 교실로 돌아왔다. 그동안 모두가 제이슨이 돌아오기를 간절히 기다렸다. 제이슨을 빼놓고서 우리끼리 라디오를 듣는 일이 미안한 짓 같았다.

길은 여전히 눈에 파묻혀 있었다. 아침 나절보다 삼십 내지 육십 센티미터는 더 쌓인 것처럼 보였다. 7번 도로에는 여전히 차량이 한 대도 보이지 않았고, 학교에서 가장 가까운 언덕 위 그 집에는 지붕 홈통까지 눈이 쌓여 있었다. 굴뚝에서는 연기가 나오지 않았다. 어두워진 까닭에 보이지 않는 것일 수도 있지만, 왠지 어둠 탓이 아닐 듯했다.

더 중요한 사실은 여전히 눈이 내리고 있다는 것이었다. 눈발이 더 세진 건지 약해진 건지는 알 수 없었다. 어느 순간부터 똑같아 보이기 시작했다. 내린 눈을 가늠해 보는 것도 지쳐 버렸다. 삼사 분 동안 지켜보다 긴장이 풀리면 그저 그러려니 포기하게 되었다. 그러다 다음 이삼 분 사이에 두 배 정도로 더 심하게 퍼붓는 걸 보고 나면, 아예 보지 않는 쪽이 낫겠다는 생각이 들었다.

라디오는 검정 박스 모양이었고, 잡아당기면 쭉쭉 뽑아져 나오는 안테나가 달려 있었다. 나와 레스가 이리저리 만져 보았을 때에는 잡음이 어마어마했지만, 제이슨이 매만지자 잡음이 좀 줄어들었다.

제이슨의 손재주와 지식은 비교 불가능할 만큼 차원이 달랐다. 나도 자주 라디오를 들었다. 버튼식에 '자동 탐색' 기능까지 달려 있었지만, 완전 문외한은 아니었다. 그런데 우리 앞에 놓여 있는 이 라디오는 80년대 혹은 그보다 오래된 구닥다리였다.

갑자기 피트가 입을 열었다.

"거기서부터는 천천히 돌려. 불빛 좀 보면서."

그렇게 하자, 사람 목소리가 몇 마디 들려왔다. 기계적으로 녹음된 목소리 같았다.

"비상보도국의 공식 안내입니다. 극심한 북동풍이 남부 뉴잉글랜드 지역으로 서서히 뻗어 나가고 있습니다. 폭설과 강한 바람이 동반된 위태로운 상황입니다. 운전을 삼가 주시고 식량을 준비해 놓으십시오. 어떤 경우라도 안전한 곳에서 벗어나는 일이 없도록 하십시오. 관계 당국은 현 상황을 잘 인지하고 있으며, 가장 위험하다고 판단되는 분들부터 우선적으로 도울 것입니다. 반복 안내합니다. 비상보도국의 공식 안내입니다……."

다시 처음부터 끝까지 같은 내용을 반복했다. 그런 다음 전자 신호음의 '삐' 소리가 길게 지속되었다. 진짜 고막이 찢어질 만큼 시끄러웠다. 사람들의 주목을 끌기 위해 그러는 것 같았다. 우리는 등을 펴고 앉아 한꺼번에 입을 열었다.

"기계 같은 거야. 바퀴가 달린 기계 말이야. 말하자면 기계의 한 부분이 올라오면 다른 쪽 부분이 내려가며 회전하듯, 북동풍도 그렇게 생긴 동력으로 계속 소용돌이치는 거지."

레스가 아는 척했다.

"그건 토네이도야."

줄리가 나섰지만, 맞는 말은 아니었다.

"아니. 이건 토네이도보다 느리지만 거대해."

레스가 응수했다.

"천 배는 크다고 할 수 있어. 기류와 구름에 따라 전부 다르게 진행되는 거야. 그러다가 한꺼번에 모두 섞여 눈이 되어 내리는 거지."

"왜? 왜 눈으로 변하는 건데?"

줄리가 따졌다.

"추위 때문이지 않을까?"

레스가 되물었다. 녀석이 그 주제에 대해 알고 있는 건 거기까지였다.

"북쪽에서 차가운 공기가 내려오기 때문이야."

내가 나서서 설명했다. 지난겨울 텔레비전에서 북동풍과 눈에 관한 프로그램을 본 적 있었다.

"두 개의 거대한 공기층 사이에서 눈이 만들어지는 거래. 아, 맞다. 기단이라고 했다. 어쨌든 하나가 좀 더 따뜻하면 다른 하나는 좀 더 차갑대. 그래서 위아래로 빙빙 회전하는 거고. 압력에 저항하는 거라고 했던가. 암튼 따뜻한 공기가 상승하면서 습기는 바다 위로 이동하지만, 동시에 차가운 아래쪽으로 회전하면서 차츰 차가워지고 무거워지면 눈이 되어 떨어지는 거래. 따뜻한 기단이 크면 클수록 습기도 올라가고 회전축도 커진대. 그런 과정이 처음부터 다시 시작되고. 자체 에너지 방출이 전부 끝나거나 기단이 깨지거나 이동해 버리면 그때서야 멈춘다고 했어."

나는 잠시 설명을 멈췄다. 순전히 호흡을 고르기 위해서였지만, 내가 말한 전부가 맞는 건지 자신이 없었다. 지난겨울은 벌써 오래전이고, 그나마도 뉴스 시간대에 아주 잠시 다뤄졌던 내용이었다. 누군가 내 설명에 뭔가 덧붙이길 바랐지만, 아무도 그러지 않았다.

"내가 방금 한 말이잖아."

레스가 쏘아붙였다.

"하지만 어디에서 에너지를 얻는 건데?"

줄리가 또 물었다.

다른 누가 대답해 주길 기다렸지만, 이번에도 아무도 나서지 않았다. 결국 대답은 내 차지였다.

"아마 전선에서? 한랭 전선과 온난 전선 차이에서 생기는 거 아닐까?"

바로 그 지점에서 나도 레스처럼 밑천이 다 드러나고 말았다. 다행히 '삐' 소리가 라디오에서 다시 울려 퍼지기 시작했다. 모두 라디오에 관심을 모았다.

"다른 채널로 맞춰 보자."

크리스타가 제안했다.

"WKAR로 맞춰 봐."

피트가 말했다.

WKAR은 타타와 지역 내 세 개 도시에서 공동으로 운영하는 유일한 지역 라디오 방송국이었다. 리틀 리버 시내에 있는 옛 기차 역사에 사무실이 있는데, 라디오 방송국 건물이 시내 전체의 5분의 1을 차지하고 있었다. 방송국 외에도 우체국, 시청, 그리고 가게 몇 곳이 리틀 리버에 있었지만, 그나마도 가게들 중 하나는 주말에만 영업하는 자그마한 골동품 상점이었다.

"KWAR, 99.9 FM에 맞춰 주세요."

고등학교 농구와 축구 시합을 중계하는 KWAR은 지역 업체들의 어설프기 짝이 없는 아마추어 광고로 운영되고 있었다. 이를 테면 같은 반 친구 아빠가 이탈리아 사람 발음을 흉내 내어 피자집 홍보를 하는 식이었다.

제이슨은 다이얼을 천천히 돌렸다. 우리 모두는 라디오 숫자 표시판 위에서 작은 바늘이 조금씩 움직이는 모습을 지켜보았다. 바늘은 99.8과 100 사이에 놓여 있었지만, 잡음은 계속되었다.

"방송국 송신기가 떨어졌을지도 몰라."

제이슨이 말했다.

"그러게. 그 조그만 방송국 사무실은 눈에 묻혔을 거야."

레스 녀석이 맞장구쳤다.

엘리야를 제외한 나머지 아이들이 다른 채널에 맞춰 보자며 우겨 댔다. 이리저리 다이얼을 맞춰 보는 동안 방정맞은 DJ 목소리도 잡히지 않았고, 청승맞은 구닥다리 노래도 잡히지 않았다. 방송국에서 방송을 내보내지 않아서인지, 눈 폭풍이 수신을 훼방 놓아서인지, 알 수 없었다. 날씨가 도와주지 않으면 라디오도 고물 덩어리일 뿐이었다.

드디어 하트포트에 있는 제법 큰 방송 채널에 다이얼이 맞춰졌다. 분명하지는 않지만 진짜 살아 움직이는 사람의 목소리가 나오고 있었다. 제이슨은 한 손을 들어 올리고 피트와 나에게 하이파이브를 했다.

제이슨이 볼륨을 높이자 우리는 몸을 앞으로 기울였다. 분명 성인 남자의 말소리였다. 마치 혼자 중얼거리고 있는 듯 산만한 목소리였다. 혼자 있기 불안해서 뭐라도 중얼거리고 있는 건지도 몰랐다. 어쩌면 남자는 방송 중이란 사실조차 모르고 있을 수도 있었다. 설령 그렇더라도, 우리 일곱 명은 더듬거리는 남자의 말을 한 마디도 놓치지 않으려고 귀를 쫑긋 세우고 있었다.

"이런, 이런, 어쩌라고. 바깥은 엉망진창이잖아. 심각하게 끔찍해."

남자는 미친놈처럼 떠들고 있었다.

피곤에 절은 목소리는 조금 쉰 듯했다. 얼마나 오랫동안 떠들고 있었는지 궁금했다. 우리처럼 눈보라가 시작된 뒤로 줄곧 방송국에 갇혀 오도 가도 못하는 처지였던 건 아닐까? 하지만 남자는 하트포트에 있다. 그곳이라면 상황이 끔찍할 리 없었다. 나름대로 큰 도시이고 건물들끼리 연결되어 있고, 육교 외에도 옥외 인도처럼 높은 곳도 있을 테니, 사람들이 돌아다닐 가능성도 무시할 수 없었다.

"지금 저는 창밖을 바라보고 있습니다. 아직까지 '세계 자본 보증사'에는 별 탈이 없습니다만, 부디 여러분이 가입한 재해 보험은 무사하길 바랍니다. 주택, 자동차……."

남자는 '생명'이라고 재빨리 말하고는 말을 끊었다.

"밖에 사람 하나가 보이네요. 남자분인데 엉망이 된 도로 한가운데로 스키를 타고 내려가고 있습니다. 아, 지금 막 넘어졌습니다. 백설탕 더미 꼭대기에서 내려오는 개미 한 마리 같네요. 아, 이제 다시 일어났습니다. 남자가 일어났어요, 여러분. 온통 눈을 뒤집어썼습니다. 설탕 가루를 묻힌 도넛 꼴이네요. 아무쪼록 저 남자분에게는 꼭 가 봐야 하는 중대한 일이 있길 바랍니다. 아니라면, 이런 상황에서 외출할 필요는 없으니까요. 아, 예. 말하는 사이에 다시 언덕을 내려가고 있군요."

세찬 바람이 창문을 흔들어 댔다. 창문 너머로 그 외로운 남자가 스키를 타고 내려가는 그림이 그려졌다.

"이제 다시 올라가고 있습니다. 이번엔 내려오고 있습니다. 눈뜨고 볼 수가 없네요. 여러분, 아무리 강조해도 부족합니다. 다시 말하지만, 무슨 수를 쓰든 실내에 계시도록 하십시오. 가장 최근에 들은 소식에 따르자면 하트포트 시내에만 삼 미터 삼십 센티미터가 쌓였다고 합니다. 외곽 지역은 더 쌓였다는군요."

작고 별 볼일 없는 이 학교 건물보다 외딴 곳은 그리 많지 않았다. 우리가 라디오에 집중하던 사이, 복도 비상등이 깜빡거리다 나가 버렸다. 나는 그 사실을 알리려 했지만, 다른 애들은 라디오에서 새어 나오는 흐린 불빛을 멍하니 지켜보고 있었다.

"이미 꼭대기까지 도달했네요. 여러분, 지금 단층집이나 목장 가옥에 계신다면, 환기를 생각해 보셔야 합니다. 굴뚝이 있다면, 틈틈이 청소를 해 두세요. 지금 내리는 눈의 결정이 단단해져 굴뚝에 몇 겹으로 얼어붙어 쌓일 수도 있습니다. 그렇게 되면 공기도 통하지 못하게 됩니다."

갑자기 레스가 책상을 주먹으로 내리치고 욕설을 내뱉었다. 엘리야는 천장을 올려다보며 뭐라고 중얼거렸다. 둘은 단층집에 살고 있는 게 분명했다.

"젠장. 빗자루를 세워서 눈을 쓸어 내세요. 중요한 건 끝까지 지켜보고 계셔야 한다는 겁니다. 이 눈 폭풍은, 그러니까 여기 있는 국립기상청 자료에 따르면, '전례 없는' 심각한 지경이라고 합니다. 역사적인 눈 폭풍도 있었겠지만, 어쨌거나, 이런 일에는 에너지가 많이 필요합니다. 에너지는 영원하지 않은 겁니다."

이 남자는 자신이 무슨 말을 하고 있는지조차 모르는 것 같았다. 남자는 어떤 노래의 앞 소설을 흥얼거리기까지 했다.

"영원히! 영—원—히!"

비록 지치고 쉰 목소리였지만, 목소리의 주인공이 누군지 알아냈다.

"앤디."

내가 외쳤다.

"짱. 맞아. 앤디가 맞아."

피트가 맞장구를 쳤다. 그 방송국에서 '랜디와 앤디' 코너를 맡고 있는 스타 방송인 랜디와 앤디 중 앤디였다.

"그럼 랜디는 어디에……."

피트가 입을 열었지만, 여자애들이 조용히 하라고 다그쳤다. 레스도 같은 뜻이 담긴 표정을 지어 보였다.

다시 라디오에 집중했다. 결국 앤디는 목소리가 한꺼번에 너무 많이 갈라지자 '본 투 비 와일드'를 틀었다. 우리는 그대로 앉아 노래를 들었다. 하릴없는 짓이었지만, 이 노래를 싫어하는 사람은 없었다.

노래가 끝나자 앤디의 목소리가 다시 흘러나왔다. 그사이에 물이나 음료수를 마셨을 것이다.

"심각하게 말씀드리지만, 여러분, 차를 절대 운전하지 마십시오. 고속도로로 머리도 내밀지 마세요. 지금 계신 곳에 그대로 계십시오. 지금 막 들어온 연방경찰국의 경고입니다. 경찰은 눈코 뜰 새 없이 바빠서 여러분이 어떤 상황에 처해도 도울 수가 없다고 합니다. 눈보라가 지나갈 때까지 지금 계신 곳에서 얌전히 기다리도록 하십시오."

눈보라가 그칠 때까지 우리끼리 있어야 하는 현실을 뼈저리게 깨달았다. 커다란 학교 건물에 일곱 명의 아이들만 있다면? 우리끼리 외따로 떨어져 있다 보면, 언젠가는 숨도 제대로 쉬지 못할 위험에 처할 수도 있었다. 그런 다음 경찰이 우리를 구하러 올 수나 있을까?

"지역 예비군이 소집되었는데, 아직까지 소식이 없습니다. 시내 쪽도 소식이 없군요. 군대를 기다리고만 있을 수 없잖습니까, 여러분? 아시다시피 예비군들은 행동이 굼뜨지요."

"엿이나 먹어라, 앤디!"

제이슨이 소리 질렀다. 제이슨은 군복 입은 남자들 이야기나 떠들어 대는 방송인의 허튼소리를 들으려 하지 않았다. 군인을 폄하하는 이야기라서가 아니었다.

"다른 방송을 들어 보자."

우리는 제이슨의 제안을 무시했다. 앤디는 한 주 닷새 동안 웃기지도 않는 꺼벙한 개그나 하는 방송인이었지만, 지금은 고맙게도 예비 전력으로 혼자서 뉴스를 전해 주고 있었다. 게다가 공식적인 정보를 계속 받고 있었다.

이제는 배가 고팠고, 그나마 창문 틈으로 햇살이 들어오고 있을 때 저녁을 챙겨 먹어야 했다. 비상등이 언제 다시 켜지게 될지 알 수 없었다. 배터리를 아껴야 하니까. 끼니를 때우는 동안은 라디오를 꺼 놓자고 했다.

우리는 아무 말 없이 어둠이 퍼져 가는 교실에 앉아 식빵을 먹었다. 다행히 슬라이스 냉동 햄과 땅콩버터 또는 잼 중에서 골라 먹을 수 있었다. 모두 얇게 저민 햄을 선택했다. 가능하면 서둘러 먹어 치워야 탈이 없을 것 같았다.

그런 다음 통조림에서 금방 꺼낸 푸딩을 먹었다. 통조림을 땄을 때 발견한 점보 사이즈 비닐 랩으로 남은 푸딩 통을 단단히 싸서 다른 음식들과 함께 창문턱에 올려 두었다.

창문 위쪽은 음식을 보관하기에 좋았다. 창유리에 손바닥을 대면, 얼어붙을 듯한 냉기가 느껴졌다. 거센 바람이 창을 때리고 그 진동은 손바닥까지 바르르 떨게 만들었다. 건물 전체를 흔들 기세였다.

식사를 마치고 잠시 동안 라디오를 더 들었다. 앤디도 교대를
했는지, 이제 다른 사람이 방송을 진행하고 있었다. 방송을 해
본 경험이 없는, 어쩌다 방송국에 갇힌 일반인인 듯했다. 남자가
긴장하고 있어서 들어주는 것도 고역이었다. 남자는 앤디가 진행
할 때보다 훨씬 더 많은 음악을 내보내고 있었지만, 선곡에도 별
신경을 쓰지 않은 게 분명했다. 처음 듣는 음악이 나오고, 다음
으로 톱 40에 오른 곡들도 몇 곡 나오는가 싶더니, 록 음악에 컨
트리 음악을 짬뽕해 놓은 이상한 컨트리 음악이 흘러나왔다. 차
라리 학교 벽을 긁고 지나가는 바람 소리를 듣는 게 나을 듯했다.

브루스 스프링스틴의 '애틀랜틱 시티'가 흘러나오자 피트가 큰
소리로 그룹 '보스' 이야기를 시작했다. 피트는 자신이 뉴저지 출
신이라는 사실에 과도한 자부심을 갖고 있었다.

"보스는 뉴저지 출신이야. 알지?"

피트가 으스댔다.

"그래. 스누키처럼."

나는 맞장구를 쳐주었다.

은근히 피트를 무시할 생각으로 그 말을 꺼냈는데, 녀석이 내
의도를 눈치라도 챘는지는 알 수 없었다. 사실 스누키가 뉴저지
랑 관련이 있는지도 확실하지 않았다. 운동선수라면 몰라도 TV
스타들까지 알 수는 없었다.

나는 보스턴 셀틱(보스턴 대표 농구팀―옮긴이)의 스케줄을 재빨

리 떠올려 보았다. 오늘밤에도 경기가 있었다. 서부 해안에서 LA 레이커스를 상대로 경기를 벌이니까 당연히 예정대로 진행될 것이었다. 타타와 지역에서 거대한 눈 폭풍이 계속되고 있는 동안에도 어디선가 농구 시합이 있는 게 이상하지는 않았다. 내가 농구를 할 수 없는 게 오히려 이상했다.

'아틀란틱 시티' 다음으로 레이디 가가의 신곡이 나왔다. 여자애들은 흥에 겨워 코러스 부분을 따라 불렀다.

눈은 창문을 휘갈기며 더 큰 덩어리로 뭉쳐져 내리고 있었다. 우리는 잠자리를 마련했다. 책상과 의자들을 교실 벽으로 밀어 쌓아 두고 누울 공간을 확보했다.

양호실에서 양모 이불 다섯 채와 얇은 침대보 다섯 장을 가지고 왔다. 레스와 엘리야가 양모 이불 두 채를 챙겨 복도 맞은편 다른 교실로 향했을 때 아무 말도 하지 못했던 것처럼, 여자애들이 양모 이불 하나를 둘이서 나눠 쓴다고 했을 때에도 가만히 있었다.

모두 집 생각이 간절했고 추위에 시달렸지만, 바깥 세상에는 상황이 더 나쁜 사람들도 있다는 걸 알고 있었다. 마지막 정류장까지 갈 수 없었던 버스에 타고 있던 사람들처럼. 내가 만약 오르막길에 접어든 버스에 갇혔는데 지붕까지 눈에 묻혀 버렸다면, 기분이 어땠을까?

사내아이들끼리 한 이불을 덮을 수는 없었다. 제이슨이 이불 없이 자겠다며, 재킷을 입고, 피트에게서 빌린 외투로 다리를 감쌌다. 그런 다음에는 얇은 침대보 다섯 장으로 몸을 친친 감았다.

내가 고맙다고 말하자, 녀석은 "넌 엿이나 먹어. 윔스!"라고 답했다. 은근히 거슬렸지만, 우리 사이의 잠자리 인사려니 생각하기로 마음을 가다듬었다.

라디오에서 허접한 밴드가 연주하는 느끼한 음악이 흘러나왔다. 나는 더 듣고 싶었지만, 누군가 자리에서 일어나 라디오를 꺼 버렸다. 그래도 괜찮았다. 배터리를 아껴야 하니까.

곧이어 휴대 전화 액정 화면 불빛이 깜박이더니 잠시 뒤 모든 불빛이 꺼졌다. 피트도 잠시 게임을 했는데, 배터리가 거의 닳아 버린 것 같았다. 다른 아이들은 이어폰을 꽂고 있어서 무엇을 듣고 있는지 알 수 없었다. 교실 안은 고요했다. 창문이 바람에 덜커덕거리는 소리뿐이었다. 누운 지 한 시간이 지났건만 정신은 말똥말똥했다. 바닥에 대고 있던 옆구리가 뻐근해져서 몸을 뒤척였다. 다른 아이들의 인기척 소리는 들리지 않았다.

나는 정말 오랫동안 하지 않았던, 아마도 꼬맹이 시절 이후로 한 번도 하지 않았던, 기도를 시작했다. 내 자신을 위해, 엄마를 위해, 우리 모두를 위해…….

하지만 자의식이 발동되어 자리에서 일어나 앉거나 무릎을 꿇는 행동 따위는 하지 않았다. 그저 버석거리는 양모 이불 속에서 가슴팍으로 허벅지를 끌어당기고 작은 소리로 속삭였다. 제이슨이 내 기도를 들은 게 분명했다. 녀석도 곧 나와 같은 짓을 했다. 코웃음이 나왔다. 평소 행동으로 보자면, 제이슨 입에서 '예수님'이라는 말이 흘러나올 확률은 만 분의 일 정도였다. 녀석이 진심으로 예수님을 부르는 목소리를 듣게 된 건 천만년 만에 처음이었다.

그냥 뭐랄까, 우리는 자연스럽게 기도하게 되었다. 부디 하늘이 개길 바랐을 뿐이다.

19

눈을 떴을 때 뼛속까지 한기가 느껴졌다. 겨울철 추위 정도가 아니었다. 찬 공기가 내 뺨을 베어 버리는 것 같은 싸늘함에 저절로 눈이 떠졌고, 몸에 남아 있던 온기마저도 새벽녘엔 사라져 버렸다.

이불 아래에서 손을 꺼내 뺨을 만져 보았다. 괴물딱지 같은 여드름은 더 커지고 말캉해져 있었다. 손이 닿자, 톡 터져 뺨을 타고 고름이 흘러내렸다. 여드름 말고도 나를 예민하게 만드는 걱정거리는 많았다. 누군가에게는 대수롭지 않을 수도 있겠지만, 이틀 연속 인터넷에 접속하지 못했다. 환장할 노릇이었다.

화요일 아침 학교에 오기 전 인터넷에 접속했을 때 이메일 한 통이 와 있었다. 아침마다 정기적으로 농구 경기 안내를 받고 지난 경기에 대한 내 의견을 적어 반드시 회신해야만 했다. 꼬박 이틀을 열어 보지 못했으니 엄청나게 많은 이메일과 게시판 댓글들이 쌓여 있을 것이다. 얼마 안 되는 팬들과 나를 아끼는 지인들은 내가 무사한지 어쩐지, 온갖 것이 궁금해서 연락을 했을 것이다. 게다가 '마피아 전쟁' 게임을 그냥 방치해 두어 내 에너지 팩도 다 떨어졌을 것이다. 엄청난 낭비였다. 게임 속 내 배는 스커비 파이러츠 지역에서 꼼짝도 못하고 있을 텐데.

어째서 이런 자잘한 것들까지 나를 괴롭히는지 모르겠다. 누구나 현실에서 감당하기 힘든 큰일을 맞닥뜨리면 사소하기 그지없고 한심하기 짝이 없는 가상 세계에 몰입하는 경향이 있는 것 같다.

떨어지는 눈송이 사이로 창백한 회색 하늘이 드러났다. 밤새 쉬지 않고 눈이 내렸을 거라고 중얼거렸다. 어젯밤 라디오에서 앤디가 했던 말이 떠올랐다.

"이런 눈은 제 풀에 지칩니다. 언제나 그랬으니까요."

앤디의 목소리는 지칠 대로 지쳐 갈라졌고 희소식도 없었지만, 멈추지 않고 내리는 눈에 갇힌 우리에겐 이런 위로의 말조차도 위안이 되었다.

교실 뒤편을 바라보았다. 여자애들은 교실 뒤쪽에 배낭과 이런저런 물건들을 쌓아 벽을 둘렀다. 그 안쪽에 누워 있는 여자애들은 보이지 않았지만, 속삭이는 목소리가 들렸다. 자리에서 일어나지 않았어도 깨어 있는 건 분명했다.

휴대 전화가 없으니 몇 시쯤이나 되었는지 정확히 알 수 없었다. 대충 9시쯤 되었을 것 같았다. 여기서는 하루 종일 잠만 자도 괜찮았다. 달리 할 일도 없었다. 게다가 잠을 자든 말든 뭐라고 할 어른도 없었다. 하지만 더 누워 있지 않고 일어났다. 오줌이 마려웠다. 거울에 비춰 보며 여드름을 터트릴 때가 된 건지 알아보고도 싶었다.

자리를 털고 일어나니, 옆구리에 싸한 느낌이 들면서 등이 뻐근했다. 차디찬 바닥에 다시는 드러눕고 싶지 않았다. 다행히 서 있지 못할 정도로 아픈 건 아니었다. 팔을 뻗어 재킷을 집어 들었다. 장갑 낀 제이슨의 한쪽 손이 돌돌 말린 침대보와 코트 사이로 삐죽 나와 있었다.

피트도 보였다. 피트는 제이슨 바로 옆에 누워 천장을 올려다보고 있었다. 나는 피트를 향해 고개를 끄덕였지만, 녀석은 알아채지 못했다. 교실 문을 가능한 조용하게 열었다. 차가운 금속 손잡이가 손끝에 닿자, 잠깐 동안 얼얼했다. 손이 문에 들러붙어 버리면 어떻게 할지 걱정이 되었다. 사실 그 정도로 차갑지는 않았다. 문 밖으로 나온 뒤에는 살그머니 문을 닫았다. 자물쇠 실린더가 망가졌기 때문에, 안쪽에서 잠기는 일을 걱정할 필요는 없었다.

복도 끝에 있는 화장실로 가고 있는 나와는 반대로 레스는 화장실에서 나와 교실로 향하고 있었다. 입에서 입김이 피어올랐다. 마치 반대쪽으로 움직이는 증기기관차 같았다. 곁을 스쳐지나갈 즈음 녀석은 들으란 듯 나불거렸다.

"엘리야는 우리가 여기서 죽을 거래."

사흘째 되는 날 아침에 들은 첫 번째 안부였다.

"뭐?"

내가 되물었다. 말에도 효력이 있다니, 새삼 기분이 묘했다. 녀석의 비아냥에 신경 쓰여 걸음을 멈춰 섰다.

"들었잖아."

분명 또렷하게 들었다. 잠시 녀석을 쳐다보며 무슨 꿍꿍이인지 헤아려 보았다.

"미쳤어. 겨우 금요일이야. 사흘 지났다고. 게다가 구내식당에는 먹을 게 쌓여 있어. 엄청나게 많이."

"엘리야는 굶어 죽다고는 말 안했어. 그냥 죽는다고 했지."

레스는 나를 구제불능 바보처럼 쳐다보며 말했다.

"그래도 미친 거야."

내가 대꾸했다. 레스는 날 계속 쳐다보았다. 레스의 눈빛 때문인지, 아니면 일어난 지 얼마 되지 않아서인지, 반격을 가할 적당한 말이 떠오르지 않았다.

"눈보라는 제 풀에 사라질 거야. 언제나 그랬으니까."

레스는 잠시 생각에 빠진 것 같았다. 어디에서 들은 말인지 기억해 내려고 애쓰는 듯 보였다. 하지만 그것도 잠시, 녀석의 얼굴에서 옅은 미소가 스멀거렸다.

"눈보라는 제 풀에 사라진다고."

우리는 서로를 힐끔 쳐다보았다. 녀석은 코웃음을 쳤다. 우리는 다시 각자 가던 방향으로 움직였다. 녀석은 교실로 되돌아갔고, 나는 여드름을 터트릴 화장실로 향했다. 녀석이 제정신인가 싶었다. 엘리야와 함께 있지 못하게 막아야 했나, 후회스럽기도 했다.

화장실은 교실과 복도보다 한결 더 추웠다. 당연히 뜨거운 물은 나오지 않았다. 여드름에 손을 갖다 대는 순간, 하얀 고름이 흘러내려 끈적거렸다. 약간의 피도 흘렀지만, 피부가 조이는 느낌은 이내 사라졌다. 화장실 휴지로 뺨 한쪽을 지그시 누르고 복도로 나왔다.

레스가 꺼낸 말을 다시 생각해 보았다. 우리가 여기서 죽을 거라고? 내가 녀석에게 헛소리라고 말했던가, 했겠지? 아무튼 그 비슷한 말이라도 되돌려 줬을 것 같은데, 아닌가? 녀석이 한 말이 뇌리에서 떨쳐지지 않았다.

교실로 돌아왔을 땐 모두 일어나 있었다. 왜 다들 일어나는 걸까? 하긴 이 교실에서 제일 먼저 일어난 사람은 나였다. 어쨌거나 모두 일어나니 라디오를 들을 수 있어 좋았다. 라디오는 이미 켜져 있었다. 기분이 다시 좋아졌다. 라디오를 틀어 놓으면, 많은 사람들과 함께 있다는 안도감이 들었다. 제이슨이 다시 다이얼을 이리저리 돌리며 주파수가 잡히는 채널을 찾고 있었다. 왼손엔 장갑을 끼고 있었지만 오른손은 맨손이었다. 아주 잠깐, 여기에서 가까운 방송국 채널이 잡힌 것도 같았다.

비상재난방송도 새로운 뉴스를 업데이트하지 못했는지 WKAR도 별다른 소식을 다루고 있지 않았다. 모든 채널을 훑어본 뒤, 우리는 앤디가 진행하는 방송으로 채널을 고정했다. 방송국에서 밤을 새웠을 거라는 내 예측과 달리, 앤디는 다른 곳에서 잠을 잤다.

"여러분, 전 어젯밤 힐튼 호텔에서 잤습니다."

앤디가 떠들어 댔다.

"그렇게 형편없지 않더군요. 전력이 제한적으로 공급되고 난방도 별로였지만, 거지 같지는 않았습니다. 저와 스태프들, 에, 그리고 화가 난 여행객들이 양초를 켜고 저녁 식사도 했습니다. 매우 낭만적이었지요."

힐튼 호텔은 방송국 사무실과 연결되어 있는 게 분명했다.

"주차장을 통과해 얼어 빠진 닭을 먹으러 가는 길이 어찌나 길게 느껴지던지, 기가 차더군요."

앤디는 쉬지 않고 너스레를 떨었다.

"몸도 데울 겸 와인도 곁들여 마셨죠."

어제보다 덜 피곤하고 컨디션도 나아진 목소리였다.

"치사한 놈."

제이슨이 투덜댔다. 우리 모두 앤디를 질투하고 있었다. 우리도 닭 요리를 먹고 호텔 침대에서 자고 싶었다. 제한적이라도 전기를 사용하고 싶었다. 별것 아닌 것인데도 앤디가 엄청난 호사를 누리는 것처럼 부럽기만 했다.

"이 정도면 충분히 들었으니까 난 아래층으로 내려가 볼게. 이번엔 다른 쪽으로 갈 거니까 교무실 앞으로 지나가게 될 것 같아."

피트가 말했다.

녀석은 줄리에게 재빨리 눈길을 던졌지만, 줄리는 눈치채지 못했다. 이런 날씨에 추파를 던지는 건 쉬운 일이 아니었다.

우리는 피트가 나가도록 내버려 두었다. 하지만 녀석이 얼마나 오래 버틸지는 미지수였다. 모두 한마디씩 하기 시작했다.

"십오 분."

제이슨이 말했다.

"이십 분."

줄리가 말했다. 녀석과 함께 움직이지는 않아도 이런 식으로 녀석을 응원해 주다니, 꽤 괜찮은 여자애란 생각이 들었다. 하지만 피트를 더 잘고 있는 쪽은 제이슨인 만큼 이번 내기의 승자는 제이슨이 확실할 것 같았다. 그런데 피트는 십 분도 채 되지 않아 헐레벌떡 돌아왔다.

"완전 깜깜해."

피트 녀석은 양쪽 손바닥을 마주치며 덜덜 떨었다.

"게다가 얼어 죽을 만큼 추워!"

잠시 뒤 레스와 엘리야도 교실로 들어왔다. 둘 다 한참 웃고 있었던 게 분명했다. 재킷과 스웨터를 껴입은 엘리야는 꼬맹이처럼 보였다. 웃음기가 사라진 얼굴이 상아처럼 창백했다. 두 녀석을 보자, 엘리야에게 들었다는 레스의 말이 머릿속에서 다시 맴돌기 시작했다.

둘은 라디오 소리를 듣고서 복도를 건너온 것 같았다. 수신이 자꾸 끊어졌기 때문에, 볼륨을 높게 올려놓을 수밖에 없었다. 우리는 음악이 흘러나올 때도 볼륨을 줄이지 않았다.

모두가 한 교실에서 아침을 먹었다. 누군가 구내식당 취사 구역에서 조그만 계량컵 몇 개를 찾아냈다. 몇몇은 물을 마실 때 사용했고, 몇몇은 복숭아나 푸딩을 담아 먹을 때 사용했다. 하지만 모두 하나씩 나눠 갖기에는 부족했다. 게다가 우리는 그저께 챙긴 플라스틱 숟가락을 계속 쓰고 있었다. 몇 사람은 화장실에서 씻어 가지고 왔지만, 누구는 혀로 핥아 내고 그대로 사용했다.

우리의 아침 식사는 추운 교실에서 먹는 초콜릿 푸딩과 복숭아 통조림, 찬물이 전부였다. 푸딩은 엄청나게 탱탱해서 삼키기 전에 입속에서 녹여야 할 정도였다. 그래도 그렇게 나쁘지는 않았다. 굳어 버린 아이스크림을 먹는 것 같았다.

나는 창밖을 내다보면서 먹었다. 만화 속에서나 나올 법한 세상이 펼쳐져 있었다. 바깥세상은 뭔가 잘못되어 모든 게 과장되게 보였다. 눈은 이제 일 층 창을 거의 가릴 만큼 쌓여 있었다. 그러니까 우리 발밑에서 고작 몇 십 센티미터 아래 부분까지 쌓인 것이다. 마음만 먹는다면 몸을 굽혀 눈이 쌓인 곳을 손으로 만질 수 있을 정도로.

저 멀리 나무우듬지들은 서리 맞은 거대한 브로콜리처럼 보였다. 굵은 눈발이 눈앞에 펼쳐진 설원 위를 빠르게 너울대며 휘몰아쳤다. 움직이는 것이라곤 눈밖에 없었다.

교실 안쪽에서도 별다른 움직임이 없었다. 우리는 잔뜩 껴입은 채로 빙 둘러앉아, 라디오를 듣거나 이야기를 했다. 몇몇은 여전히 어깨 위에 담요를 두르고 있었다. 역사 교과서에 본 남북전쟁 참전 군인들 모습이 떠올랐다.

'17장. 밸리 포지(미 펜실베이아 주 동남부에 위치한 위싱턴 군대의 동절기 병영(兵營)이 있던 지역—옮긴이) 전투 : 의지의 시험'

엘리야는 맞은편에 있는 교실로 돌아갔다. 나는 그대로 앉아, 제이슨과 피트와 함께 두서없이 음악, 스포츠 등에 대해 이야기를 나눴다. 가까이에 앉아 있던 여자애들도 자기들끼리 잡담을 나눴다. 둘은 가까이 붙어 앉아 사근사근 속삭였지만, 우리도 들을 수 있었다. 남자애들은 그런 식으로 대화하는 법을 몰랐다. 여자애들은 이마가 맞닿을 정도로 가깝게 상체를 기울이고 시간당 삼백 킬로미터는 주행 가능한 속도로 조잘거렸다.

"실습실에 내려가 볼게."

잠시 뒤 제이슨이 입을 열었다.

"거기에도 빛이 들어올까?"

"네 생각대로일걸. 경사로 위쪽에 있으니까 눈이 쌓일 곳은 아니잖아."

"잘됐네."

내가 대답했다.

피트는 더 이상 듣지 않았다. 녀석의 시선은 교실 뒤쪽을 향해 있었다.

"그래도 눈이 쌓였을 수 있어. 하지만 몇 차례 문을 열고 닫았더니 다 떨어져 버리더라. 성에는 끼어 있지만, 햇빛도 잘 들어오고. 엄청나게 춥긴 하지만, 몸을 움직이다 보면 따뜻해지니까 괜찮아."

제이슨이 말을 덧붙였다.

"잘됐네. 그런데 경주용차는 잘 되어 가?"

"그럭저럭. 그런데 다른 걸로 개조 중이야. 너희들도 보면 깜짝 놀랄 거야."

"제대로 움직여야 놀라지."

제이슨은 주먹을 내밀며 빙빙 돌렸다. 나는 눈이 튀어나오는 시늉을 하면서 두 팔을 허공으로 들어올리고, '제발 때리지 마세요' 식의 신호를 보냈다.

"나도 내려갈까 하는데, 도와줄 일이 있지 않을까?"

"당연히 있지. 어쨌든 내가 여기 없으면, 거기 가 있는 거니까, 언제든 와."

"좋아. 좋았어."

"너도 갈래, 피트?"

제이슨이 물었다.

피트가 머뭇거리며 고개를 돌렸다.

"어?"

"됐네, 로미오."

제이슨은 함께 가길 포기하고, 자리를 떴다.

삼십 분쯤 후에 나도 자리에서 일어나 다시 화장실을 갔다. 이번에는 여드름 주위로 피가 말라서 굳어진 딱지를 손으로 잡아뗐다. 이 짓을 거울을 보며 할 수 있어서 다행이었다. 화장실에 거울이 없었다면 오고 싶지 않았을 것이다. 문득 여드름 연고를 발라야겠다는 생각이 들었다. 더 커지기 전에 제거해 버리는 게 중요했다.

연고를 바르고 난 다음 손을 씻기 위해 허리를 굽혔다. 수도꼭지를 돌려 봤지만, 물이 나오질 않았다. 처음에는 망가진 수도꼭지를 돌렸다고 생각했다. 전에도 수압이 약했으니까. 수도꼭지를 오른쪽 방향으로 끝까지 돌려 봤지만 물은 나오지 않았다.

"아, 젠장."

허리를 펴고 거울 속에 비친 내 얼굴에 대고 투덜거렸다. 변기로 걸어가 손잡이를 내렸지만, 역시나 물은 나오지 않았다.

교실로 돌아갔다. 문을 열고 안으로 들어서자 모두가 나를 쳐다보았다. 마치 누군가 들어올 때마다 문 쪽을 쳐다보는 꼬맹이들 같았다.

"여자 화장실에 가서 수도꼭지 좀 확인해 볼래?"

모두가 나를 바라보는 순간을 이용해 여자애들에게 부탁했다.

"왜?"

크리스타가 물었다.

"남자 화장실에는 물이 안 나오거든."

"파이프가 언 거야?"

라디오 근처에 앉아 있던 레스가 물었다.

"수압이 없을 거야."

피트가 말했다. 마치 레스가 틀렸다는 걸 짚어 주기 위해 일부러 끼어든 듯한 말투였다. 두 녀석 사이에 팽팽한 긴장감이 흘렀다. 아무리 둔한 사람이라도 살벌한 분위기를 느낄 수 있을 정도였다. 아마도 양호실 앞에서 벌였던 실랑이가 화근이 된 것 같았다. 어쩌면 그전에 이미 둘 사이가 서먹해졌는지도 모르지만 말이다.

"왜 그런지는 나도 몰라. 내가 아는 건 지금 물이 나오지 않는다는 거야, 됐냐?"

내가 대답했다.

"망했어."

줄리가 자리에서 벌떡 일어나며 말했다.

피트는 줄리가 일어나자 살짝 몸을 들썩였다.

"뭐야? 너도 저 애랑 화장실에 가겠다는 거야?"

레스가 비아냥거렸다. 피트는 레스를 노려보며 자리에 앉았다.

"아무것도 안 나와."

잠시 뒤 줄리가 들어오며 말했다.

좋지 않은 소식이었다. 모두 일어나 서성거리며 불평을 늘어놓기 시작했다. 엘리야가 복도에 다시 나타난 걸 보니, 녀석도 우리 이야기를 듣고 있었던 게 분명했다. 엘리야는 조용히 교실 안으로 들어왔다. 회색 담요를 망토처럼 등에 두르고 있었다. 엘리야는 레스 옆에 앉으며, "왜들 저러는데?"라고 묻는 듯한 표정을 지어 보였다.

"물이 나오지 않는대. 변기에 물도 내리지 못하게 됐어."

레스가 설명해 주었다.

엘리야가 슬쩍 웃었다. 녀석이 우리의 불행을 즐긴다고 생각하지는 않았지만, 기분이 나빴다. 녀석은 상아처럼 하얀 손을 담요 밑에서 슬금슬금 내밀어 흐느적거리는 손짓으로 창틀을 가리켰다.

"흥, 지금 장난쳐?"

크리스타가 외쳤다.

레스가 일어나 창가로 가서 엘리야가 손가락으로 가리킨 물건을 집어 들었다. 빈 푸딩 통이었다.

"일을 본 다음에 창밖으로 내버리면 돼."

엘리야가 말했다.

레스가 깡통을 엘리야에게 건네주자, 녀석은 보라는 듯이 우리 쪽을 향해 깡통을 들고 일어섰다.

"알았어. 하지만, 그런데 딱 하나면 어……."

크리스타는 마지못해 대답을 하면서도, 이리저리 눈치를 살폈다.

"물을 담아둘 깡통도 필요해. 눈을 녹여 물을 만들면 될 거야."

피트가 말했다.

"맞아. 하지만 헷갈리니까 똑같은 걸로 쓰면 안 돼."

줄리가 말했다. 레스가 복숭아 통조림을 집어 들었다. 하지만 그 통에는 복숭아가 반 이상 남아 있었다.

"이건 좀. 다른 통이 더 필요할 것 같지?"

"눈이 이 안에서 녹으려면 천만년은 걸리겠다."

나는 하얀 입김을 길게 내뿜으며, 레스 녀석의 질문에 답했다.

"불도 피워야 해."

엘리야가 말했다.

그거야말로 우리가 지금껏 피해 온 일이었다. 왠지 좋은 생각 같지 않았다. 이 교실에는 환풍구나 연통도 없고, 불을 피울 난롯불도 없고, 혹시라도 불이 나면 달아날 곳마저 마땅치 않았다. 게다가 우리 모두가 이 안에서 죽을 거라고 말한 놈은 다름 아닌 엘리야, 저 녀석이었다. 그런 놈이 지금 뭘 하려고 하는 건지⋯⋯. 제정신인지 확인부터 해 봐야 하는 건 아닐까?

"야, 난 모르겠다."

내가 나섰다. 하지만 나만 생각이 달랐다. 다른 애들은 그 제안을 진정으로 반겼다.

"넌 뭐냐? 물은 꼭 필요해. 불이 있으면 따뜻해질 거고. 좋은 거 아냐?"

피트가 대꾸했다.

그것으로 결판이 났다. 나 역시 "정말 그렇게 해야 하는 걸까?" 내지 "문제가 생기면 어떻게 해?"라고 물어 대는 매우 소심한 놈처럼 굴고 싶지 않았다. 하지만 여전히 걱정되긴 마찬가지였다.

"좋아. 하지만 창을 살짝 깨도 되는 교실 하나가 필요해."

내가 말했다.

"그건 문제없어."

자물쇠를 부수고 싶어 안달이 난 레스가 대답했다.

"그리고 그런 용도로 쓸 복숭아 통조림 통보다 더 좋은 게 필요해. 음, 어쨌거나 빨리 시작하고 빨리 끝내자."

이렇게 내 생각을 알렸다.

결국 실습실로 내려갔다. 제이슨을 보러 가려던 두어 시간 전 계획을 앞당기게 되었다. 깜깜한 계단을 내려가는 동안 두 손으로 난간을 꽉 붙잡았다.

이상, 웜스 소방 국장의 업무 보고 끝!

20

실습실까지 가는 데 족히 십오 분이 걸렸다. 벽과 로커를 따라 걷는 동안, 내 자신이 스키 장갑 속에 낀 곰팡이 신세와 다르지 않다는 생각이 들었다. 실습실 문을 확 열어젖힐 즈음이 되어서야 숨고르기가 제대로 되었다.

실습실 공기는 그럭저럭 괜찮았다. 창문을 자주 여닫아 환기해 두는 듯했다.

"불? 그게 정말 괜찮은 아이디어라고 믿는 거야?"

제이슨이 물었다.

"아니. 하지만 전부 불에 집착하고 있어."

"음……."

제이슨은 스패너로 볼트를 조이기 위해 몸을 숙였다.

"어쨌든 눈을 녹이긴 해야 해."

내가 계속 말했다.

"그리고 방에 열기가 있는 게 그리 나쁜 것도 아니잖아."

"아니. 그러다 학교를 태우게 되면?"

제이슨은 스패너를 내려놓은 뒤 고개를 쳐들고 되물었다.

"네 말이 맞아."

나는 바보처럼 웃으며 대답했다. 얼굴에 맞지 않는 커다란 고글을 쓴 제이슨이 벌레처럼 보였기 때문이다. 어쨌거나 벌레로부터 안전 강의를 듣고 진지하게 받아들이기란 어려운 노릇이었다.

"자, 내 말 잘 들어."

녀석은 날 무시하며 계속 이야기했다.

"해가 좀 들면 그 교실은 적당히 따뜻해질 거야. 커다란 창 두 개가 있으니까. 그러면 눈도 빨리 녹을 수 있겠지. 너 혹시 이 실습실이 왜 따뜻한지 알겠어?"

제이슨은 작업 장갑을 낀 손을 흐느적거리며 실습실 뒤편 창문이 여러 개 나 있는 벽을 가리켰다. 녀석의 말이 옳았다. 수업을 받다 보면 이 실습실은 극도로 더워지곤 했다. 안전 장비를 착용한 채 사포 연삭기에 몸을 숙이고 있을 때는 특히 더 더웠다.

"그래, 친구. 하지만 지금 상황은 햇빛이 문제가 아니잖아. 한동안 눈이 더 내리겠지. 내 생각엔 불을 지피는 것도 일리 있을 거 같은데."

"그래. 맞아. 나도 폭설이 일주일이나 계속된 적이 있었다는 이야기를 들은 적 있어. 1960년대쯤이었다던가."

제이슨이 대꾸했다.

문득 제이슨이 어디에서 이런 이야기를 들었고, 어째서 지금까지 혼자만 알고 있었는지 의심스러웠다.

"하지만 고작 하루 같았다고 했다더라. 그때는 사람들이 잔뜩 취해 있어서 시간 개념이 별로 없었을 테지."

우리는 함께 웃었다. 기분이 좋은 것도, 그렇다고 딱히 나쁜 것도 아니었다. 그냥 이상했다. 일단 교실에서 벗어나 있어서 좋았다. 이유가 무엇이든 잠시나마 긴장 상태에서 벗어난 것 같았다.

"어라, 이 물건에 뭔 짓을 한 거야?"

경주용 자동차 프레멘베르퍼를 향해 고개를 까닥이며 물었다. 지난번 봤을 때와는 완전히 달라져 있었다.

"정말 궁금해?"

제이슨이 되물었다. 얼굴에서 함박웃음이 터져 나올 것 같았다.

"스노우카트로 개조 중이야."

"정말이야?"

"그래. 그렇게 바꾸면 잘 움직일 거야. 너도 확인……."

제이슨은 경주용 자동차의 뒤쪽으로 걸어가 뭔가를 보여 주려고 했다. 장난이 아닌 걸 알게 되자, 어이가 없었다.

"야, 바보 같은 짓이야. 너도 라디오 들었잖아? 우린 학교에 가만히 있어야 하는 거, 몰라?"

"얼마나 더? 네 입으로도 '앞으로 눈만 더 올 뿐'이라고 말했지?"

제이슨은 어깨를 으쓱하면서 말을 이었다.

"내가 너한테 이걸 타고 밖으로 나갈 거라고 말하지는 않았어. 너도 알겠지만, 빙 둘러앉아 피트가 줄리를 바라보며 멍한 표정 짓는 걸 지켜보느니 차라리 이거라도 고치면 할 일이 생기니까 시작한 것뿐이야. 다른 이유는 없어. 그뿐이라고."

"그래. 우리끼리 이런 일로 싸울 건 못 된다."

그렇게 대답하고 나니 은근히 기뻤다. 제이슨은 내가 크리스타를 어벙하게 쳐다보고 히죽거린다고 말하지 않았다.

"됐고, 이거나 좀 봐 줘. 내가 구동축을 움직이게 하려고 골머리를 썩은 거 모르지? 파편을 날리지 않고 작업하려고 고생 좀 했지."

기술적인 것까지 알 수 없었지만, 제이슨은 지금까지 경주용 자동차로 꽤 애를 먹긴 했다. 엔진은 커다란 잔디 깎기에서 가져온 것이었다. 샤프트 하나가 바로 그 밑에서 돌아가고 있었다. 하지만 양쪽 바퀴가 엔진 바로 밑에 달려 있지 않았기 때문에 바퀴까지 엔진의 힘을 전달할 방법을 궁리해야만 했다. 처음에는 튼튼한 자전거 체인으로 그 둘을 결합하려 했지만, 회전 속도가 높아지자 떨어져 나가 하마터면 피트까지 골로 보낼 뻔했다. 자전거 체인이 피트의 발을 살짝 스쳤다. 그다음으로 생각해 낸 것은 진짜 자동차에 달려 있는 것과 같은 '회전 연결 장치'였다. 하지만 이 장치는 엄청나게 복잡했고, 자전거 바퀴보다 더 위험할 수도 있었다.

"그랬겠네."

녀석의 말에 맞장구를 쳐 주었다.

"그러게. 나도 이렇게까지 여기에 공들인 필요가 있나 싶긴 했

184

어. 어쨌든 샤프트가 뒤로 나오게 하려고 엔진을 좀 젖혔더니 그
밑에 프로펠러를 달아 놓을 수 있더라."

"그러니까 에버글래이즈 호수에 떠다니는 비행정처럼 말이
지?"

"그래. 맞아. 정확히 그런 거야! 하지만 바닥은 스노우카트처럼
만들 거야. 그거야 식은 죽 먹기지."

"대단해, 친구. 진짜 멋진데."

"고마워. 암튼 훨씬 쉬워. 경주용은 아니니까."

녀석이 하던 말을 멈추고 빙긋 웃었다.

"스노우카트지. 내 생각엔 제대로 될 것 같아."

"좋았어. 제대로 움직이는 걸 만들려면 진이 다 빠지겠지만 A
학점은 따놓은 당상이야."

"그럴까?"

"완전."

제이슨 녀석은 확실히 A학점을 받을 것이다. '오도 가도 못하게
된 학생이 만든 프로펠러 스노우카트'가 A학점을 못 받는다는 건
있을 수 없는 일이다.

"좋아. 내 후손들한테 물려줘야겠어."

"그러게. 노벨상 말고도 이런저런 상을 받겠는걸."

나도 맞장구를 쳤다.

"우리가 학교를 태워 먹은 뒤에 시커멓게 탄 잔해로 발견되지

않는다면."

제이슨이 슬쩍 웃으며 말했다. 그 순간 엘리야가 했다고 한 말
이 떠올랐다.

"근데 엘리야 녀석이 우리 모두가 여기서 죽을 거라고 말했다
는데."

제이슨은 내 얼굴을 보며 코웃음을 쳤다.

"그 녀석은 그렇게 될 팔자인가 보지."

제이슨이 엘리야의 의견을 한 방에 깔아뭉개는 걸 보니, 기분
이 한결 나아졌다.

"우리가 온갖 걸 다 챙겨 왔어."

제이슨은 아이들이 있는 교실 문을 발로 차면서 말했다. 제이슨과 내 팔에는 작은 불을 안전하게 피우는 데 필요한 물건이 가득했다. 그래도 우리는 불이 크게 일어나지 않기를 바랐다.

소염 장치, 점화기, 소화기, 빈 페인트 통, 모래가 절반 채워진 낡은 금속 양동이와 잘게 자른 나뭇조각들을 챙겼다. 나무로 된 학교 비품들을 부수고 쓸 일이 생기기 전에, 깨끗한 나뭇조각에 불을 붙이는 일부터 해야 한다고 생각했다. 제이슨과 나는 가져온 물건들을 문 옆에 내려놓고, 양손으로 무릎을 짚고 거칠게 숨을 몰아쉬었다. 숨을 쉴 때마다 하얀 서리 기둥이 밀려 나와 교실 가운데쯤에서 사라졌다.

"뭐야, 여기에서 지금 불을 피울 거야?"

피트가 물었다.

"아니야, 이 바보야."

제이슨이 대답했다. 나와 제이슨이 스노우카트를 살피고, 각종 물건들을 나르는 동안, 피트는 집 지키는 개처럼 여자애들과 교실에 남아 있었다.

"이거 들고 오느라 뻐근해진 어깨에 감각이 돌아오게 하려고 여기 내려놓은 거야."

제이슨의 말에 피트는 대꾸도 하지 않았다. 상황을 파악한 눈치였다.

"그럼 어디에서 피워야 하는데?"

줄리가 물었다.

모두 제이슨이 대답하길 기다렸다. 제이슨은 꽤 오랫동안 아무 말도 하지 않고 아이들이 기다리게 내버려 두었다. 나를 쳐다보는 사람은 아무도 없었다.

"방이 따로 필요해."

마침내 제이슨이 허리를 펴고 어깨를 돌리며 말했다.

"왜?"

줄리가 물었다.

"그러니까."

제이슨이 입을 열었지만, 잠시 동안 그 말이 대답의 전부인 것처럼 가만히 있었다. 제이슨은 설명하기 귀찮은 듯 보였다. 드디어 다음 말을 꺼냈다.

"자, 그런데 한 가지. 창문은 활짝 열어 둬야 해."

"환기시키려고?"

내가 물었다. 일부러 멍청한 조수처럼 간단한 질문을 던졌다. 그러지 않으면, 녀석은 설명해 주지 않을 폼새였다.

"그래."

제이슨은 나에게 고개를 돌리고 능글맞게 웃으며 대답했다. 녀석도 내 역할을 알았고, 내가 계속 그렇게 해 주길 기대하고 있는 듯했다. 결국 제이슨은 모든 걸 차근차근 설명했다.

"음. 너희들은 이 작은 불이 행복한 분위기를 만들어 줄 거라 믿고 있는 것 같은데, 학교만 홀랑 태워 먹기 십상이거든. 그러니까 충분한 산소가 들어올 수 있도록 우선 저 창문 위쪽에 환기 구멍을 만들어야 해. 하지만 창문이 조금 열려 있다고 해도 굴뚝 노릇은 하지 못해. 연기들이 마술처럼 구멍을 찾아서 기어올라 밖으로 빠지는 건 아니거든. 어떻게 해도 교실 안은 연기로 가득 찰 거야. 그뿐 아니라 불을 피워도 따뜻해지기는커녕 창문으로 차가운 공기만 더 들어올 수도 있고."

"그럼 아무 소용도 없잖아."

크리스타가 시무룩한 말투로 끼어들자, 제이슨의 태도가 조금 수그러졌다.

"그래도 불 옆에 앉아 있으면 몸이 따뜻해질 거야. 눈도 빨리 녹고, 장갑, 담요 같은 것도 따뜻하게 해 주고. 그러니까 내 말은 불이란 건……."

제이슨은 "좋은 거야."라는 말을 차마 하지 못하고 손목만 돌리고 서 있었다. 하지만 모두 무슨 뜻인지 알아챘다. 순간 돌풍에 창문이 덜거덕거렸고 녀석은 다시 입을 열었다.

"복도 반대쪽 교실로 골라야 해. 이쪽 교실 창문을 열어 두면 바람이 너무 세서 곤란해. 연기도 빠져나가지 못하겠지만, 공기가 갑자기 들어와 불길을 크게 만드는 건 바라지 않거든."

화재 안전 강의를 하는 제이슨을 보고 있자니 빨강 소방모를 쓴 녀석의 모습이 그려졌다. 눈이 마주치자, 나는 아까처럼 바보 같은 어색한 웃음을 지어 보였다. 금세 웃음이 터질 것 같았다. 일부러 바보 같이 행동하고 있는 걸 녀석이 알아챈 게 서너 번은 되었다.

"윔스, 얼빠진 녀석. 이건 심각한 거야."

이렇게 말하면서도 녀석은 날 내버려 뒀다.

우리는 복도 맞은편 교실에서 불을 지피기로 했다. 엘리야와 레스가 진을 치고 있는 교실 바로 옆 교실이었다. 찬성과 반대 의견이 있었다. 찬성하는 의견은 우리들이 쓰고 있는 두 교실에서 가깝기 때문에 계속 지켜볼 수 있다는 장점을 들었고, 반대하는 의견은 두 교실에서 가깝기 때문에 불을 담아 둔 양동이에서 불이 나면 삽시간에 걷잡을 수 없는 지경에 빠질 거라는 단점을 지적했다.

제이슨은 불길을 잡을 수 없게 되면, 불이 난 장소와 상관없이 우리 모두 죽게 된다고 말했다.

우리는 그 교실을 화장실로 쓰기로 했다. 남녀공용이었다.

진정한 자유주의자들이 된 것 같았다. 그러니까 교실에 가서 문에 달린 블라인드를 내리고 불 바로 옆에서 볼일을 본다. 그런 다음, 이미 열려 있는 창문을 통해 오륙 미터쯤 쌓여 있는 눈 위로 오물을 쏟아붓고, 다른 깡통에 든 물로 통을 씻어 다음 손님을 위해 제자리에 놓아두면 그만이었다.

지금까지 쓰고 있던 화장실은 으스스할 정도로 써늘했기 때문에 이거야말로 괜찮은 아이디어였다. 옥외 변소 같은 느낌일 것 같았다. 게다가 그 교실을 수시로 드나들 테니 불이 꺼지지 않게 나뭇조각을 더 넣어 줄 수도 있었다.

우리는 낡은 금속 양동이 바닥에 모래를 깔고 2×4 크기로 자른 나뭇조각을 피라미드처럼 차곡차곡 쌓아 올려 불을 붙이는 것으로 작업을 시작했다.

"바닷가에서 야외 파티를 하는 것 같잖아."

제이슨이 말했다.

모래는 화학 약품들로 인한 화재가 발생할 경우를 대비해 과학실에 마련해 둔 것이었는데, 양동이 바닥이 뜨거워지는 걸 막는 데에도 효과가 있었다. 교실 바닥이 뜨거워지는 걸 막아 주니 안심이 되었다.

다른 땔감용 장작이 생길 때까지는 2×4 크기로 자른 나뭇조각들을 쓰기로 했다. 사실 교과서가 땔감용 장작들보다는 화력이 좋지만, 교과서를 태울 마음이 들지는 않았다. 마침 발열 장치와 점화기가 있어서 불씨를 만드는 건 어렵지 않았다. 만약을 대비해 문 옆에 소화기까지 비치해 두었다. 지금까지는 여러모로 철

저한 계획이었다.

오후가 되자, 화장실 문제도 정리가 되고 우리들이 만든 작은 불 양동이도 제 기능을 해냈다. 우리는 다시 큰 교실로 돌아왔다. 거기서도 나무 타는 냄새가 났다. 누가 먼저랄 것도 없이 코를 킁킁거리며 냄새를 맡기 시작했는데, 케케묵은 냄새도 덩달아 났다. 나만 해도 화요일 아침부터 사흘째 똑같은 양말과 속옷을 입고 있었다. 머리칼에는 기름기가 자글자글 흘렀고, 여기저기 간지러웠고, 모자에 가려진 머리 모양은 끔찍했다. 물론 모자를 벗으려는 아이들은 없었다. 나 이외에도 여드름으로 고생하는 녀석들이 하나둘 눈에 띄었다.

연기 냄새가 스멀스멀 문틈으로 기어들자, 모두 다 즐거워진 듯했다. 불을 피운 일은 우리의 걱정과 두려움을 잊게 해 준 괜찮은 결정이었다. 불길이 제멋대로 살아나거나 피어올라 번지지도 않았다. 작은 양동이 안에 든 작은 불꽃들은 아무 탈 없이 타오르고 있었다. 바람이 심하게 불 때에도 연기는 막힘없이 창문으로 빠져나갔다. 두껍고 묵직한 잡동사니를 태울 때 나는 연기가 구석구석으로 퍼져 나가는 모양은 기이했다. 눈을 감으면 탁탁 소리를 내며 공기를 데우는 벽난로를 상상할 수 있었다.

22

우리가 지핀 양동이 불은 꾸준히 '탁탁' 소리를 내며 타올랐다. 오후에는 눈 폭풍이 시작되고 처음으로 눈발이 약해지기 시작했다. 완전히 멈춘 건 아니었지만, 많이 누그러져서 누구라도 알아차릴 수 있었다.

실습실로 내려간 제이슨을 제외하고 모두 창밖을 내다보았다. 오후 세 시쯤에는 구내식당으로 먹을거리를 챙기러 내려갈 채비를 했다. 누가 더 많이 챙겨올 건지 수다를 떨다가 이번에 내려가면 횃불로 쓸 만한 물건이 있는지 찾아보자는 이야기도 나눴다. 복도 비상등은 더 이상 켜지지 않았고, 우리는 양동이 불에 매료되어 있었다.

"눈 좀 봐."

줄리가 외쳤다. 하지만 며칠째 내린 눈에 파묻혀 지내 온 상황에서 줄리의 말은 꽤 멍청하게 들렸다. 대부분 그 말을 무시해 버렸지만, 피트만큼은 창밖을 내다보았다.

"와우!"

피트가 탄성을 질렀다. 다들 창밖을 내다보았다. 의자에 앉거나 창가에 서서 각자 바라보았다.

나는 잠시 생각에 빠져들었다. 이건 평범한 눈이었다. 영화에서 볼 수 있는 그냥 그런 눈. 방구석에는 느릿한 노래를 부르는 가수의 목소리가 흐르고, 사람들은 저마다 화이트 크리스마스를 꿈꾸며 할머니 댁이나 친척 집에 갈 생각에 기분이 들떠 있는 그런 겨울밤, 솜털 같은 눈송이들이 성기게 바람을 타고 떠다니다 땅에 내려오는 낭만적인 눈과 다를 바 없었다.

지금까지 살면서 눈을 몇 번이나 봤을까? 열 몇 번, 아니면 수백 번? 지금 내리는 눈은 그냥 소담한 눈이었다. 한 치 앞도 보이지 않고 모든 사람의 발을 묶어 버린 그동안의 눈 폭풍과는 비교조차 되지 않았다. 여전히 그치지 않고 내리고 있다는 점은 같았지만…….

눈발이 가벼워지자, 휴대 전화 신호도 터질 것만 같았다. 다들 휴대 전화를 꺼내 확인했다. 신호가 가지 않았다.

피트는 좋은 생각이 났는지, 창문에 몸을 바짝 붙였다. 피트의 배터리는 이미 거의 바닥 난 상태였다. 게임은커녕 플래시 앱을 켜기에도 턱없이 부족했다. 그러니 이번이 마지막 시도나 다름없었다. 피트와 나는 낑낑대며 창문을 열었다. 여전히 추웠지만, 다행히 북극에서 불어오는 것 같은 세찬 바람은 없었다. 피트는 창틀에 작은 둑처럼 쌓인 눈을 손바닥으로 쓸어 낸 다음, 팔꿈치를 창틀에 괴고 상체를 창밖으로 내민 채 휴대 전화를 꺼냈다.

"뭐가 떴어?"

줄리가 물었다.

AT&T(미국 최대의 통신사—옮긴이)는 무시하고 자신의 초능력으로 전화 연결을 시도해 보려는 듯 집중하고 있는 피트의 얼굴에 긴장감이 감돌았다.

"아니. 아무것도."

피트가 대답했다. 창밖으로 몸을 좀 더 내밀고 머리 위로 휴대 전화를 올렸다. 이따금 거센 바람이 건물을 때리고 옆으로 달아났다.

"조심해."

줄리가 말했다.

"조심해."

나도 걱정이 됐다. 바람이 한 차례 더 지나갔지만, 그리 세찬 건 아니었다. 하지만 그 바람에 눈덩이 하나가 피트의 눈두덩에 떨어졌다.

"제길……."

피트가 왼손으로 얼굴을 매만지며 말했다.

우리는 휴대 전화가 피트의 손끝에서 벗어나 아래로 떨어지는 걸 지켜보았다. 나는 몸을 앞으로 굽히고 열린 창문으로 머리를 내밀었다. 휴대 전화는 십여 센티미터 눈 더미 아래로 파고들었다. 눈 더미 속에서 흐릿한 불빛이 깜빡거려 휴대 전화가 빠진 위치를 알아볼 수 있었다.

"이런 젠장!"

피트가 짜증을 냈다.

나는 그 일로 피트를 비난하지 않기로 마음먹고 재빨리 입을 다물었지만, 레스는 비아냥거리기 시작했다. 하지만 피트 귀에는 아무 소리도 들리지 않는 듯했다. 녀석은 눈 속에 빠져 약하게 깜박이는 휴대 전화 불빛만 내려다볼 뿐이었다.

교실 안이 너무 추워지기 전에 창문을 닫을 수밖에 없었다. 창문은 둔탁한 소리를 내며 닫혔다. "잘 가라. 조그만 플래시라이트야."라고 조용히 작별 인사를 보냈다. 문득 '한 번쯤은 건져 올리려고 시도를 해 봤어야 했나?'라는 생각도 들었다. 그 후로도 담요를 몸에 두르고 한동안 거기 그대로 서서 수천 번도 더 본 눈이 마치 새로운 현상이라도 되는 양 지켜보았다.

바로 그때, 뭔가를 발견했다. 하늘 가득 흩날리는 굵고 흰 눈송이 사이사이 칙칙한 것이 그림자처럼 어룽거리고 있었다. 겨울새일 거란 생각이 들었지만, 새라고 보기엔 너무 높이 떠 있었다. 새치고는 너무 컸다. 게다가 깜빡이는 불빛까지. 그것은 분명히 우리를 향해 날아오고 있었다.

"누구, 혹시……, 너희 저거 봤어?"

나는 더듬거리며 아이들에게 물어보았다.

"헬리콥터야."

헬리콥터는 공중에서 커다랗게 방향 전환을 하더니 더 이상 가까지 오지 않고 천천히 멀어졌다. 여기까지 거리가 얼마나 될지 가늠하기는 어려웠다. 대략 일 킬로미터 가까이 될 것 같았다. 프로펠러 소리도 들리지 않았다. 하지만 알아볼 수 있을 만큼 다가왔을 때 짙은 녹색인 걸 알 수 있었다. 군용이었다.

바로 그때, 교실 문이 활짝 열렸다.

"저기…… 봤어?"

제이슨이 씩씩거렸다.

"헬리콥터였어."

내가 하려던 말을 제이슨이 꺼내니, 좀 우스웠다. 그런데 녀석은 그걸 어떻게 보게 된 건지 궁금했다. 실습실은 분명 본관과는 떨어진 뒤편에 가려져 있는데…….

"강 부근에서 빙빙 돌고 있었는데, 어디로 갔는지 놓쳐 버렸어."

제이슨이 씩씩거렸다.

"아, 이런. 거의 학교까지 날아왔다가 선회했는데."

"뭐야?"

녀석이 되물었다.

"그럼 얼마나 가까이 날아온 거야?"

"글쎄, 일 킬로미터 정도."

내가 대답했다.

"우리를 봤을까?"

줄리는 헬리콥터가 마치 살아 있는 생명체이기라도 한 것인 양

물었다.

"우리가 있는지 알고 있을 텐데, 확인할 필요는 없었을걸."

레스가 대답했다. 녀석의 말이 사실이길 바랐다. 헬리콥터가 날아가는 동안 팔을 흔들었던 것이 조금 무안해졌다. 하지만 나만 그런 건 아니었다.

우리는 헬리콥터 때문에 엄청나게 흥분했다. 모두, 심지어 제이슨 녀석까지도. 한동안 창가에서 떠나지 않고 헬리콥터가 나타난 이유나 의미 등에 대해 떠들어 댔다. 눈 폭풍이 힘을 잃었으니 모든 게 다시 제대로 돌아가고 우리도 곧 여기서 벗어날 수 있을 것 같았다.

레스와 엘리야는 반대편 창밖으로 내다보겠다며 빈 교실로 되돌아갔다. 제이슨도 다시 실습실로 내려갔고, 나머지는 불을 피워 둔 교실을 왔다 갔다 했다. 어느 순간, 큰 교실에 나와 크리스타 단둘만 남겨졌다. 피트와 줄리도 어디론가 사라지고 없었다. 그렇다고 피트가 레스가 있는 교실로 갔을 리 없었다. 나는 크리스타를 건너다보았다. 바짝 긴장이 되었다.

"어?"

사실 별 뜻 없는 소리였지만, 크리스타는 어떤 의도인지 알아챈 것 같았다. 크리스타는 손가락을 입술에 가져다 대고 작게 '쉿' 소리를 냈다. 그러니까 크리스타도 그 둘이 함께 빠져나간 걸 알고 있다는 뜻이었다. 피트는 내게 내색하지 않았지만, 줄리라면 크리스타에게 털어놓았을 수도 있었다. 여자애들은 남자애들보다 이런 일에 대해서는 수다스러우니까.

나는 잠시 생각에 잠겼다.

'둘이 뒤편 계단으로 간 걸까?'

복도 건너편을 내다보았다. 분명했다. 피트는 이불까지 가지고 나갔다. 개 같은 녀석!

다시 크리스타를 보았다. 전혀 이상할 것이 없다는 표정이었다. 크리스타는 다시 책으로 시선을 돌렸다. 《위대한 갯츠비》였다. 작고 얇은 책이었다. 잠시 뒤 크리스타는 커다란 스키 장갑을 낀 손으로 책장을 넘기는 데 집중했다. 가슴 가까이로 무릎을 끌어당기고 두 발을 포개 놓은 자세였다. 작고 하얀 끈 없는 스니커즈를 신고서.

가만히 쳐다보았다. 보지 않고는 배길 수가 없었다. 순간 근육이 제멋대로 움직이는 것 같았다. 크리스타의 표정, 두 발을 포개 놓은 모양새……. 이제껏 내가 본 모습 중에서 최고로 아름다웠다. 나는 완전히 반해 버렸다.

어린 시절 바닷가에서 파도에 쓸려 나간 적이 있었다. 몸이 뒤집어지고 짠물을 내뱉으며 물 밖으로 나왔을 때 어지러워 방향 감각도 잃고 허둥대던 기억, 다시 파도가 밀려왔을 때 제대로 서 있기 위해 온갖 노력을 다했던 기억이 났다. 그러니까 내 심정이 바로 그랬다. 짠물을 뱉어 내고 있지만 않을 뿐, 별로 다를 게 없었다.

이 감정이 사랑이라는 걸까? 사랑은 물속에서 뒤집히는 기분 같은 것일까? 추운 것도 잊어버리고 상대가 바라봐 줄 때까지 멀리서 지켜보다 눈이 마주치면 고개 숙이고 어쩔 줄 몰라 쩔쩔매는 게 사랑일까? 온 세상이 가까이 다가왔다 서둘러 멀어지는 것 같은 막막함일까? 머릿속에서 상대의 모습을 떨쳐 내지 못하는 게 사랑일까? 이것도 아니면, 내가 그냥 바보가 된 걸까?

그 순간 크리스타가 고개를 서서히 들어올렸다. 나를 보려고 고개를 들었다고 생각했는데, 착각이었다. 크리스타는 창밖으로 고개를 돌렸다.

"오, 안 돼."

크리스타가 작은 소리로 말했다.

나도 창밖을 내다보았다. 다시 눈이 펑펑 내리고 있었다.

23

눈은 어떤 놈이 지붕 위로 올라가 삽으로 퍼붓듯 사정없이 내리고 있었다. 모두 교실로 모였고, 라디오를 들었다.

피트는 스노우카트를 보러 실습실로 내려갔다가 어둠 속에서 길을 잃었다며 터무니없는 변명을 해 대고 있었다. 학교는 길을 잃을 정도로 크지 않았다. 게다가 제이슨과 내가 녀석에게 가라며 등을 떠민 것도 아니었다. 눈보라는 다시 거세지고 모두 심각한 표정으로 모여 있었다. 한가하게 이런 이야기를 늘어놓기에 적당한 때는 아니었다.

피트가 어떤 행동을 하든 말든, 계단에 있었든 다른 곳에 있었든, 사실 관심이 없지는 않았다. 하지만 불알친구인 우리에게 진실을 말하고 싶어 하지 않는 것 같아 신경에 거슬렸다.

나는 엘리야의 말을 곱씹어 보고 있었다. 더 이상 기적이 없는 건 아니겠지? 엘리야가 레스에게 무슨 말을 더했는지, 레스는 계속 히죽거리고 있었다. 결국 제이슨이 끼어들었다.

"뭐가 그렇게 재미있어?"

이 작은 교실에는 즐길 거리가 없었다. 그러니까 추위를 잊게 할 만한 것이라면 뭐든지 환영이었다. 우리는 엘리야의 얼굴이나 그림자, 아무튼 엘리야 쪽으로 시선을 모으고 있었다.

해는 완전히 저물어 누가 누군지 제대로 알아볼 수 없었다. 하지만 모두 실루엣만으로도 서로를 알아보는 데 꽤 익숙해졌다. 며칠 동안 똑같은 옷을 입고 있었기 때문에, 후드, 모자, 재킷이 힌트가 되었다.

엘리야는 조지 테이트가 얇은 석고 보드로 된 도서관 칸막이 벽 사이로 머리통을 집어넣었을 때 이야기를 꺼냈다. 우리 모두 그 이야기를 익히 들어 알고 있었지만, 엘리야는 직접 본 몇 안 되는 아이 중 하나였다. 언제나 도서관에 박혀 지냈으니까.

엘리야는 소문과 달리 그 일이 싸움 중에 일어난 사건이 아니라고 말했다. 신들라에게 덤벼들다 빗나가 생긴 사고도 아니라고 했다. 조지가 겁 없이 시도한 일인데, 머리가 끼자 화풀이하듯 신들라에게 화를 낸 거라고 했다. 사서 선생님이 도서관을 비운 틈을 타서 머리를 칸막이벽에 들이박으려던 시도는 머리가 벽을 뚫고 나가는 것으로 끝난 셈이었다.

우리는 사건의 내막을 알게 되었고, 조지에게 미안한 감정을 느끼면서도, 이야기가 재미있어서 낄낄거리며 웃어 댔다. 엘리야 덕에 우중충한 분위기에서 벗어날 수 있었다. 녀석이 이토록 많은 말을 한 건 이번이 처음이었다. 지금까지는 대체로 레스 입장에서 몇 마디를 거든 게 전부였고, 그럴 때마다 레스 혼자 킥킥거렸다.

나는 레스가 웃는 이유를 엘리야가 이상하거나 괴상한 이야기를 해 주기 때문이라고 생각했고, 그런 이유로 레스 같은 녀석도 엘리야를 좋아하는 것이리라 추측했다. 하지만 이제 레스가 웃는 진짜 이유가 엘리야가 꽤 재미있기 때문임을 알게 되었다.

진짜 이유가 무엇이든, 우리는 적당한 선에서 웃음으로 하루를 마무리하게 되었다. 그렇게 형편없는 하루는 아니었다. 우리에겐 요강이 된 푸딩 깡통도 있었고, 제이슨 녀석이 '구조 헬기'라고 부른 헬리콥터 한 대가 처음으로 학교 근처까지 날아왔고, 눈보라도 한동안 누그러졌다.

그런대로 괜찮았던 하루였지만, 딱딱한 바닥에서 추운 밤을 지내기 위해 또다시 잠자리를 마련할 때가 되자 쓸쓸해졌다. 엘리야와 레스 단둘이 건너편 교실에서 있기에는 너무 추워서 모두 다 한 교실에 모여 자기로 했다. 말을 할 때 나오는 뜨거운 입김이 전부였지만, 붙어 있으면 안심이 되었다. 너무 추우면 교실에서 나가 양동이 불 앞에 쪼그려 앉아 있으면 나았다. 하지만 반드시 바로 앞에 앉아 있어야 했다. 창을 열어 둔 그 교실은 기온이 영하 이하로 떨어져 있었다.

일곱 시도 안 되었지만, 잠깐 사이에 어두워졌다. 남은 음식을 다 먹어 치웠기 때문에 아침에는 구내식당으로 가야 했다. 이제 몸을 웅크리고 라디오를 듣는 것 말고는 달리 할 일이 없었다. 우리는 재킷과 담요와 학교 안에서 찾아낸 이런저런 것들을 그러모아 교실 한쪽에 야간 대피소를 마련했다. 줄리가 라디오 소리를 키우자, 모두 대피소 안쪽에서 라디오에 귀를 기울였다.

눈 폭풍이 하트포트를 빗겨 가고 있었다. 라디오 진행자 앤디는 그 사실에 흥분하며 창문을 내다보고 있다고 말했다. 손전등과 캠핑용 랜턴을 들고 시내로 나온 사람들이 보인다고도 말했다. 그중 한 남자는 도시 속 혈거인인 양, 집에서 만든 횃불을 들고 있다고 했다.

그런 이야기를 듣고 있으니 기분이 좋아졌다. 며칠 만에 드디어 사람들이 집 밖으로 나와 돌아다닌다는 이야기였다. 하지만 눈보라가 완전히 끝난 건지는 알 수 없었다. 그저 그 사람들이 너무 멀리까지 배회하지 않기만을 바랄 뿐이었다.

잠시 뒤 배터리를 아끼기 위해 라디오를 껐다. 오로지 일찍 잠들길 바라는 수밖에 없었다. 물론 기도도 드릴 수 있었다. 그 상황에서 잠이 오기를 바라는 것과 기도하는 것 말고는 우리가 달리 할 수 있는 일은 없었다.

제이슨은 실습실 선반에서 담요 하나를 더 찾아냈다. 화재 진압용이기 때문에 편리함과는 거리가 멀었지만, 얇은 침대보 여러 장에 의지하는 것보다는 한결 나았다.

제이슨과 나는 대피소에서 빠져나왔다. 우리는 바닥에 무릎을 꿇고 앉아 기도를 시작했다. 작게 속삭였어도 서로의 귀에 들릴 정도는 됐다.

"잠 좀 자자."

피트가 우리 쪽으로 책 한 권을 던지며 말했다.

"성경 따위나 믿는 놈들!"

피트가 키득거렸다. 녀석의 말에는 절대로 기도에 동참하지 않겠다는 뜻이 담겨 있었다. 제이슨이 기도를 먼저 시작해서 절반쯤 기도문을 외우고 있을 때, 누군가 다가와 함께했다. 크리스타인 걸 알기까지는 잠깐의 시간이 필요했다. 우는 소리로 누구인지 알아냈다는 게 미안하지만, 크리스타는 아주 잠깐 흐느껴 울었다. 무릎을 꿇자 눈물이 흘렀을 것이다.

크리스타 가족에게 교회는 의미 깊을 것이라는 생각이 들었다. 크리스타는 가족들이 어떻게 지내고 있는지 알 수 없었다. 나와 제이슨도 마찬가지였다. 하지만 이거 하나는 분명히 알 수 있었다. 한밤중에는 다른 사람의 소리에 민감해진다는 것.

기도는 삼사 분도 걸리지 않았던 것 같다. 우리 셋은 다시 잠자리로 돌아갔다. 나는 그날 밤 딱 한 번 잠에서 깼다. 잠결에 굉음을 들었기 때문이다. 묵직하게 우르릉거리는.

처음엔 천둥소리인 줄 알았지만, 그건 불가능했다. 눈보라 치는 와중에 천둥이 가능한가? 나는 몸을 가누지 못했고, 눈을 떴을 땐 깊은 밤이었다. 다시 한 번 우르릉거리는 소리를 들었을 때조차 처음 듣는 소리로 착각했다. 마음이 속임수를 부린 것이었다. 정신을 차렸더라면, 소리의 정체를 파악할 수도 있었겠지만, 금세 깊은 잠에 다시 빠져들었다.

24

　다음날 아침에도 눈은 내리고 있었다. 당연하단 생각이 들었다. 학교에서 우리끼리 지낸 지도 나흘째 되는 날이었다. 상황은 최악이었다. 몸속으로 기어 들어간 벌레조차 먹을 것도 없고 위생 상태도 그다지 좋지 않으니까, 견디다 견디다 피부 표면으로 불쑥 나올 것 같았다. 지저분하기는 모두 마찬가지였다. 다를 수가 없었다. 창문까지 닫아 놓은 교실에서 함께 지내고 있기 때문에 예외가 있을 수 없었다.

　담요에서 몸을 뺐다. 재킷은 찾을 필요조차 없었다. 입은 채로 잤으니까. 운동화를 제대로 신고 끈을 조여 매는 잠깐 동안에도 싸늘한 기운에 얼굴과 손가락은 콕콕 쑤셨다. 교실의 기온은 복도보다 낮은 것 같았다. 다시 장갑을 끼고 모자를 매만진 다음 불 양동이가 있는 교실로 향했다.

　문을 열자마자 검은 연기가 달려들었다. 아주 잠깐이지만, 양동이가 뒤집어져 온 교실이 불길에 휘감긴 환상으로 패닉 상태가 되었다. 하지만 피어오르는 연기의 양은 적었다. 문이 열리자 복도로 빠져나가려던 것뿐이었다.

　가까이 다가가 보니, 불이 거의 꺼져 가고 있었다. 의자 하나를 당겨 놓고, 장갑을 벗고, 오 분쯤 불을 쪼였다. 그런 다음에는 양동이 부근에 벽돌로 눌러 둔 공책과 오래된 시험지 몇 장을 뽑아 불 속으로 집어넣었다. 나뭇조각 몇 개도 던져 넣었다. 불길이 번지기를 기다렸다. 서두르지 않고 침착하게 기다렸다. 이윽고 손가락으로 온기가 포근하게 전해졌다. 불이 제대로 타오르기 시작하자, 긴장이 풀렸다. 나는 몸을 낮추고 얼굴에 불기를 쬐기 시작했다. 모자까지 벗고 기름기가 좔좔 흐르는 머리칼을 손가락으로 빗어 넘기기도 했다.

의자에서 일어나 푸딩 깡통을 왼손에 들고 오줌을 쌌다. 그런 다음 창가로 걸어가 창밖으로 쏟아부었다. 오줌이 하얀 눈 표면에 누런 구멍을 냈다. 지난 흔적들은 어느덧 눈에 덮여 사라져 버리고 없었다. 눈보라도 칙칙한 꼬락서니는 차마 봐주고 싶지 않은 듯했다.

며칠 전까지만 해도 도저히 가능할 것 같지 않았지만, 눈은 이미 이 층 창틀 밑 일 미터까지 차올랐다. 나는 밖을 내다보며 창문에 닿으려면 얼마나 걸릴지 계산해 보았다.

'아래층 창문을 가렸던 것처럼 이렇게 내리다가는 이 층 창문까지 덮어 버리겠지? 학교 안에는 더 높은 지대도 없는데, 우리가 갈 수 있는 장소도 더는 없는데…….'

이른 아침이라 머리가 무지근하고 멍했지만, 그냥 그대로 견딜 수밖에 없었다. 맑은 정신으로 있고 싶어도 몸이 내키지 않을 때가 있는 법이다. 하지만 온전한 정신으로 생각해 본다 한들, 눈보라를 멈추게 할 방법은 없었다.

이번 농구 시즌이 수포가 되었다는 생각이 밀려들었다. 우리 팀 첫 경기는 취소되었고 두 번째 경기는 내일 밤에 있을 예정이었다. 며칠 사이에 관절이 약해진 게 느껴졌다. 높은 벽에 매달린 바구니를 상상하면서 점프 슛 동작을 해 보았다. 여느 때 같으면 상상의 공이 바구니 안으로 무리 없이 들어갔겠지만, 지금은 비거리마저 짧았다. 내 헛 골을 본 코치가 외쳐 대는 소리도 들리는 것 같았다.

"바구니는 저기 있잖아, 윔스!"

그 순간 체육관에서 연습할 방법은 없을지 궁금해졌다.

문을 두드리거나 발길질을 해 대는 사람은 없었다. 나는 다시 불 앞에 쪼그리고 앉아 물을 마셨다. 잠결에 들은 소리가 떠올랐다. 다음에는 내 컵을 가져와야겠다는 생각도 들었다.

지금까지 창턱에 쌓인 눈을 점보 사이즈 복숭아 통에 서너 번 채워 넣었지만, 여전히 통에서는 복숭아 시럽 맛이 났다. 눈을 녹인다며 불 근처에 두었더니 미지근했다. 그럭저럭 괜찮은 따뜻한 복숭아 물맛이었다. 또다시 컵에 물을 채웠다.

밖에서 인기척이 느껴졌다. 노크를 하지 않는 걸로 봐서는 엘리야가 확실했다. 문득 얼마나 오래 기다렸을지 궁금해졌다. 내가 점프 슛 동작을 하는 걸 지켜보았을까? 잘 못 던진 걸 알아챘을까?

기다리게 했기 때문에, 오줌이 급하리라는 걸 알고 있었다. 하지만 엘리야가 혼자 있는 걸 본 건 며칠 만에 처음이었고, 녀석에게 물어볼 것도 있었다.

"우리가 여기서 모두 죽는다고 했다며? 무슨 뜻이야? 고스들 허튼소리는 전혀 쿨하지 않아. 지금은 말이야."

나는 문을 열면서 말했다. 본래 하려던 말보다 훨씬 적대적인 이야기가 입 밖으로 튀어나왔다. 엘리야는 내 말을 잠시 헤아려 보더니 쏜살같이 안으로 들어가 버렸다.

"난 고스가 아니야."

열린 문틈으로 엘리야가 대꾸했다. 복도 불빛이 흐릿하게 깜박 거렸다.

"네가 생각하는 게 그런 거였어? 내가 칙칙하고 차갑고 병적으로 소름 끼치고, 뱀파이어 따위를 믿는 멍청한 부류와 같다고 생각한 거야? 나도 지금 상황이 심각한 걸 알고 있고, 레스에게 그런 말을 하지 않는 게 나았을 거란 후회도 하고 있어. 그때 내가 한 말은 진심이 아니야. 그건 '재수 없게 죽을 거 같아' 식의 우리가 늘 입에 달고 다니는 말과 다를 바 없는 거야. 우리 모두 맛이 갔어. 너도 알다시피 모두 제정신이 아니야."

이제는 내가 엘리야의 말을 이해하려고 갖은 애를 쓰고 있었다. 하지만 녀석의 마지막 말은 짚고 넘어가고 싶었다.

"그래? 다 제정신이 아니라고?"

정말 멍청하기 이를 데 없는 질문이었다. 하지만 어째서 우리가 정신이 나갔다는 건지 묻고 싶었다. 하지만 막상 되묻고 보니 후회가 됐다. 말투라도 부드럽게 하려고 애썼지만, 오해할 수도 있었다.

"우리가 여기 있는지 몰라."

엘리야가 대답했다.

"누가?"

이렇게 되묻긴 했지만, 나도 알고 있었다. 아니, 나도 알고 있어야 했기에, 그 말이 내 심장을 후벼 파는 것 같았다.

"사람들은 우리가 버스에 탔다고 생각할 거야. 하지만 너도 알다시피 우리는 버스에 타지 못했어. 사람들은 우리가 버스에서 내려 집까지 찾아가지 못하고 헤매고 있다고 생각할 거야. 휴대전화도 먹통이 되어 버렸잖아."

"제이슨 아빠는 알고 계셨어. 크리스타 엄마도……."

내가 답했다.

"너 좀 꺼벙한 거 알아? 두 분 다 길 위에 계셨어. 그러니까 우리……. 어쨌든, 넌 지금 길이 어떤 상태인지도 보지 못했잖아. 요 며칠 어땠는지 알 수도 없잖아. 우리는 실종된 거야. 그분들도 그럴 거고. 이거 하나 묻자. 네 생각엔 지금쯤 얼마나 많은 사람들이 실종자로 처리되었을 것 같냐?"

"그래. 그렇다 치자. 그런데 고슬 선생님은?"

나는 진정하고, 점잖게 되물었다.

"아무도 우리가 여기 있는지 몰라."

녀석은 이 말을 마지막으로 더 이상 말을 하지 않았다. 끔찍하지도 기이하지도, 그렇다고 다른 어떤 느낌이 드는 것도 아니었다. 녀석은 사실 그대로를 말한 것뿐이었다.

25

교실로 돌아왔다. 제이슨은 어젯밤에 마시고 반쯤 남긴 물컵을 손에 들고 손가락으로 이를 닦고 있었다. 저렇게라도 이를 닦아야 할 것 같은 생각이 들었다. 여자아이들한테는 치약이 남아 있을 수 있지만, 나눠 쓰려고 할지 확신이 안 섰다. 제이슨은 모자를 쓰고 외투도 걸치고 실습실에 내려갈 채비를 하고 있었다.

교실 구석에서는 줄리가 재채기를 했다. 줄리는 이 작은 외딴 세계에서 걸핏하면 코를 훌쩍였다. 잠시 뒤, 나도 교실을 나와 제이슨을 뒤따라갔다. 지금 당장은 별로 성가실 일이 없을 듯했지만, 내일이나 모레부터는 피트와 줄리 때문에 짜증날 일이 생길 것 같았다.

'장님 코끼리 만지기'라는 속담이 있다. 실습실로 가는 과정이 이 속담에 딱 들어맞았다. 우리 둘은 아래층으로 내려갔다. 사방이 칠흑같이 깜깜했다. 제이슨이 발걸음을 늦추고 나에게 말을 걸었지만, 대답을 기대한 것은 아니었다. 자신이 어느 쪽으로 움직이려고 하는지 알려 주기 위한 신호였다.

우리는 빨리 움직이려고 노력했지만, 눈먼 장님 신세라 벽을 더듬으며 걸을 수밖에 없었다. 나는 한 손으로 벽을 짚으면서 천천히 걸었다. 넘어지지 않기 위해서는 그 방법이 최선이었다. 사실 바쁠 이유는 없었다. 우리가 가지고 있는 건 오직 두 가지, 눈과 시간뿐이었다. 바닥에 떨어져 있는 펜 한 자루 때문에 미끄러져 다칠 수 있을 만큼 한 치 앞도 보이지 않았지만, 다행히 그런 재수 없는 일은 벌어지지 않았다.

몇 분 뒤에는 본관 뒤쪽으로 나올 수 있었다. 실습실 문의 깨진 유리 틈새로 흐린 불빛이 새어 나오고 있었다. 제이슨이 문을 열었다. 그런 다음 뒤쪽 창문으로 가서 창을 두드려 쌓인 눈을 털어 내고, 커다란 탁자 쪽으로 움직였다. 탁자 옆에는 스노우카트가 뒤집혀 있었다. 제이슨은 자신이 하고 싶은 일이 무엇인지 제대로 알고 있다는 인상을 풍겼다.

실제로 지하 벙커에 갇힌 것은 아니었지만, 전쟁 이야기를 좋아하는 녀석에게 이런 상황은 그와 비슷했다. 나는 제이슨이 알아서 제 할 일을 하도록 내버려 두었다.

내게도 일거리가 있었는데, 작업명은 '오컴의 면도날(영어로는 '레이저(razor)'―옮긴이)'이었다. '오컴의 면도날'이라고 불리는 이론과 용어에서 따온 이름이었다. 처음 그 말을 접했을 때, 오컴의 레이서로 오해했다. 내스카(미국 개조 자동차 경기 연맹―옮긴이) 선수 중에 제레미 오컴이란 선수가 있기 때문이었다. 아무튼 요지는 가장 간결한 해결책이 일반적으로 최선의 방책이란 것이다. 누가 나에게 그 이론을 알려 주었는지는 중요하지 않았다. 단지 세상이 그렇게 돌아간다는 것이 중요했다. 간단히 비유하자면,

결승선에 먼저 들어온 자가 상을 받는다는 메시지였다.

제이슨의 스노우카트는 경주용 자동차였을 때보다 훨씬 단순해졌다. 네 개의 바퀴를 하나의 프로펠러로 교체하고 나니 한결 날렵했다. 하지만 여전히 동력 부분은 손봐야 할 데가 많이 남아있었고, 제대로 진척되고 있는 것 같지 않았다.

생각을 좀 단순하게 해야겠다는 마음을 다잡을 즈음, 이 세상에서 가장 단순한 문제 중 하나를 해결할 시간이 왔다. 점심 먹을 때가 되었다는 신호였다. 나는 생각을 적당히 접고 자리에서 일어났다.

여전히 일에 집중하고 있는 제이슨을 내버려 두고, 나 홀로 교실로 향했다. 우리에게 땅콩버터와 잼은 있어도 식빵은 없었다. 구내식당을 다시 뒤지러 가는 계획을 세워야 할 때가 된 것이다.

교실로 들어갔을 때, 아이들은 이미 구내식당 행을 의논하고 있었다.

"너랑 웜스가 가는 게 맞아."

레스가 크리스타에게 말했다.

"말도 안 돼. 우리 차례는 벌써 끝났어."

크리스타가 볼멘소리를 했다.

"맞아. 인정해. 하지만 넌 물건이 어디에 놓여 있는지 알잖아."

레스가 말했다.

"꼭 그렇지도 않아. 그때도 어두침침했지만, 지금은 완전히 캄

캄할 거라고. 다시 여기로 올라오려면 어느 쪽으로 가야 하는지 모르는 건 나도 마찬가지야."

나도 크리스타의 말을 인정했지만, 마음이 저릿했다. 크리스타와 구내식당으로 내려갔을 때가 나에게는 폭설 이후 가장 즐거운 순간이었다. 크리스타의 진심이 무엇이든, 다시 가고 싶지 않다는 말은 내 기분을 엿 같이 만들었다. 혼잣말이지만, 나도 가고 싶지 않다는 소리가 별안간 입 밖으로 튀어나왔다. "넌 날 차 버릴 수 없어. 그럴 바에는 차라리 내가 관두지."라는 푸념이었다.

우리 대신 피트와 줄리가 구내식당에 가겠다며 기꺼이 나섰다. 그다지 놀랍지도 않았다.

"저녁식사 시간 전에 돌아오도록 해 봐."

레스가 히죽거리며 말했다.

줄리는 샐쭉 웃었지만, 피트는 레스를 쏘아보았다. 피트 입장에서는 그럴 때일수록 조심할 필요가 있었다. 피트가 돌아오면, 내가 나서서 충고라도 해 줘야겠다고 마음먹었다.

구내식당까지 가는 길은 사랑의 터널을 통과하는 것과는 사뭇 달랐다. 일 층은 깜깜한 한밤중 같았고, 걸려 넘어질 것이 여기저기 있어서 누구에게라도 위험했다.

우리는 횃불처럼 길을 밝혀 줄 뭔가를 만들자는 의견을 놓고 한참 이야기를 나눴다. 어떤 이야기들이 오갔는지까지 자세히 말하고 싶지 않다. 듣는 게 지루할 테니까, 결론은 그러지 않기로 했다는 점이다. 둘은 크리스타의 휴대 전화만 들고 갔다. 휴대 전화에서 새어나오는 불빛에 의지해 내려갈 생각이었다. 둘이서 내 속을 뒤집어 놓은 점만 빼면, 모든 일이 척척 진행되었다.

언젠가 미국사 수업 '전쟁과 그 후' 장에서 '환각지 증후군'에 대해 배웠는데, 어떤 사람들은 사지를 절단한 뒤에도 사라진 사지에서 통증을 느낀다고 했다. 휴대 전화가 몸의 일부처럼 익숙해졌을 때도 그와 비슷한 증세가 나타났다. 나도 문득문득 휴대 전화를 확인하려다 내 방 서랍장에 놔둔 걸 기억해 낼 때가 있었다. 그러면 집 생각과 함께 엄마 걱정이 다시 들곤 했다.

다른 아이들도 마찬가지였다. 제이슨은 십오 분마다 한 번씩 휴대 전화에 문자 메시지가 왔는지 한참 들여다보면서, 사라지지도 않고 송신되지도 않은 편지 봉투 아이콘을 확인하고는 샐쭉해지곤 했다. 그 정도면 '휴대 전화 환상 증후군'이라고 할 만했다. 어떤 면으로는 매우 어리석은 짓 같았지만, 추위만큼이나 사실적으로 느껴졌다.

피트와 줄리는 예상했던 시간보다 좀 더 일찍 되돌아왔다. 돌아다니기에는 너무 추워서일 거라고 지레짐작했다. 피트는 크리스타의 휴대 전화가 꽤 유용했다며 너스레를 떨었다.

"복도에서는 별 도움이 되지 않았지만, 냉장고 안에서는 상표를 비춰 볼 수 있었어."

크리스타와 나도 똑같았다. 비슷한 점은 또 있었다.

"뭐, 네 녀석도 별 수 없네."

피트와 줄리는 우리가 지난번에 가져온 거랑 똑같은 것만 양팔 가득 안고 와서 물건들을 교실 한 가운데에 쏟아냈다. 땅콩 버터와 잼, 식빵, 잘게 썬 햄, 푸딩, 복숭아 통조림……

"그리고 과자도 있어! 너희들은 이 과자를 찾지 못했잖아."

줄리가 점보 사이즈 상자에 든 가짜 오레오 쿠키를 집어 들며 말했다. 조금은 소심한 목소리였다.

"그러게. 대단해 보이네."

내가 비아냥거렸다.

"좋아. 그럼 다시 내려갔다 올게."

줄리가 샐쭉거렸다.

아무도 반대하지 않았다. 모두 푸딩과 복숭아 통조림에 질려 있었으니까.

피트와 줄리가 교실에서 나가고 이 분쯤 지났을 때, 이상한 소리가 들려왔다.

'푸르르르르!'

우리 머리 위에서 이 톤쯤 되는 자갈들이 구르듯 요란했다. 천둥소리는 아니었다. 꿈을 꾸는 것도, 환청을 들은 것도 아니었다. 우리 모두가 그 소리를 들었다.

"뭐야?"

레스가 물었다.

나는 재빨리 엘리야를 쳐다보았다. 언젠가부터 나쁜 소식은 엘리야 녀석에게 맡기게 되었다.

"눈이야."

엘리야가 말했다.

"눈이 지붕을 누르며 내는 소리."

26

우리는 갓 공수된 식량 더미를 파헤쳤다. 크리스타, 엘리야, 레스 그리고 나만 교실에 있었다. 나흘 전만 해도 상상도 못 한 가장 어색한 모임이었다. 우리 사이에 공통점이란 없었으니까.

크리스타는 학교에서 인기 있는 여자애 중 한 명이었다. 학교에 그런 애가 세 명이나 될까, 많이 잡아 열두 명쯤은 될까? 크리스타는 1학년이었지만, 구김살 없이 2학년이나 3학년 아무에게나 말을 걸었다. 나도 몇 번이나 그 장면을 목격한 적이 있었다. 크리스타는 학교에서 어디든 갈 수 있었고, 누구에게라도 먼저 말을 걸 수 있었고, 누구라도 무시할 수 있었다. 타고난 외모는 어디나 갈 수 있는 여권 같은 것이었고, 우리 중에서는 크리스타만이 그 여권을 가지고 있었다.

엘리야를 본 사람은 고스족을 떠올리곤 했지만, 실제로 녀석이 그런 모습을 보인 적은 없었다. 나도 엘리야가 으스스하다고만 생각했지, 사실 녀석에 대해 제대로 관심을 가져 본 적은 없었다. 내가 아는 것이라곤 녀석이 하고 다니는 모습이라든가 자주 가는 곳이 도서관이란 것이 전부였다. 일주일 내내 단 하루도 빠짐없이 복도에서 어깨를 스쳐 지나가는 평범한 아이 중 한 명일뿐이었고, 그 정도로 알고 지내는 것에서 족했다. 하지만 나와 달리 인기가 좀 있다고 생각하는 아이들은 엘리야의 이름을 마구 불러 대거나 본체만체했다.

레스를 찾는 사람은 아무도 없었다. 면전에서조차도 녀석의 이름을 부르지 않았다. 다들 녀석이 늘 문제를 일으키고 다닌다고만 알고 있었다. 무기 정학 같은 제도가 있었다면, 녀석은 그런 정학을 당했을 것 같았고, 비공개된 비행 기록이 있다는 소문도 따라다녔다.

한편 나는 농구 셔츠를 입고서 수업에 들어가는 애였다. 농구 전반전 시작과 함께 외곽 슛을 쏘는 2학년이었다. 일 년쯤 지나면 나 역시 어디든 갈 수 있고 그 누구에게라도 말을 걸 수 있는 '훈남' 대열에 낄 수도 있을 것 같았다. 물론 아닐 수도 있지만. 문득 크리스타나 엘리야, 그리고 레스가 나에 대해 얼마나 알고 있을지 궁금해졌다.

우리는 이런저런 이야기를 나누었다. 부대끼며 겪어 보니 그리 이상한 조합도 아니었다. 나는 크리스타와도 자주 이야기를 나눴다. 크리스타가 자신이 인기가 좀 있다고, 우리보다 낫다고 으스댔더라면, 어울리려고 하지도 않았을 것이다.

엘리야는 실제로 매우 재미있었다. 여전히 말수도 적고, 골몰히 뭔가를 생각하며 지냈지만, 그런 모습이 나쁠 이유는 전혀 없었다. 녀석은 이곳에서 우리가 살아남아 집으로 돌아갈 가능성에 대해 다소 부정적 입장을 취하고 있었지만, 틀렸다고 말할 수는 없었다.

레스가 가장 뜻밖이었다. 걱정과 달리 지금껏 우리랑 잘 어울렸다. 레스야말로 사람들의 편견처럼 엘리야가 이상하지 않다는 사실을 가장 먼저 깨달은 녀석이었다. 게다가 아직까지 누군가에게 시비를 걸지도 않았다.

생각해 보면, 레스와 문제가 있었던 아이는 없었다. 오히려 어른들, 선생님들이 문제였다. 일일이 규칙을 정해 놓고 지각 종이나 치면서 아이들을 통제하려고 했다. 시시껄렁한 것까지 통제하려고 드는 선생님들이 오히려 문제였다.

나는 언제나 레스를 두려워한 편이었는데, 그건 녀석에 대한 소문과 외모 때문이었다. 하지만 녀석이 싸움에 말려들었다거나 하는 이야기를 들은 적은 없었다. 수업을 빼먹고 학교 집기들을 부수기는 했지만, 그런 모습도 녀석이 작업화를 신고 체육관에 나타났을 때 본 것이 전부였다. 늘 가운데 손가락을 길게 뽑아 학교를 조롱하는 식이었다. 그동안 어떤 일이 있었기에 녀석이 학교라는 권위에 분노하는지 알 수는 없었다. 하지만 녀석은 우리끼리 학교에 갇힌 이 상황에서 그런 행동이 불필요하다는 것쯤은 본능적으로 알고 있었다.

나는 늘 내 자신이 어떻게 보일지 궁금해하는 편이었다. 혹시 이 셋에게 물어보면 뭐라고 말해 줄지도 궁금했다. 아마 "제이슨, 피트하고 친구지, 뭐." 혹은 "통학 버스를 타고 다니잖아." 정

221

도가 고작일 것이다. 이 중에서 '농구 선수'라고 답해 줄 사람은
없을 게 확실했다. "괜찮은 애야." 정도라면 대만족이었다.

고개를 돌려 창을 보았다. 창 가장자리를 따라 성에가 단단히
굳어져 있었고, 가운데를 향해 번지는 중이었다.

"멍청한 괴짜."

누군가가 이렇게 말했다. 나는 친구들 쪽으로 시선을 돌렸다.
크리스타였다. 크리스타가 나를 똑바로 쳐다보고 있었다.

27

삼십 분 뒤 피트와 줄리가 더 많은 음식을 가지고 돌아왔다. 구내식당에서 찾아낼 수 있는 음식이라 봤자 다양하지 않았지만, 식빵 대신 롤빵을, 가짜 오레오 쿠키 대신 초콜릿 칩 과자를, 포도 잼 대신에 딸기 잼을 챙겨 왔다. 한 가지 놀라운 음식도 가지고 왔다.

"핫도그야!"

피트는 비닐 포장에 든 냉동 핫도그를 들어 올리며 외쳤다.

"불 양동이 위에서 구워 먹을 수 있어."

줄리도 배낭을 바닥까지 뒤져 포크를 찾아냈다.

"이걸 꼬챙이로 사용할 수 있을 거야."

줄리가 말했다.

대소변을 보는 곳에서 요리를 한다는 게 마뜩지 않았다. 하지만 며칠째 익힌 음식을 먹지 못했기 때문에 소시지 생각만으로도 입안에 침이 고였다. 핫도그 상태는 괜찮아 보였다. 비닐 포장이 되어 있고 그 가장자리로 얼었던 물이 녹으며 똑똑 떨어지고 있었다. 솔직히 방부제 처리가 된 D등급 고기를 냉동시켜 둘 필요는 없었다. 불량 식품보다 나을 것도 없었다.

어쨌거나 익힌 음식을 먹는다는 생각만으로도 꽤 흥분이 되었다. 크리스타는 두 손을 들고 환호성을 질렀다.

"야외 파티다!"

크리스타가 소리를 지르자마자, 거대한 소음이 들려왔다. 전처럼 느린 '우르르' 소리가 아니었다. 오 킬로미터 밖에서 대포를 쏜 것처럼, 날카로운 '픽' 소리였다.

나는 본능적으로 두 눈을 감고 머리를 숙였다. 발밑에서 충격파가 올라오는 게 느껴졌다. 일 층에 지진이 난 듯했다.

"뭐지?"

내가 물었다.

"우아!"

누군가의 입에서 감탄사가 나올 때, 누군가의 입에서는 비명소리가 났다. 여자애 중 한 명이 지른 비명이라고 말하고 싶지만, 아무래도 피트 같았다.

눈을 뜨고 소지품을 챙겼다. 그 소리는 복도에서도 들려왔다. 소리가 나는 방향을 알아차리기란 쉽지 않았지만 우리는 직감적으로 방향을 느꼈다. 귓속까지 울리고 뼛속까지 파고드는 커다란 소리였다.

우리는 복도로 뛰쳐나왔다. 나도 뒤따라 쫓아갔는데, 엉뚱한 짓을 하는 건지도 모른다는 생각이 들었다. 난리가 난 쪽으로 뛰어갈 이유는 없었다. 굉음이 들린 곳에 도착하자, 뭔가 잘못되어가는 게 보였다.

처음에는 바닥이 기울어졌다고 생각했지만, 바닥은 멀쩡했다. 복도 끝에 문제가 생긴 듯했다. 여자 화장실 쪽 벽과 복도 벽이 맞닿은 부분이 이상했다. 천장과 벽 사이의 경계면이 건물 밖으로 흘러내릴 준비가 된 듯, 뒤쪽을 향해 기울어져 있었다.

문틀도 뒤틀어져 삐죽 튀어나와 있었다. 문틀 모양이 직사각형에서 다각형으로 바뀌고 문짝마저 바닥 경첩에서 떨어져 나갔다. 문틀과 문 사이에는 눈까지 끼어 있었다. 문 뒤로는 단단하게 굳어진 눈덩이들이 벽처럼 쌓이고, 눈덩이들이 복도를 향해 밀려 들어와 있었다.

두려웠지만, 흐릿한 빛 속에서 나름대로 사태를 파악해 보려고 노력했다. 하지만 아무것도 이해하지 못한 채, 그저 사진을 찍어 대는 카메라가 된 꼴이었다. 머릿속에 떠다니는 이 장면들은 꿈만 같았다. 각도는 죄다 틀어지고 복도로 눈이 들어와 있었다. 그 어떤 것도 납득되지 않는 상황이었다.

"문이 왜 저래?"

레스가 물었다. 목소리가 높았다.

"소리 지르지 마!"

엘리야가 속닥거렸다. 마침내 상황이 파악됐다.

"지붕이 무너졌어."

내 말에 모두 눈을 떴다.

지붕이 무너져 내렸다, 전부는 아니지만. 우리는 조만간 무너진 건물에 파묻힐 수도 있었다. 이미 무너지기 시작했다. 이 층 복도 끝 부분은 눈의 무게를 견디지 못하고 주저앉아 버렸다. 바닥도 마찬가지로 갈라져 내려앉았을 것이라는 생각이 들었다. 우리는 복도 한가운데에 바짝 붙어 모여선 채로 파손된 곳들을 둘러보았다.

다시 보았을 때, 하얀 눈이 복도 안으로 자신의 덩굴손을 밀어 넣는 것처럼 보였다. 마치 우리를 잡으러 온 살아 있는 동물처럼 느껴졌다. 며칠 전에 학교 건물 안으로 들어왔다면 바로 녹아 버렸을 것이다. 하지만 지금은 건물 안쪽도 기온이 떨어져 눈 입장에서는 고향처럼 편안하게 느껴질 것만 같았다.

나는 몇 걸음 뒤로 물러나 위쪽을 쳐다보았다. 모두 다 고개를 쳐들고 있었다. 우리는 목을 길게 뒤로 젖히고 머리 위쪽 천장을 올려다보았다. 당장 쏟아져 내려 우리 여섯 명을 납작하게 짓눌러 벌레처럼 만들어 버릴 수도 있는 기세였다.

제이슨이 씩씩거리며 계단으로 올라오고 있었다. 실습실까지 울려 퍼진 굉음을 들은 게 분명했다. 녀석은 즉시 무슨 일인지 알아냈다.

"이건 아니야. 왠지 좋지 않아."

제이슨이 조용히 말했다.

28

우리는 교실로 돌아와 이 사태에 대해 목소리를 낮춰 가며 이야기를 나눴다.

"내가 소리쳤기 때문에 그렇게 된 거라면, 어째서 우리한테서 먼 곳부터 그런 일이 생긴 건데?"

"그건 우리가 운이 좋아서 아닐까?"

"그 운이 얼마나 오래갈까?"

아무도 해답을 알 수 없었다. 흥분을 가라앉히고, 빙 둘러앉아 구내식당에서 가져온 음식을 먹기 시작했다. 식욕이 생기지는 않았다. 다른 친구들도 마찬가지였을 것이다. 하지만 눈앞에 음식이 한 더미 있으니 그냥 허겁지겁 먹게 되었다. 나는 초콜릿 칩쿠키를 두 개째 집어 들었다. 쉽게 바스러지고 차가웠지만, 그럭저럭 맛있었다. 바로 그 순간, 우리의 마지막 식사일 수도 있겠다는 생각이 들었다.

제이슨은 복도로 나가 불을 확인하고 핫도그를 우적우적 씹으면서 돌아왔다. 한두 명씩 나가 모두 핫도그를 먹으면서 들어왔다. 나도 나에게 할당된 핫도그를 먹기 시작했다. 다 씹어 삼키기까지 일 분도 걸리지 않았지만, 기분은 한결 좋아졌다. 어릴때 생각이 났다. 그 시절에는 거의 매일 핫도그를 먹었다.

모두 하나로는 성이 차지 않았는지, 불 위에 핫도그를 더 얹어 놓고 교실로 돌아왔다. 눈이 내리고, 지붕도 무너져 내리고, 모든 것이 허물어져 내리고 있었다.

우리는 학교에 남게 된 순간부터 지금까지 일어난 일들을 돌아보았다. 우리에겐 그래도 학교 건물이 있었다. 하지만 곧 일 층이 눈에 파묻혀 이 층으로 자리를 옮겼다. 설상가상, 난방과 수도 공급마저 끊어져 불을 지피고 눈을 녹여 쓰게 되었다.

이제 무얼 더 할 수 있는 걸까? 이 크고 낡은 학교 건물은 너무 오래되어 연결 부위마다 약해질 대로 약해져 있었다. 우리는 학교 건물이 우리를 지켜 줄 거라고 믿었지만, 이제는 우리를 죽일 수도 있는 괴물이었다. 날카롭게 끊어진 채로 삐쭉삐쭉 눈더미 밖으로 튀어나와 있는 나뭇가지들이 가득한 여자 화장실을 상상해 보았다. 무너져 내릴 때 사람이 그 안에 있었다면 무슨 일이 벌어졌을까? 만약 이 교실이었다면 우리는 잔해에 깔려 질식해 얼어 죽게 되었을까? 아마 살지 못했을 것이다.

라디오를 끄고 이야기를 시작했지만, 피트가 금세 라디오를 다시 틀었다. 앤디는 하루 종일 방송을 진행하지 않았다. 낯선 남자가 그 자리를 대신했는데, 새로운 소식은 없는 것 같았고 틀어주는 음악에도 신경을 쓰지 않는 듯했다. 그래도 여전히 들을 거리는 있었고, 딴 생각을 할 수 있게 도와주었다. 하지만 다이얼 불빛이 거의 꺼져 가고 있었다.

제이슨이 가장 먼저 알아챘다.

"꺼!"

아무도 끄지 않자, 제이슨이 일어나 직접 라디오를 껐다.

"자, 이제 난 일어날래."

제이슨은 모자 끄트머리를 만지작거리며 이렇게 말하고는 교실에서 나갔다.

"저 오빠는 어딜 저렇게 자꾸 가는 거야?"

줄리가 물었다.

기술 실습 프로젝트였던 경주용 자동차가 스노우카트로 개조되고 있다고 알려 주는 것은 내 몫이었다.

"학교에 모터랑 도구 같은 게 있다는 말이야?"

"응. 실습실이란 곳에 있지."

레스가 비아냥거리듯 말했다.

"나도 실습실은 알고 있어. 하지만 책으로 만드는 방법까지 배우는 줄 알았어. 다른 수업처럼 말이야. 우리 학교에 진짜 장비가 있으리라곤 생각해 보지 못했거든."

"바보 아니야? 이놈의 낡은 학교에는 오래된 도구들이 넘쳐 난다고."

피트가 끼어들었다. 웃자고 꺼낸 말이었지만, 아무도 웃지 않았다.

"근데 그거 진짜로 움직이는 거야?"

몇 분의 침묵이 흐른 뒤, 줄리가 내게 물었다.

나 역시 제이슨의 스노우카트가 움직일 수 있을지에 대해서는 깊이 생각해 보지 못했다. 라디오에서는 외출을 금하라고 방송했고, 우리도 그 충고를 따라야 한다고 생각했다. 하지만 이제 학교도 안전한 장소로 보이지 않았다. 경사진 언덕 위쪽 집들 중 한 채는 아직까지 무사한 것으로 보였다. 굴뚝에서 연기가 모락모락 피어오르고 있었다.

"우리가 스노우카트에 음식을 싣고 저 집으로 가는 건 어떨까?"

"모르겠어. 그렇게 할 수 있을 지도 모르지만, 스노우카트에 한 사람 이상 태울 수 없는 건 확실하거든."

나는 대답을 얼버무렸다. 한 번 가는 것도 버거워 보이는데, 일곱 번이나 왔다 갔다 할 수 있을까?

"내가 가서 알아볼게."

레스가 나섰다.

레스가 교실에서 나가자 한동안 조용했다. 피트도 볼일을 보러 양동이가 있는 교실로 갔고, 줄리도 따라 나갔다.

"어, 내가 알 바는 아니지만, 저 둘이 저 교실에서 함께 일을 볼 수는 없을 텐데. 아닌가?"

내 농담에 크리스타가 웃었다. 나도 따라 웃었다.

"불결해!"

무슨 상상을 했는지, 크리스타는 인상을 찡그렸다.

피트는 곧 교실로 돌아왔고, 줄리를 찾아 댔다.

"줄리는 어디 있어?"

"너랑 같이 있지 않았어?"

엘리야 질문에 크리스타와 나는 낄낄거렸다.

"장난치지 마. 진짜로 어디 있어?"

피트가 다시 물었다.

"모르겠는데."

내가 대답했다.

"눈이 어떤지 상황을 보러 간 거 아닐까?"

크리스타가 말했다. 그럴 듯했다. 크리스타가 줄리를 가장 잘 알고 있으니까.

피트는 문가에 서서 복도 쪽을 내다보았다. 줄리를 찾으러 가려는 듯했다.

"야, 인마. 줄리 좀 내버려 둬!"

내가 말했다. 녀석이 나를 힐끗 보더니, 씩 웃었다.

"그래. 그게 좋겠지?"

녀석은 숨을 크게 내쉬면서 긴장을 푸는 척했다.

피트가 자리에 앉고 난 뒤, 이 사태에서 벗어나게 되면, 무엇을 하고 싶은지 이야기하기 시작했다. 피트는 트라우마가 생겼으니 한 달 동안은 학교에 나오지 않고 집에서 쉬겠다고 말했다.

"텔레비전이나 보고 비디오 게임이나 하면서 지낼 거야."

흥분한 피트는 말이 빨라졌고, 황홀한 것을 상상하는지 목소리
가 들떠 있었다. 나와 엘리야, 크리스타가 늘 침착하려고 노력하
는 편이라면, 피트는 기분파였다. 녀석의 장점이기도 했다.

거의 피트 혼자 떠들었고, 우리 셋은 가끔 끼어들어 각자의 계
획을 말했다. 무엇을 하고 싶은지 엘리야가 말할 차례가 되자,
녀석은 어깨를 으쓱했다.

"아마도 다시 도서관에 가지 않을까?"

그 말에 우리 모두 웃음을 터뜨렸다. 엘리야도 우리가 자신을
도서관에 박혀 사는 수상쩍은 녀석으로 생각하고 있다는 걸 알고
있었다. 자신을 웃음거리로 만드는 태도는 꽤 멋졌다.

하지만 기분 좋은 척하며 마냥 앉아 있기에는 상황이 여의치
않았다. 우리의 웃음소리가 엄청 컸다는 사실을 깨닫는 순간, 숨
을 멈추고 천장을 올려다보았다. 다른 친구들도 웃음을 멈췄다.

"괜찮네."

순간 내 입에서 이 말이 튀어나왔다.

29

잠시 정적이 흘렀고, 우리는 이성을 되찾기 시작했다.

"저 지붕에 문제가 생긴 게 분명해."

크리스타가 말했다.

"그러게. 그럴 지도 모르지. 화장실로 연결된 파이프 때문일 수도 있어. 음, 그러니까 내 말은 지금쯤은 얼어붙었을 수도 있다는 거야. 터지거나 하지 않았을까? 얼음이 물보다 분자가 큰 건 알지? 그렇기 때문에 큰일을 낼 수도 있거든."

"바닥 밑에 파이프는 아직 안 터졌겠지?"

엘리야가 물었다.

"반드시 그렇다고 볼 수는 없어. 〈더티 잡스(특이한 직업을 다룬 TV 쇼 프로그램—옮긴이)〉나 〈버미테이토스('해충박멸자들'의 이야기를 다룬 TV 쇼 프로그램—옮긴이)〉 같은 프로그램을 보면, 사람들이 늘 다락 같은 곳이나 고층 건물 지붕 위로 기어 올라가잖아?"

"나도 〈더티 잡스〉 본 적 있어."

피트가 대답했다.

"〈버미테이토스〉도 같은 종류의 프로그램이야, 하지만 해충이나 쥐 등을 박멸하는 사람들에 대한 리얼리티 쇼지. 내가 하려는 말은 어떤 건물이든 파이프와 전선 따위가 셀 수 없이 많이 있고

각 층 바닥 안쪽에는 온갖 것이 다 있다는 거야. 그 프로그램에서는 사람들이 주로 그 안에 들어가서 덫을 설치하더라고."

"그래. 알겠어. 그러니까 우리도 쥐덫을 놓아야 한다는 거야, 뭐야?"

"아니, 아니. 여기에도 그 프로그램에서 소개된 시설이 있을 거라는 거지."

내가 답했다.

"큰 건물일수록 시설도 복잡하고 많을 테고, 우리 학교처럼 오래된 건물일 경우에는 바닥 아래쪽에 난 구멍으로 통과하는 전선이나 파이프들이 다 낡아 삭아 버렸을 가능성도 배제하지 못한다는 거지."

"그러니까 네 의견은 낡고 약하다는 거네. 아마 쥐도 있을 거고."

피트 녀석이 히죽거리며 대꾸했다.

"그냥 그럴 수 있다고 말한 것뿐이야. 그게 원인일 수도 있다고."

"만약 그렇다면 옆에 있는 남자 화장실은?"

크리스타가 물었다.

"거기도 무너질 수 있어. 벌써 금이 가고 약해진 곳이 있겠지."

"그렇구나. 그런 말을 들으니, 정말 기분 으스스해진다."

크리스타가 몸을 움츠렸다.

엄청난 양의 눈이 한 세기쯤 오래되고 낡아 빠진 지붕을 부수는 건 그리 이상한 일이 아니었다. 우리는 그 사실을 받아들여야 했다. 라디오를 다시 켜고 싶었지만, 네 명 밖에 없는데 배터리를 닳게 하는 건 엄청난 낭비였다.

솔직히 말하자면, 피트와 엘리야가 잠시만이라도 교실에서 나가길 바랐다. 크리스타와 단둘이 있고 싶었다. 이미 말을 텄으니, 둘만 교실에서 나가 준다면 하던 이야기를 계속할 수 있을 것 같았다. 살짝 작업을 걸 수도 있을 것 같았다. 어쩌면 키스까지 시도해 볼 수도 있을 것 같았다. 나는 여기에서 죽을 수도 있었다. 건물에 깔릴 수도 있고 질식해 얼어 죽을 수도 있었다. 그런 재앙은 예상보다 빠르게 일어날 수도 있었다. 지붕이 내려앉아 버리면 작업을 걸 기회마저 놓치게 될 판이었다.

하지만 피트와 엘리야는 교실에서 나가지 않았다. 하긴, 갈 데가 있지도 않았다. 그 녀석들도 여기 앉아서 〈더티 잡스〉를 본 이야기나 학교에도 쥐들이 돌아다니는지 아닌지 따위의 이야기를 하는 것이 나쁘지 않은 눈치였다. 그 프로그램에서 가장 특이하다고 생각되었던 직업을 가진 사람들, 이를테면 '하수구 검사관'이나 '거머리 사냥꾼' 등이 떠오른 바로 그때, 줄리가 교실 안으로 뛰어 들어왔다.

줄리는 훌쩍거리며 울고 있었고, 겨울 점퍼 앞섶 부분이 찢겨져 깃털들이 삐져나와 날리고 있었다. 크리스타가 달려가 줄리를 끌어안았다.

나는 피트를 바라보았다. 녀석의 눈이 둥그레졌고 긴장한 듯했다. 녀석은 의자에서 벌떡 일어났다. 그 바람에 담요가 바닥으로 떨어졌다. 나와 엘리야는 혼란스러운 눈빛을 주고받았다.

크리스타가 줄리를 달랬다.

"무슨 일이야? 괜찮아. 근데 무슨 일이 있었어?"

그런 다음 크리스타는 줄리를 껴안았다. 피트도 다시 자리에 앉았다. 잠시 뒤 크리스타가 뒤로 물러서자, 줄리가 입을 열었다. 흐느끼는 사이사이 작고 고요한 줄리의 목소리가 들렸다.

나는 점퍼를 적신 눈물을 바라보고 있었다. 저 지경이 될 때까지 뭐 했지? 다친 건가? 궁금증이 일어났지만, 잠자코 귀를 기울였다. 줄리가 크리스타에게 무슨 말을 하고 있는지 전부 알아들을 수 없었지만, 딱 한 단어 '레스'는 놓치지 않았다.

피트가 자리를 박차고 일어선 걸 보면, 녀석도 들은 게 확실했다. 레스에 대한 내 판단이 틀렸다. 하지만 피트가 나선다고 해서 얻어터지거나 처참한 꼴이나 당하지, 결코 레스를 상대해 이길 수는 없었다. 피트는 말릴 새도 없이 밖으로 뛰쳐나갔다. 전속력을 다해서 벽돌로 된 벽을 향해 달려가겠다는 것이나 다름없었다.

나는 녀석을 뒤따라갔다. 녀석을 막아야 할지, 도와야 할지 확신이 서지 않았다. 어찌 됐든 녀석을 붙잡아야 한다는 것은 분명했다.

문고리를 잡으려 하는 순간, 크리스타가 내 팔뚝을 잡아끌었

다. 크리스타의 손을 떨쳐 내며 고개를 돌려 놓으라는 말을 하려
는 찰나였다. 크리스타가 소리쳤다.

"아니야. 아니라고."

30

"레스가 아냐. 레스는⋯⋯."

크리스타가 서둘러 말했다.

처음에는 어리둥절했다. 그저 어린애가 옹알거리는 것처럼 들렸다. 하지만 곧 무슨 일인지 알게 되었다. 줄리가 말한 '레스'는 '레스(less)'였던 것이었다. 그러니까 생각보다 덜 밝고, 덜 춥고, 덜 갑갑하다고 할 때 '덜'에 해당하는 단어 '레스'였다. 줄리는 깜깜한 아래층에서 길을 잃어버렸다. 그러다 뭔가가 점퍼에 걸려 겁에 질렸고, 급한 마음에 몸의 방향을 잘못 트는 바람에 옷섶마저 뜯기게 되었고, 허겁지겁 헤매게 된 것이었다. 내게도 똑같은 일이 일어날 수 있다는 생각이 들었다. 그제야 상황이 제대로 이해되었다.

모든 게 분명해지자, 피트를 잡아야 한다는 생각에 마음이 급해졌다. 나는 문밖으로 뛰어나가 복도를 따라 계단을 향해 달렸다. 하지만 어둠 속이라 제대로 뛸 수가 없었다. 뛰다가 다리나 부러져 움쩍달싹 못하는 신세가 되기는 싫었다.

속도를 늦췄다. 그래도 마음은 허둥거리며 앞질러 가고 있었다. 마지막 계단인 것 같았는데, 내 생각과 달리 계단이 하나 더 남아 있었다. 그 바람에 상체가 앞으로 고꾸라지면서, 한쪽 어깨를 문틀 가장자리에 찍고 말았다. 욕설이 입 밖으로 튀어나왔다. 내 욕지거리는 휑한 복도의 어둠 속을 메아리쳤다.

나는 실습실로 향했다. 뛰지는 않았지만, 나름대로 빠르게 걷고 있다고 생각했는데, 쉽지 않았다. 줄곧 벽을 짚으며 걸었다. 로커의 핸들과 창틀이 손끝에 닿았을 때는 저릿했다. 가운뎃손가락 손톱이 뭔가에 걸려 그대로 뽑힐 뻔했다. 눈앞에 하얗고 노란 별들이 번쩍거릴 정도로 날카롭고 찌릿한 통증이 느껴졌다. 걸음을 늦추고 다른 쪽 벽으로 붙었다. 이번에는 다른 손으로 벽을 짚어 가면서 서서히 걷기 시작했다.

"피트, 멈춰! 그러면 안 돼!"

나는 소리를 질렀다. 문득 바보 같단 생각이 들었다. 피트가 내 목소리를 듣게 된다면, "피트, 멈추면 안 돼!"로 생각할 수도 있었다.

"피트!"

다시 소리를 질렀다.

"아무 짓도 하지 마!"

하지만 내 목소리 외에는 아무 소리도 들리지 않았다. 대답도, 앞서가는 발소리도 없었다. 아무것도 들리지 않으니, 기운이 빠졌다. 피트가 담요를 들고 줄리와 함께 소풍이라도 나온 것처럼 여기에서 어슬렁거렸을 모습을 떠올리니, 좀 우습기도 했다. 녀석은 실습실로 가는 길을 몰라 헤맸다고 했었다. 나는 그 말이 사실이기를 바랐다. 로켓처럼 아래층으로 내려간 녀석이 어둠 속에서 엉뚱한 복도 쪽으로 움직이다, "문이 있어야 할 곳에 왜 벽이 있는 거지?" 하며 어리둥절하길 바랐다.

나는 발걸음을 재촉했다. 하지만 다른 손톱마저도 잃고 싶지는 않았다. 오른손이 욱신거려서 왼손으로 간신히 벽을 더듬거리며 어둠 속에서 나아가고 있었다. 하지만 한 발 늦었다. 어떤 일이 있었는지는 나중에 제이슨에게 들어서 알게 되었다.

피트는 실습실 문을 활짝 열어젖히며 온갖 지저분한 욕을 하며 레스를 불러 댔다고 했다. 레스가 줄리를 추행하려 했다며 고래고래 소리를 질러 댔다고 했다. 정확히는 '성추행하려고 했다'는 말을 했는데, 어째서 그렇게까지 생각하게 되었는지, 정말 어처구니없었다. 질투, 집착, 소유욕……, 그런 비슷한 감정에 사로잡히면, 사내자식들은 완전히 돌아 버려 진짜 한심한 짓도 할 수 있었다.

레스는 절대로 자신이 그런 짓을 하지 않았다고 해명했단다. 제이슨이 듣기에는 꽤 설득력이 있었는데, 이유는 표정이 결백했고, 또한 삼십 분 전부터 실습실에 쭉 있었던 알리바이도 있기 때문이었다. 그래도 피트는 레스에게 주먹을 휘둘렀는데, 정작 얻어터진 쪽은 피트였다. 한 방 맞은 레스가 가만있을 리 없었다. 금세 달려들어 인정사정없이 두들겨 패 멀쩡한 곳이 없게 만들어 버렸다.

"드럼 분해하는 걸 지켜보는 심정이었어."

제이슨은 그 상황을 그렇게 설명했다.

결국 보다 못한 제이슨이 둘 사이에 끼어들어 레스를 뜯어말렸다고 했다. 제이슨은 그런 자신도 알고 보면 꽤나 터프한 면이 있다고 했지만, 어쩌면 레스가 그쯤에서 손을 떼려고 했기 때문에 순순히 물러선 것일 수도 있었다.

내가 도착했을 때 피트는 바닥에 대자로 뻗어 있었다. 얻어터진 게 코인지 오른쪽 눈인지 아니면 그 둘 다인지 모르겠지만, 손으로 얼굴을 만지고 있었다. 반대쪽 구석에서는 제이슨이 레스를 차분히 가라앉히려고 애쓰고 있었다.

"알았어. 그만해. 나도 안다니까."

제이슨은 이렇게 말했다.

셋 다 나를 쳐다보았다. 제이슨은 고개를 돌렸고, 피트는 한쪽 눈으로 날 올려다보았고, 레스는 날 쏘아보았다. 나의 등장에 레스가 한 발을 앞으로 내밀고 어깨까지 긴장하는 모습을 보였다. 내가 싸우러 왔다고 생각하는 듯했다.

"아니야."

나는 두 손바닥이 보이도록 가슴팍 위로 손을 들어 올리며 말했다.

"아니야. 아니라고. 아니라니까."

나는 피트 옆에 무릎을 꿇고 앉았다. 녀석에게 화가 났지만, 녀석은 내 친구고, 보기 딱할 정도로 엉망진창이었다. 창문을 열고 눈을 가져와 녀석에게 건넸다. 녀석은 두 손으로 눈을 받은 뒤, 곧장 얼굴로 가져갔다. 몇 초 지나지도 않았는데 피가 흡수되어 하얀 눈이 체리 빙수처럼 빨개졌다.

잠시 뒤, 나는 피트가 내팽개쳐 버린 장갑 한 짝을 찾기 시작했다. 실습실은 어둑어둑해졌고, 장갑 찾는 일은 평생 걸릴 것만 같았다.

눈이 뒤쪽 벽으로도 차오르기 시작했다. 바람에 떠 밀려온 눈 더미들이 창문을 여러 겹으로 하얗게 페인트칠한 듯했다. 그늘진 곳과 칙칙한 모퉁이에는 훨씬 더 많은 눈이 쌓여 있었다. 제이슨은 레스를 혼자 내버려 둘 수 없어서 장갑 찾는 일을 도와주지 않았다. 피트만큼이나 제이슨도 혼란스러운 듯했다. 제이슨이 레스에게 입이라도 뻥긋하면, 레스의 발길질이 다시 시작될 것만 같았다.

장갑을 찾아낸 나는 레스를 진정시켜 밖으로 내보냈다. 그런 다음 삼십 분 동안 피트의 상처를 닦아 주고, 녀석을 일으켜 올라갈 채비를 했다. 여기저기 피멍이 들어 있었지만, 다행히 뼈는 부러지지 않은 것 같았다. 모든 게 제대로 움직이는 걸 확인하고 나자, 안심이 되었다. 나는 피트가 저지른 실수를 아주 간단하게 삼십 초 동안 설명해 주었다. 어떤 일을 대강 넘기거나 애매모호하게 처리하는 건 피트에게 어울리지 않다는 걸 오랜 친구로서 잘 알고 있었다.

"레스 말이야. '이런 일이 있기 전보다 네 몸엔 피가 덜 있을 거야'라고 할 때, 그 '덜'에 해당하는 '레스'야."

"알았어. '이제 덜 멋져 보이겠군!'의 그 '레스' 말이잖아."

녀석이 웃으며 되받아쳤다. 아픈지 크게 웃지는 못했다.

31

싸움이 있고 난 뒤로 분위기가 서먹해졌다. 하지만 모두 함께 같은 교실에 머무는 것 이외에는 다른 방도가 없었다. 전부 다 모여 있으니 십 도 정도는 훈훈해진 것 같았다. 라디오와 음식이 있는 곳도 바로 이 교실이었고, 맞은편 교실에는 불도 지펴 놓았다.

우리는 처음처럼 세 그룹으로 쪼개졌다. 여자애들은 뒤에, 나는 제이슨과 피트와 교실 가운데에, 그리고 엘리야와 레스는 앞 문 근처에 있었다. 그 둘은 자신들이 버리고 올 수 밖에 없었던 교실에서 가까운, 복도에 맞닿아 있는 문 근처에 앉아 있었다.

우리는 갇힌 신세라는 절망감을 느꼈다. 학교에 갇혔고, 교실에 갇혔고, 높이 쌓인 눈과 기울어져 가는 지붕 사이에 갇혔다. 이런 상황에서 오래 버틸 수 있을 것 같지는 않았다.

줄리가 가끔 재채기를 할 때를 제외하고는 아주 조용했다. 피트 역시 이제는 잔뜩 부어오른 코를 풀고 재채기를 했다. 내 눈에는 둘이 그런 방식으로 대화를 주고받는 것처럼 보였다. 전혀 대화를 나누지는 않았지만.

줄리는 피트가 폭력적인 얼간이 기질이 있는 전형적인 남자애라고 생각하는 것 같았다. 상황이 좀 정리되었을 때 줄리가 딱 한 번 그런 말을 녀석에게 했다. 피트는 심각하게 얻어터져 누군가에게 말을 붙일 처지가 아니었다.

가끔씩 줄리와 피트는 번갈아 가며 자리에서 일어나 휴지 뭉치를 가지러 갔다. 누군가 창틀에 놓아둔 화장실 휴지였는데, 우리가 가지고 있는 휴지 중에 가장 부드러웠다. 하지만 둘은 절대로 동시에 일어나지 않았다. 줄리의 발소리에서는 매번 귀찮은 티가 났다. 아무래도 복도에서 길을 잃고 돌아와 울며 난리를 떨었고, 이 모든 사태의 원인이 자신에게 있다는 자책감 때문에 의기소침해진 것 같았다. 어쩌면 피트와 사귀려고 했던 자신의 결정을 창피하다고 느꼈을 지도 몰랐다.

어쨌거나 줄리는 조용하지만 빠른 걸음으로 창문 쪽으로 걸어가 휴지를 끊어 손에 들고서 자리로 돌아가 코를 풀었다. 피트는 오른쪽 다리를 심하게 절룩거리며 그리로 가서 코를 풀며 자리로 돌아왔다. 레스는 둘의 모습에서 눈을 떼지 않았다. 녀석의 눈 주위로 피트가 날린 깨끗한 한 방의 푸른 멍 자국이 선명했다.

제이슨도 나도 피트 녀석 때문에 기분이 좋지 않았지만, 피트의 꼴은 형편없었다. 얻어터져 이러저리 아프고, 자존심까지 뭉개진 녀석에게 달리 뭘 해 줄 수도 없었다. 짐도 바로 우리 곁에 있으니, 그저 녀석 곁에 앉아 쉴 수 있게 놔두고 마음을 추스르기를 기다리는 수밖에 없었다.

우리도 가급적 많은 말을 하지 않았다. 불알친구니까 필요할 때 거들어 줄 뿐이었다. 하지만 레스는 화가 날 만한 충분한 이유가 있었다. 레스가 줄리를 모욕하려 했다고 믿은 피트도 참 어이가 없었다. 그러고는 즉시 달려가 레스 녀석에게 주먹을 날리다니! 내가 레스에게 미안한 마음이 들었다. 녀석이 피트를 이렇게 뭉개 놓지 않았더라면, 더 미안했을 것 같았다.

우리는 조용히 앉아서 라디오를 들었다. 그때는 아무도 배터리 걱정을 하지 않았다. 진행자는 앤디였고 구조 작업에 대한 이야기가 한창이었다. 눈 폭풍이 멈춘 뒤에 정부에서 어떤 계획을 가지고 있는지, 멈추지 않을 경우의 계획은 어떤 것인지를 전해 주었다. 모두 귀를 쫑긋 세웠다.

"소리 좀 키워 봐."

크리스타의 부탁에 나는 자리에서 일어났다. 하지만 안내 방송은 내가 제자리로 돌아오기도 전에 끝나 버렸다. 특별한 뉴스도 없었다.

"먼저 가장 극심한 피해를 입은 지역은…… 노인분들과 '단층 주택 거주자', '위험에 처한 사람들'을 중심으로……."

그런 것들이 우리와 가족들에게 무슨 의미가 있을지 생각해 보았다. 십대들이 '위험에 처한 사람들'일까?

그때 레스는 엘리야가 한 말을 들먹였다. 엘리야가 내게도 해줬던 바로 그 말이었다. 아무도 우리가 여기에 있는지 모른다는 그 말.

왜 하필 그때 그 말을 꺼냈는지 알 수 없었지만, 화가 단단히

났기 때문일 것 같았다. 얼토당토않은 이유로 자신을 때린 피트가 지금 교실 한가운데에서 친구들과 앉아 있으니, 그 녀석 눈에는 우리가 피트를 보호하고 있는 것처럼 보였을 수도 있었다. 어쩌면 실제로 제이슨과 내가 그러고 있는지도 몰랐다.

그 말에 크리스타는 울기 시작했다. 화가 난 제이슨은 재빨리 일어나 의자를 확 밀어냈다. 의자가 교실 바닥에 끌리면서 뒤쪽으로 팽개쳐졌다. 심한 행동이었다. 하지만 그 누구도 싸울 힘이 남아 있지 않았다. 제이슨이 불쑥 입을 열었다.

"개소리 마. 우리 아빠는 죽지 않았어. 어딘가 안전하게 있을 곳을 찾아내셨을 거야."

그런 다음 의자를 끌고 와 다시 자리에 앉았다. 나는 여드름 딱지를 잡아떼며 별별 생각을 다 했다.

'엄마 회사에서 일찍 퇴근시켜 줬을 테고, 회사에서 집까지 이 킬로미터도 채 안 되니까, 엄마는 분명 집에 있을 거야. 그리고 엄마 차는 그 거리 정도는 너끈히 움직였을 거고. 집에 거의 다 가서 차가 멈췄다면, 집까지 몇 백 미터도 남지 않았겠지. 그 거리라면 운동장 트랙 한 바퀴 밖에 안 돼. 엄마는 걸어서라도 갈 수 있어. 분명히 집에 있을 거야. 우리 집은 벽돌로 튼튼하게 쌓은 집이고, 음식도 충분히 있으니까 괜찮아.'

학교에 갇히게 된 후 이런 생각을 하루에도 여러 번 했다. 오늘도 예외는 아니었다.

나만 그런 게 아니라, 모두 부모님과 집 걱정을 했다. 하지만 모두 티를 내지는 않았다. 그것보다 당장 눈앞에 닥친 고민거리가 급했다. 건물이 갈라지는 소리 때문에 엘리야의 예언이 한결 더 믿음이 가고 한결 더 불길하게 느껴졌다.

우리가 여기 있는지 사람들이 모를 가능성이 높았다. 그런데도 우리는 며칠 동안 구세주를 기다렸다. 눈보라가 멈춘 뒤라도 사람들이 우리를 찾아낼 때까지 얼마의 시간이 걸릴지는 몰랐다. 게다가 휴대 전화의 수신이 가능해지려면 또 얼마의 시간이 걸릴지 몰랐지만, 학교를 다시 여는 건 모든 상황이 정리된 후에, 가장 서두르지 않아도 되는 문제라는 것은 잘 알고 있었다. 혹시 사람들이 우리를 찾아내더라도, 십중팔구는 무너진 잔해와 눈을 파헤쳐야 할 것이라는 불길한 상상도 했다.

다만 입 밖으로 꺼내지 않았고, 그럴 필요도 없었다. 각자 조용히 이런저런 생각과 시간을 계산하고 있는 게 분명했다.

주변이 고요했기 때문에 머리 위에서 '쩍' 소리가 나는 걸 들을 수 있었다. 아까처럼 커다란 굉음은 아니었지만, 이번에는 오 분 가까이 지속되었다. 작지만 날카로운 고음이 고막을 울리더니, '띡' 소리와 함께 멈췄다. 소리가 살아 숨 쉬고 있었다. 괴물 같은 것이 우리 머리 위에 있었다. 실제로는 기둥이거나 버팀목이겠지만 소리의 정체는 더 이상 버티지 못할 때 내는 불길한 운명의 울음소리 같았다.

32

하루가 서서히 흘러갔다. 일찍 어두워진 만큼, 아침이 오려면 한참 남아 있었다. 며칠 동안 우리는 다 함께 모여서 커다랗게 둘러앉아 끼니를 때웠다. 소리에 대한 이야기는 아무도 꺼내지 않았고, 소리도 종적을 감춘 듯했다. 그런데 이제 우리는 무겁고 우울한 고요 속에서 아무 말도 하지 않았고, 두셋씩 어울려 저녁 식사를 때웠다.

"눈 내리는 속도가 느려졌어."

엘리야가 창가에서 자리로 돌아오며 말했다.

정말 그랬다. 눈은 하루 종일 변덕을 부리며 내렸고, 그 누구도 그런 눈에 대해서는 일절 언급하지 않았다. 그 이유는 첫째, 전에도 이런 적이 있었지만 몇 시간도 안 되어 다시 맹렬하게 퍼부어 댔기 때문이었다. 둘째, 아주 작은 눈송이 하나도 결국 눈은 눈이었다. 티끌만 한 눈송이라도 계속 내리면 우리 머리 위로 쌓일 것이기 때문이었다. 설령 언젠가 눈이 멈추고, 날씨가 풀린다고 해도, 눈이 녹으면 건물 붕괴를 독촉할 뿐이었다.

아홉 시가 가까워지자, 건물 안도 밖도 칠흑처럼 어두웠다. 눈이 어떻게 되었는지 알 수 없었다. 라디오는 여전히 잘 들렸지만, 다이얼 뒤쪽의 불빛이 굉장히 흐릿해졌다.

저녁 아홉 시에는 빛 한 점 없이 할 수 있는 일이 없었다. 저녁 일곱 시에 침실로 보내진 일곱 살 꼬맹이가 된 것 같았다. 기분이 엿 같았다. 모두 이불 속으로 기어들어 갔다. 아니, 왠지 그랬을 것 같았다. 간간히 기침 소리와 재채기 소리와 코 푸는 소리만이 어둠 속에서 들릴 뿐이었다.

제이슨도 크리스타처럼 하느님의 제자 명단에 들었다. 녀석이 기도 같은 건 하지 않을 거라 짐작했는데, 내 짐작은 틀렸다. 나는 이불 밖으로 조금 떨어져 나와 앉았고, 제이슨도 그랬다. 우리는 조용히 기도하기 시작했고, 목소리를 낮췄다. 거의 중얼거리는 정도였다. 그때 크리스타가 우리 쪽으로 다가오는 인기척이 들렸다.

나는 가브리엘 대천사에게 기도를 올렸다. 하느님과 예수님이 오늘밤 이 시각에는 많은 사람들의 기도를 들어주느라 내 기도를 들어줄 겨를이 없을 것 같았다. 할 수만 있다면, 가브리엘 대천사에게 트럼펫을 내려놓고 삽을 들고 우리를 위해 지붕의 눈을 쓸어 달라고 부탁하고 싶었다. 그렇게만 해 준다면 날아갈 것 같았다. 사실 나는 천사에 대해 보통 사람들이 아는 것 정도만 알고 있었다. 주일 학교를 일 년 동안 다니면서 천사들은 정원 허드렛일 따위는 하지 않는다는 건 배웠다. 그래서 가브리엘 대천사에게 엄마가 안전할 수 있게 도와달라며 기도했다. 또 한 가지, 내가 천사에 대해 아는 점이 있다면, 천사들은 결코 이와 같은 얄팍

한 기도에 넘어가지 않는다는 것이었다.

결국 이불 속으로 들어가 잠을 청하는 수밖에 없었다.

'잠든 채 죽는 게 더 좋을까?'

뜬 눈으로 이런저런 생각을 하면서, 몇 시간째 누워 있었다.

33

 자정이 좀 지났을 때 잠이 들었던 것 같다. 소리 때문에 잠에서 깼을 때는 매우 이른 새벽이었다. 공식적으로 일요일 아침에 학교에서 눈을 뜨다니, 기분이 엿 같았다. 뭔가를 긁어 대는 듯한 날카로운 소리가 잠을 방해했다. 교실은 여전히 어두침침했고, 지붕이 내려앉고 있다는 생각이 들었다.

 하지만 그건 아니었다. 나는 내 물건들을 그러모으고, 몸을 추스르고 난 다음에야 머리 위에서 들리는 소리가 아니라는 걸 알아챘다. 그렇다고 옆에서 들리는 소리도 아니었다. 주변을 둘러보았다. 피트의 이불이 비어 있었고, 그 너머로 교실 문이 조금 열려 있었다. 정신이 맑지 않아 멍했지만, 날카로운 소리는 복도에서 들려왔고, 교실에는 피트가 없었다. 피트가 복도에서 소리를 내고 있는 게 분명했다.

 소리가 점점 가까이, 점점 더 크게 들렸다. 다른 애들도 이불 속에서 뒤척이기 시작했다. 나는 피트가 교실로 오고 있을 거라고 믿었기 때문에 녀석이 들어올 때까지 잠자코 기다릴 참이었다. 하지만 생각과는 달리 몸은 이불을 박차고 벌떡 일어났다. 온몸이 시큰거리고 쑤셨다. 여기저기 얻어터져 멍이 든 피트 녀석은 더 심하게 뻐근하고 아플 텐데……. 피트가 뭘 그렇게 질질 끌고 다니는 건지 궁금해서 견딜 수가 없었다.

어느 정도 짐작은 할 수 있었다. 그래서 제이슨이 깨어나기 전에 차라리 내가 나가 보는 게 좋겠다는 생각을 했다. 나는 가능한 서둘렀다. 일단 복도로 나간 뒤에는 피트가 열어 두었던 문을 다시 잘 닫아 두었다. 복도로 나오니, 몸에서는 온기가 빠져나가 으슬으슬했고 입에서는 긴 한숨이 차가운 입김이 되어 나왔다.

피트는 교실과 이 층 계단참 중간쯤에 있었다. 밖은 여전히 어두침침했고, 복도는 그보다 더 어두웠다. 짧은 거리였는데도, 뭔가를 끌고 있는 피트의 형체만 알아볼 수 있었다. 녀석은 허리를 숙이고 낮고 평편한 물건을 끌어 올리고 있었다. 예상대로 제이슨의 스노우카트였다.

피트가 가까이 다가오자, 땀을 뻘뻘 흘리고 있는 모습이 보였다. 제이슨의 스노우카트에는 바퀴가 없었다. 작은 보트처럼 밑바닥은 끝으로 갈수록 좁았다. 스노우카트는 고집 센 동물처럼 끌려오는 동안 여기저기 걸리고 긁혔다. 바닥 타일에 기다란 스크래치도 났을 게 분명했다.

"바닥이 긁혀야 더 잘 미끄러질 거야."

녀석이 좀 더 가까이 다가서며 말했다.

"야, 인마. 그걸로 어쩌려고?"

나는 작은 소리로 물었다.

"내가 뭐 할 거 같으냐? 도움을 청하러 갈 거다. 우리가 여기 있는 걸 사람들에게 알려야지."

수만 가지 생각이 떠올랐다. 생각의 엔진에 시동이 걸리면서 스파크까지 튀기며 속도가 높아진 것 같았다. 이제 잠은 완전히 달아났다. 정확히 어디를 가려는 걸까? 연료는 채우기나 한 걸까? 제대로 작동하는지 확인해 봤을까? 사람들이라니, 누구?

"그건 네 것도 아니잖아."

"나도 이 못난 걸 만드는 데 일조했어."

녀석이 대답했다. 녀석도 어느새 작은 소리로 말하고 있었다. 눈에 갇힌 이후 우리 같은 사내자식들이 속닥거린 게 몇 번째인지 생각할수록 어이없었다. 그래도 우리 말고 다섯 명이 더 있기 때문에, 계속해서 작은 소리로 이야기해야 했다.

"잠깐이잖아? 그나마도 경주용 자동차를 만들 때였고."

"무슨 상관이야."

녀석은 이 말을 하고는 입을 다물고 잠시 그대로 서 있었다. 이마와 얼굴을 재킷 소매로 닦았다. 나일론은 흡수력이 젬병인 재질이라 소매에는 땀 흔적이 기다랗게 남았다.

나는 여러 반론 중에서 어떤 것이 좋을지 생각하고 있었다. 녀석은 내 대답을 기다리다 지쳤는지 입을 열었다.

"그러니까 내가 이 허접한 것에 매달리지."

"하지만 제이슨은 분통을 터뜨릴걸."

나는 어깨를 으쓱해 보이며 대답했다. 물론 녀석이나 나나 제이슨이 그 자동차를 만들 때 함께 남아 있곤 했다.

"제이슨 녀석은 괜찮아."

"물어보기라도 한 거야?"

그럴 리가 없었지만, 일단 확인해 보았다. 제이슨에게 물어봤
다면, 녀석이 이 꼭두새벽에 몰래 빠져나와 스노우카트를 가지러
갈 이유도 없었다.

"녀석은 괜찮다고 할 거야."

피트는 같은 말을 되풀이했다.

"아니. 제이슨에게는 뭐랄까……."

내가 설명을 하려는데, 피트가 말허리를 잘라 버렸다.

"내 말 들어 봐. 누가 뭐라고 해도 난 이 일을 해야 해."

속삭이던 녀석의 목소리가 결국 커졌다. 나는 피트를 물끄러미
쳐다보았다. 내 시선은 어두컴컴한 복도 한쪽에 고정되어 있었
고, 녀석은 내게서 고작 몇 걸음 떨어져 있었다.

녀석의 얼굴은 멍투성이였고, 피부 밑 실핏줄들이 터져 부어
오른 게 보였다. 몸만 망가진 게 아니었다. 표정에서는 굴욕감과
패배감이 읽혔다.

아무런 이유 없이 공격한 건 욕먹어도 싸지만, 그래 놓고 처참
하게 얻어터지면 더욱 비참해지기 마련이다. 여자를 위해서 그랬
다 하더라도 좋은 소리를 듣기는 틀려먹은 짓이었다. 게다가 여
자가 화를 낸다면 정말 꼴사납게 된다. 나흘 동안 여자 하나 때문

에 친구들을 무시한 것도 한심한데, 신변 보호가 필요하다고 해서 다시 친구들에게 기어가는 꼴은 사내자식으로서 할 짓이 못 된다.

"그래, 그럴 지도 몰라. 하지만, 인마, 내 눈엔 이게 안전해 보이지가 않아."

"여기 남아서 기다린다고 그렇게 안전한 것도 아니야."

피트가 대답했다. 그러면서 녀석은 스노우카트를 밀고 갔다. 하지만 잠시 뒤 기침 때문에 멈춰 서야 했다. 마른기침을 세 번이나 하는 동안 새벽 여명 속에서 입김이 작은 구름처럼 나타났다 사라졌다.

아이들이 말할 때 입김을 보는 일에 익숙해졌지만, 이번에는 달랐다. 전염병처럼 꺼림칙했다. 세균들이 보이는 것 같았고, 녀석의 입김이 퍼져 나갈 때 병균 입자들이 대롱대롱 매달려 있는 것 같았다. 나는 녀석의 숨결을 피하기 위해 몇 걸음 뒤로 물러섰다.

피트는 말을 이었다.

"잘 들어. 이제 그 이야기는 그만하는 거야. 구조대들이 곧 실종된 사람들을 찾을 거야. 하지만 우리가 여기 있는 건 아무도 몰라."

"그 생각을 못 했네."

내가 비꼬듯 말했다.

"그럴 거야."

사실 나에게도 그 말은 그럴 듯하게 들렸다.

"그래서 내가 나가려는 거야. 누군가 찾아보려고. 어쩌면 순찰대를 만날 수도 있잖아. 그러면 우리 일곱 명이 여기 있다는 이야기를 전할게. 지붕 이야기도."

눈보라는 여전히 마녀 머리칼처럼 공기를 갈기갈기 채찍질해댔다. 눈이 그친다 해도 누구라도 곧장 뛰어나갈 수 있을 것 같지는 않았다. 게다가 눈이 녹기 시작하면, 눈덩이들이 움직이며 눈입자들끼리 더 조밀해질 것이었다. 물길이라도 생기게 되면 모든게 한꺼번에 쏟아져 내릴 판이었다.

"그래서 네가 하려는 게……."

난 스노우카트를 바라보는 것으로 마침표를 대신했다.

"창문 밖에서 출발하려고. 이제 눈이 몇 미터쯤은 쌓였잖아."

"미친놈."

나는 결국 이 단어를 꺼냈다. 그러면서도 다른 각도에서 그 계획을 고려해 봐야 한다는 생각과 그 방법 밖에 없다는 생각 사이에서 고민했다.

"이 일을 해야만 해."

피트는 같은 말을 되풀이했다. 녀석 입장에서는 그래야만 하는게 당연할 지도 몰랐다. 뭔가 당장 할 일이 필요했을 것이다.

"그래. 알았어."

내가 포기했다.

"저쪽 끝 좀 들어 줘. 이 물건은 요란스럽게 바닥을 긁는 소리를 내거든."

나는 주변을 둘러본 뒤 뒤쪽을 들어 올렸다. 녀석에게서 가급적 멀리 떨어져 있어야 녀석의 기침에서 나오는 세균 덩어리를 피할 수 있을 것 같다는 이기적 생각이 다시 떠올랐다.

34

결국 나도 피트와 한배를 탄 신세가 되었지만, 제이슨은 여전히 찬성하지 않았다. 우리가 문을 밀고 교실 안으로 들어가려고 할 때부터 제이슨은 이미 의자에 앉아서 우리를 기다리고 있었다. 무릎 위를 덮고 있는 두껍고 칙칙한 담요는 바닥으로 늘어뜨려져 있었고, 녀석의 표정은 짜증과 분노 사이를 오가고 있었다.

모두가 일어나 있었다. 피트와 나는 스노우카트가 문틀을 찧고 다른 곳에도 부딪히자, 옆으로 기울여 다시 통과시키려고 시도했다. 피트는 내내 씩씩거리며 작은 소리로 욕을 해 댔다.

스노우카트는 밑바닥이 평평했고 유선형이었다. 거의 모든 것이 금속 파이프와 굽은 알루미늄으로 되어 있고 제초기의 엔진을 장착하고 있어 생각보다는 가벼웠다. 하지만 균형이 잡히지 않아 들고 나르기에는 영 어색했다.

교실 바닥에 내려놓자마자 싸움이 시작되었다.

"많이 망가뜨린 거 아냐?"

제이슨이 이렇게 물었을 때, 나까지 한패라고 생각하고 있는 걸 깨달았다. 나 역시 겨우 오 분 전에 복도에서 피트를 발견했다는 걸 알 리 없었다.

"야, 난 교실 안으로 집어넣는 걸 도와준 것뿐이야. 나도 너하고 해결해야 한다고 충고했어."

사실이었다. 제이슨은 한동안 곰곰이 생각해 보더니 피트에게 초점을 모았다.

피트는 내게 말한 바대로 제이슨에게도 말했지만, 어째서 자신에게 꼭 필요한 물건인지는 설명하지 않았다. 피트는 계속해서 억지 주장을 펼쳤다. 하지만 왜 꼭 자신이 가야 하는지, 어째서 스노우카트를 차지할 권리가 있는지는 여전히 해명하지 않았다. 제이슨이 그 점을 지적했다.

나머지 아이들은 두 사람의 논쟁을 가만히 듣고만 있었다. 누가 설명하고 어떤 의견인가에 따라 회의적이었다가도 설득되었고, 귀찮다가도 공감된다는 표정이 오락가락했다. 아무도 대화에 끼어들지 않고 피트와 제이슨이 해결하도록 내버려 두었다.

"뭐야. 말도 안 돼. 네가 여기서 게임이나 하고 여자애나 꼬셔 보려고 애쓰는 동안 내가 만든 거야."

제이슨은 줄리를 힐끗 쳐다보면서 이 말을 했다. 발끈한 피트가 고함을 질러 대기 시작했다. 우리가 말릴 틈도 없었다.

앗, 지붕! 다행히 이번엔 금이 갈 때 나는 소리가 들리지 않았다. 하지만 녀석의 고함소리는 처음 지붕이 내려앉았을 때 들렸던 굉음만큼 요란했다.

모두 잠시 얼어붙었다. 제이슨은 말을 멈추고, 얼굴을 붉힌 채 피트와 마주 보고 서 있었다.

나는 눈이 이 소음에 조용히 반응 중이거나 비가시적인 운동 법칙에 따라 잠시나마 소강상태에 놓였을 뿐이라고 생각했다. 우리의 분노에 즉각 반응하기보다는 상황을 파악하며 조절하고 있다는 생각도 했다. 우리와는 반대로 조용히 분노를 억제하며 금세라도 가공할 위력으로 공격하기 위해 에너지를 모으고 있을 것만 같았다.

"가. 가라고. 누구든 가서 사람들한테 우리가 여기 있다고 알리라고."

줄리가 숨 죽인 목소리로 다급하게 말했다.

"내가 갈게."

피트가 대답했다. 사실 입모양은 '갈게'라고 하고 있었지만, 소리는 거의 나지 않았다.

"안 돼."

제이슨 역시 입 모양으로 대답했지만, 머리를 흔들었기 때문에 제이슨의 의사는 확실히 전달되었다.

그 둘은 움직이지 않았다. 일종의 교착 상태였다. 이제는 더 이상 스노우카트를 쓰냐 마냐의 문제가 아니라, 누가 탈 것인가로 쟁점이 옮겨져 있었다.

정리하자면 이랬다. 피트는 자신이 타고 가고 싶어 했다. 하지만 자신의 물건은 아니었다. 제이슨은 만들었지만 타고 나가고 싶어 하지는 않았다. 그렇다고 피트가 타고 나가는 것도 바라지 않는 눈치였다.

"자, 자."

나는 천장과 지붕이 안전할 정도로 소리를 낮춰 말했다.

"피트가 절뚝거리면서 이 스노우카트를 여기까지 끌고 올라왔으니까, 기회를 주자."

제이슨이 나를 쳐다보았다. 배신감에 휩싸인 듯한 놀라움과 고통이 섞인 표정이었다.

"그래, 그러자. 기회를 주자."

줄리가 끼어들었다. 줄리는 결국 다시 피트와 한패가 되었다. 그 순간 피트의 눈에서 작은 불꽃이 튀었다. 뭐랄까, 기쁨, 희망, 살고자 하는 의지?

"그만하고 저 바보가 죽게 내버려 둬."

레스까지 끼어들었다. 제이슨은 충격을 받은 표정이었다. 눈앞에서 벌어진 사태를 믿을 수 없어 하는 눈치였다. 자신이 그토록 오랜 시간 공들여 만든 것을 빼앗긴 게 믿기지 않는 듯했다. 녀석은 두리번거리며 자신을 두둔해 줄 누군가를 찾았지만, 아무도 그러지 않았다.

35

비밀을 말하자면, 내가 제일 앞장서서 피트 의견에 찬성했다. 제이슨이 공을 들고 집에 가 버린 쩨쩨한 놈처럼 군다는 생각이 들어서였다. 제이슨이 머뭇거린 진짜 이유를 제대로 알지 못해서 생긴 오해였지만, 그때는 진짜 이유도 문제될 것이 없어 보였다. 이제 실행이 문제였다. 스노우카트를 창턱까지 옮겨 놓고, 창문을 활짝 열어 밑으로 내려보내야 했다.

한참이 지났는데도 제대로 되지 않았다. 제이슨이 감독하는 대로, 피트와 레스와 내가 스노우카트를 들어올렸다. 레스와 피트가 서로에게 주먹을 휘두른 관계인 건 분명했지만, 팀워크는 그럭저럭 괜찮았다. 하지만 제이슨이 우리를 골탕 먹이려는 듯 엉뚱하게 지시한다는 의심이 자꾸 들었다.

어쨌거나 간단한 문제로 보이진 않았다. 스노우카트가 그리 크지는 않았지만, 이상한 모양새였다. 금속제인데다 가장자리 부분은 날카로워서 어디를 들지, 어떻게 들지, 조심스러웠다. 끄트머리에 내 바지가 쭉 찢어질 때 만만한 놈이 아니라는 걸 알아보았다.

"내려 봐. 내려 보라니까."

창문턱까지 절반쯤 올렸을 때, 내가 다급하게 말했다. 오른쪽 허벅지를 감싸고 있던 바지 천이 찢긴 사이로 맨살이 보였다. 한 줄로 난 빨간 핏방울들이 느긋하게 비웃고 있는 것 같았다.

"여길 사포질해서 매끄럽게 해 뒀어야지."

제이슨에게 투덜거렸다.

"그럴 계획이었어. 내가 언제 이 작업이 끝날 거라고 말한 적 있어?"

녀석도 볼멘소리를 했다. 그 순간 속으로 다짐을 했다.

'제이슨한테 투덜대지 말자.'

창틀까지 스노우카트를 옮겨 놓고 나서야 창문 너비보다 스노우카트 밑이 더 넓은 걸 알게 되었다. 다시 스노우카트를 바닥에 내려놓고 어떻게 할지 고민해야 했다. 방향을 틀어야만 했는데, 장갑까지 낀 손이 베이지 않고서는 스노우카트 바닥 날을 꽉 잡고 있는 건 불가능했다.

교실에는 커다란 창이 두 개 나 있었다. 그 창문들은 위쪽으로 들리면서 열렸고, 본관 중앙의 돌출된 곳을 마주 보고 있었다. 우리는 그중 하나를 열고, 그사이로 스노우카트의 앞부분부터 끌어올려 회전시키기 시작했다. 스노우카트를 통과시키기 위해 창문을 일 미터쯤 벌렸는데, 열리자마자 기다렸다는 듯 강풍이 불어닥쳤다.

눈발은 조금 누그러졌지만, 바람이 최고 속도로 불고 있다는 건 분명했다. 그 강렬함과 차가움이 놀랍도록 충격적이라서 재빨리 창문을 닫았다. 그런 다음 잠시 바람에 대한 이야기를 한 뒤,

다시 창문을 열었다. 바람은 또다시 쏜살같이 들이닥쳤고 우리는 창문을 닫아 버렸다. 어찌 되었든 피트를 밖으로 보내야만 한다는 현실을 그 누구도 들먹이지 않았다.

대화는 이런 식이었다.

"좋았어. 넌 여기를 잡고 난 저기를 잡을게. 그런 다음 사 분의 삼쯤 내려보내는 거야, 됐지? 무슨 말인지 알아들었지?"

"아니. 아니, 아니야. 내가 앞부분을 잡고 있을 테니, 너희 둘이서 뒤쪽 엔진 부분을 맡아."

이런 말을 주거니 받거니 하는 동안에도 진척은 없었다.

새벽은 금세 지나갔다. 우리는 배가 고팠고 한동안 지붕에서는 아무런 소리도 나지 않았다. 잠시 멈추고 뭔가를 먹는 게 좋을 듯싶었다. 그러는 게 특히 피트에게 좋을 것 같았다. 형편없는 푸딩이라도 먹이지 않고서는 거칠게 불어 대는 바람과 추위와 눈뿐인 저 바깥으로 피트를 내보낼 수 없었다.

이렇게 하는 것이 헛수고라고 알려 줄 새 소식이 있을까 싶어, 라디오를 틀어 놓고 아침을 먹었다. 그런 희소식은 없었다. 위험에 처한 사람들부터 구조 작업이 시작될 거라는 이야기만 반복되었다. 우리가 학교에 갇혀 있다는 사실을 알게 된 사람이 있는지조차 알 방법은 없었다. 하물며 이 고생을 하고 있다는 사실을 아는 사람은 더더욱 없을 테니, 앤디가 우리에게 "가만히 그대로 있어요. 타타와 학생들, 구조대가 가고 있어요."라고 충고할 리도 없었다.

앤디는 했던 말만 반복한 뒤 레드 제플린 음악을 틀었다. 볼륨을 낮춰 놓고 락 음악을 듣는 건 말도 안 되는 일이었지만, 그냥 내버려 뒀다. 바이킹들의 노래 같았고, 이 상황에 적절했다.

"우리는 눈과 얼음의 세상에서 온······."

아침을 먹고 난 후, 우리는 다시 창으로 돌아가 눈을 동그랗게 뜨고 스노우카트를 제대로 올려놓을 수 있는 다른 방법을 찾아보았다.

"이건 나는 잘 모르겠어."

제이슨이 말했다.

그날 아침만 해도 몇 번이나 같은 말을 했지만, 어쩐지 녀석이 칭찬을 받고 싶어 한다는 생각이 들었다. 스노우카트는 실제로 꽤 번드르르하게 생겼고, 크리스타와 줄리는 처음 본 물건이었다. 둘은 "멋지다!"하며 감탄하다가도, "얼마나 빨리 달릴 수 있는 거야?" 등등을 물었다.

엘리야도 본 적이 없기는 마찬가지였다. 녀석이 스노우카트를 두고 재앙 운운하며 불길한 말을 하지 않은 것만으로도 나름대로 긍정적이었다. 우리는 제이슨이 툴툴거리며 내뱉는 말들은 무시했다.

오전 내내 애쓴 결과, 점심시간 직전에 프레멘베르퍼의 앞부분이 창 바로 아래 눈 더미에 닿을 수 있게 되었다.

며칠 동안 데워 놓았던 교실의 온기마저 창밖으로 날아가 버리자, 피트가 그 뒤를 따라 나갈 준비를 했다. 키가 120센티미터도 안 될 때부터 알고 지낸 녀석은 부츠 끈을 다시 조여 매고 스키 고글을 대신해서 실습실에서 가져온 안전 고글을 얼굴에 맞도록 매만지고 있었다.

"문제될 만한 게 있는 거야?"

피트가 단단히 입고 신고 뒤집어쓰고 나서 물었다. 농담이었지만, 우리 중 그 누구도 웃을 기분은 아니었다.

녀석이 줄리를 보며 무슨 말을 건넸는데, 그 말을 생각해 내느라 한참 머리를 썼을 게 분명했다. 하지만 유감스럽게도 무슨 말인지 알아들은 사람은 아무도 없었다. 심지어 줄리마저도. 녀석도 공포감을 느끼는 것 같았다. 후회가 밀려오기 전에 녀석은 몸을 움직여 창턱에 매달렸다. 딱 한 번 고개를 돌려 우리를 쳐다보았다. 그렇게 피트 녀석은 사라졌다.

우리는 창가에 매달려 허리까지 올라온 눈길을 헤치고 나가는 스노우카트를 지켜보았다. 녀석이 머리를 숙이고 내려갔을 거란 생각이 들었다. 고무 튜브를 붙잡고 헤엄치는 사람처럼 녀석도 내내 스노우카트 양옆을 꽉 쥐고 내려갔을 것만 같았다.

녀석이 스노우카트에 제대로 자리를 잡고 올라앉자마자, 우리는 창문을 닫았다. 매몰차게 들리겠지만, 찬바람이 얼굴을 세차게 때리고 교실 안 물건들이 날아다니는 상태에서는 창문을 닫을 수밖에 없었다. 오들오들 떨며 창가에 서 있기보다 조금이라도 따뜻한 교실에 앉아 있고 싶었다.

어쨌거나 우리는 몸의 온기를 되찾기 위해 창문을 닫았다. 교실은 우리가 바보 같은 말을 내뱉을 때마다 나오는 입김 덕분에 아주 조금씩 데워지고 있었다. 우리의 말이 죄다 쓸데없는 건 아니었지만, 되도록 말을 아꼈다.

창을 통해 피트를 지켜보았다. 빌릴 수 있는 것은 빌리고 바꿀 수 있는 것은 바꿔서 여러 겹으로 껴입은 녀석은 잘 익은 사과처럼 둥글둥글하고 통통했다. 피트는 줄리의 스카프를 자신의 목도리 위에 둘렀고 재킷 안쪽에는 내 땀복을 겹쳐 입었다. 스키 장갑 위로 작업용 장갑까지 끼고, 평범한 양말 위에 농구 양말까지 겹쳐 신은 뒤, 자신의 부츠와 맞바꾼 제이슨의 부츠를 신었다.

제이슨은 모든 경우를 대비하여 피트에게 휴대 전화까지 주었는데, 제법 대단한 결정이었다.

"적당히 갔을 때 사용해. 이 언덕 주변은 너도 잘 알고 있잖아."

피트는 고개를 끄덕이며 장갑을 두 개나 겹쳐 낀 손으로 힘겹게 옆 호주머니에 밀어 넣었다. 눈 쌓인 언덕을 향해 나가던 녀석은 포대기에 싸인 갓난아이처럼 굼뜨고 어색했다. 간신히 몸을 움직여 작은 운전자 자리에 앉았을 때는 어쩐지 완전히 뒤집혀 눈 속에 고꾸라질 것만 같았다. 하지만 스노우카트는 제대로 균형을 잡고 있었다.

피트는 재킷과 허벅지에 쌓인 눈을 쓸어 내고 고개를 돌려 우리를 향해 엄지를 들어 올렸다. 사내자식들은 엄지를 들어 올려 보였고, 여자애들은 박수를 쳤다. 녀석은 코드를 잡아 당겨 시동을 거는 작업을 시작했다. 네 번이나 잡아당겼지만 시동은 걸리지 않았다. 제이슨에게 기름이 채워진 건지 물어보려고 하는 찰라, 다섯 번 만에 시동이 걸리며 털털대는 소리가 나기 시작했다. 운전석에 앉은 피트는 정면을 바라보며, 운전대에 손을 얹고 달릴 준비를 했다.

잿빛의 금속제 프로펠러가 쌩쌩 돌면서 눈을 이리저리 흩뜨리고 있었지만, 한동안 스노우카트는 그대로 그 자리에 있었다. 이십 초 정도가 지났을 때에도 눈 더미만 점점 파헤쳐지고 있었다. 녀석이 상체를 슬쩍 앞으로 굽히자, 드디어 스노우카트가 움직이기 시작했다. 처음에는 겨우 몇 센티미터만 나갔지만, 알루미늄 밑바닥이 눈 위에 미끄러지며 서서히 움직이기 시작하더니, 점점 빨라졌다.

제이슨과 하이파이프를 하려고 손을 올렸지만, 녀석은 가만히 있었다. 이제 박수를 치는 사람도 없었다. 그때, "고, 고, 피트, 고!"라고 누군가 외쳤는데도, 제이슨은 공들여 만든 작품이 점점 멀어져가는 모습에서 눈을 떼지 않았다.

피트는 시내 중심가로 가고 있었다. 우체국과 시청과 상점들이 별다른 특색 없이 모여 있는 리틀 리버의 다운타운 지역이 목적지였다. 만약 거기까지 갈 수 없을 것으로 판단된 경우에는 작은 변전소로 갈 계획이었다. 다들 다른 곳보다 그곳에 가야 한다고 말했다. 하지만 그곳까지도 갈 수 없을 것으로 판단되면, 어디든 사람들이 있는 곳으로 가기로 했다.

피트를 태운 스노우카트는 시내 중심가를 향해 북동쪽으로 가고 있고 있었다. 출발은 괜찮았고, 어느새 속도도 제법 났다. 비행정 모양의 설계가 눈길에서는 제대로 먹혔다. 커다란 프로펠러가 평평한 금속 바닥이 눈길을 달릴 수 있도록 계속 밀어 주고 있었다. 나는 다시 제이슨을 쳐다보았다. 다른 사람이 운전하고 있더라도 녀석이 조금은 기뻐하고 있으리라 추측했다.

하지만 제이슨은 나를 보며 머리를 흔들었다. 그러니까 내가 녀석의 속마음을 몰랐던 것이다. 알고 보니 피트가 스노우카트를 타지 못하도록 말린 데에는 결코 사소하지 않은 이유가 있었다. 제이슨은 피트를 살리고 싶었던 것이다.

나는 다시 고개를 돌려 두 눈을 찡그리고서 무엇이 문제이기에 제이슨이 쭈뼛거리는 표정인지, 그 이유를 생각해 내려고 애썼다. 처음에는 녀석이 잘못 판단한 것일 수도 있다고 생각했다. 그사이 피트는 그레이트 로운을 사 분의 삼만큼 지나 거의 큰 길까지 나아갔다. 빠른 속도였지만, 뭔가 문제가 생긴 것 같았다. 스노우카트는 앞부분이 뒤쪽보다 낮아진 채로 눈 위에서 미끄러지고 있었다.

"무게 중심이 틀렸던 거야. 균형이······."

제이슨은 혼잣말처럼 중얼거렸다. 뾰족한 스노우카트의 앞쪽이 눈에 박히며 눈가루들이 양옆으로 튀었다. 앞부분이 눈 속으로 점점 깊이 파묻히고 있었다. 잠시 뒤에는 눈 깜짝할 사이에 앞부분이 푹 꺼지며 멈춰 섰다. 프로펠러는 계속 돌고 있었지만, 스노우카트 뒤쪽만 점점 들려 올라갔다.

스노우카트는 순식간에 뒤집혔다. 정말 눈 깜짝할 사이였다. 우리는 운전석에 등을 구부리고 앉아 있던 피트가 바람을 피해 몸을 앞으로 기댄 것까지 보았다. 어느덧 피트는 보이지 않고 하늘을 향해 뒤집힌 스노우카트의 금속제 바닥만 반짝였다.

금세 프로펠러마저 눈에 처박혀 완전히 멈춰 섰다. 몇 초 뒤에는 뒤집힌 스노우카트에서 검은 연기가 피어오르기 시작했다.

우리 모두는 동시에 소리를 질렀다. 몇몇은 욕을 했고 몇몇은 비명만 질러 댔다. 다들 잠시 지붕은 잊고 있었다.

"안 돼. 안 돼!"

나는 울부짖었다.

"피트, 피트!"

연기는 뒤집힌 스노우카트 아래쪽에서 계속 올라오고 있었다. 피트가 타고 있는 스노우카트에서, 분명히 녀석이 타고 있을 스노우카트에서 사람은 보이지 않았다.

36

뿌연 대기 속에서 흩날리는 건 눈송이들뿐이었다. 움직이는 것이라곤 아무것도 없었다. 스노우카트도 꼼짝하지 않았다. 이 미터 높이까지 쌓이고 쌓인 눈밭 위로 은빛 눈송이들만이 사뿐히 내려앉고 있었다. 그리 먼 거리도 아닌 것 같은데, 텔레비전 영상도 아닌데, 가까이 갈 수 없었다. 나는 눈을 떼지 않고 유리창 너머로 하염없이 내다보았다.

피트가 희뿌연 눈발이 날리는 거기, 저 눈 속에 있다. 앞으로도 영원히 내 친구인 피트가 저기에 있다. 구하러 가야만 했다. 하지만 도무지 불가능해 보였다. 저 먼 거리를 걸어갈 수는 없었다. 피트도 스노우카트 없이는 한 발도 나아가지 못했는데, 그곳까지 걸어가는 건 불가능했다.

욕설과 고함 소리가 들렸다. 문득, 말소리가 잦아든 틈으로 '지붕'이라는 단어가 들렸다. 한동안 '음성 차단' 버튼을 누른 듯했다. 갑작스레 찾아든 정적 덕분에 잊고 있던 것이 떠올랐다. 내게도 기술 시간에 하던 작업이 있었다. 혹시 도움이 될지 모를 내 프로젝트 '오컴의 면도날'이었다. 하지만 저 아래 실습실에서 하던 작업을 끝낸 것도 아니었다.

"가 봐야 해."

내가 말했지만, 아무도 관심을 보이지 않았다. 내가 교실 밖으로 나가려고 움직일 때, 제이슨은 창문을 열어 보려고 씨름하고 있었다. 등 뒤로 문이 닫힐 때까지 끝까지 들린 소리는 제이슨의 외침이었다.

"피트, 피트."

한동안 웅웅거리는 소리가 마치 진공 상태에서 떠다니는 것 같았다. 나는 소리를 지르려고 건물 밖으로 몸을 내밀고 있는 제이슨이 위험한 행동은 하지 않을 거라고 믿었다. 물론 피트가 제이슨의 소리를 들을 수는 없었다. 그러려면 좀 더 가까이 가야 했는데, 우리에게는 뾰족한 수가 없었다.

이제 모든 건 피트에게 달려 있었다. 스스로 알아서 눈 더미 아래에서 어떻게든 기어 나와야 했다. 녀석이 벌레처럼 꿈틀거리며 눈 밖으로 기어 나오는 모습은 너끈히 상상할 수 있는 장면이었다. 상상 속에서 피트는 등을 바닥에 대고 누워, 양다리를 휘저으며 밖으로 나오고 있었다.

어쩌면 피트는 다시 스노우카트를 움직일 수 있을지도 몰랐다. 아직 프로펠러 절반은 멀쩡했다. 시내까지 가기에는 무리지만, 학교로 돌아오기까지 무리 없이 움직여 줄 것도 같았다. 아니면 옷을 겹겹이 입었으니까 몸을 웅크리고 기다리면 내가 구하러 갈 때까지 견뎌 낼 수 있을 것도 같았다.

실습실에 가야만 했다. 나는 복도 끝으로 달려가 계단 쪽으로 꺾어진 다음, 익숙한 듯 여전히 조심스러운 어둠 속으로 내려갔다. 가운데 손가락 손톱 밑 살갗은 죽은피들이 고여 거의 검정에 가까운 보랏빛으로 변해 있었다. 손톱은 곧 빠질 듯 헐거웠다.

하지만 손톱 하나쯤은 대수가 아니었다. 열 개라면 모를까. 이 상황에 손톱 하나가 뭐라고! 피트가 눈밭에서 뒤집힌 채 박혀 있고, 얼어 죽지 않더라도 검은 연기가 한순간에 불길로 변해 버릴 수도 있는데 이미 그렇게 되어 버렸을 지도 모른다. 연기가 난 곳에서 불이 나는 법이다.

나는 가능한 빠른 걸음으로 걸었다. 지금까지 셀 수 없이 많이 오간 곳이지만, 이번에는 걷는 속도 면에서 완전히 달랐다. 달린다면 세 걸음으로 갈 거리를, 다섯 걸음으로 가야 했다. 복도 한가운데에서 로커에 얼굴을 들이박을 수도 있었지만, 모든 걸 각오하며 최대한 빠르게 움직였다.

실습실은 완전히 깜깜했다. 가까이로 다가가 주먹으로 두드려 창문을 열고 조금이라도 더 많은 빛이 들어오게 했다. 하지만 금세 눈이 창문을 가렸다. 비탈 꼭대기에도 눈이 제법 쌓이고 있었다. 나는 창문을 다시 세게 두드렸다. 판유리 한 장이 깨졌지만, 그 바람에 햇살이 안으로 들어올 수 있었다.

책이나 영화에서 본 스노우슈즈들은 전부 발사이즈보다 큰 테니스 라켓 모양이었고, 그물코로 짜여 있던 것이 떠올랐다. 하지만 최대한 골고루 몸무게를 분산해야 하는 점이 골칫거리였다.

그 정도 크기로 만들 수 있는 단단하고 가벼운 재료를 생각해 보았다. 게다가 그물코를 짜는 일에 시간이 많이 걸리지 않아야 했다. 실습실 모퉁이에는 누리끼리한 색깔의 캔버스 한 롤이 세워져 있었다.

설피처럼 만든 스노우슈즈 안에 발을 고정시켜 줄 방법도 생각해 내야 했다. 하지만 끝에 가 해결하려고 일단 남겨 두었다. 캔버스 천으로 스노우슈즈를 만들기에 바쁘기도 했지만, 제이슨을 구하러 나갈 생각에 마음이 급했다. 가급적 빨리 완성해야 했다.

고정시킬 것으로 강력 접착테이프를 가장 먼저 떠올렸다. 무엇이든 빨리 고정시킬 때 가장 먼저 떠오르는 것이 강력 접착테이프인데, 눈밭에서는 쉽게 떨어져 별다른 도움이 되지 않을 게 분명했다. 그렇게 만든 스노우슈즈로는 절반도 가지 못하고 눈밭에서 움쩍달싹 못하게 될 것 같았다. 이런저런 고민을 하며, 나는 제이슨이 좌석 벨트로 사용하려던 끈을 찢으며 작업을 계속했다.

시간이 너무 오래 걸렸다. 실습실까지 오는 데, 창문의 눈을 털어 내는 데, 재료를 찾는 데, 자르고 붙이는 데, 하나하나 시간을 오래 잡아먹었다. 눈밭에 거꾸로 처박힌 사람이 얼마나 버틸 수 있을까, 몇 분, 몇 시간? 아는 바가 없었다. 당장 피트를 찾으러 나가야 한다는 생각만이 간절했다. 하지만 설피 모양의 스노우슈즈가 내 발에 붙어 있지 않게 되면, 나 역시 눈에 처박히게 될 게 분명했다. 우선 끈을 잘라 적당하게 맞춰 놓고, 드릴로 금속판에 몇 개의 구멍을 뚫고, 끈을 통과시켜 단단히 연결했다. 여기까지 작업하는 데에도 한 시간 정도가 걸렸다.

스노우슈즈를 신고 실습실에서 대여섯 걸음을 옮겨 보았다. 걸을 때마다, '꿰—꿰—꿰' 오리가 짖어 대는 소리가 났지만, 제대로 만들어진 것 같았다. 스노우슈즈를 떼어 겨드랑이 밑에 끼고, 이리저리 찍고 부딪히면서 다시 어두운 복도를 지나 교실로 돌아왔다.

교실 문이 열리자마자 연기가 눈을 찔렀다. 그사이 아이들이 복도 건너편 교실에서 불 양동이를 옮겨다 놓았다. 실내 공기는 교과서 타는 매캐한 냄새와 뿌연 연기로 탁했다. 기침 소리가 여기저기에서 들렸지만, 연기 때문에 기침을 하는 건지, 전부 감기에 걸린 건지 분간할 수 없었다.

"잠시 동안이야. 여긴 너무 추워."

크리스타가 말했다.

나는 연기에 별다른 신경을 쓰지 않았다. 곧 내게 필요한 신선한 공기를, 어쩌면 코로 들이마시기도 힘들 만큼의 신선한 공기를 잔뜩 마실 수 있게 될 것이었다.

"다른 건?"

내가 물었다.

"없어. 몇 분 전에 옆으로 좀 움직인 것 같았지만, 바람 탓일 거야."

제이슨이 대답했다. 창문이 다시 닫혔다. 창문 바깥 아래에 스노우카트가 뒤집힌 채로 아까보다 더 기울어져 있었다. 스노우카트 아래쪽으로는 아무것도 보이질 않았다.

"그걸 신고서 나가 보려고?"

레스가 물었다.

"그래."

내가 답했다. 솔직히 누군가 날 말릴 줄 알았다. "안 돼, 스코티. 할 수 없어. 바보처럼 굴지 마!" 하면서. 하지만 피트를 눈밭에 그대로 놔둘 수만은 없었고, 다들 스노우슈즈가 왜 필요한지 이해하는 눈치였다. 실습실에서 시험 삼아 만든 말도 안 되는 공작품은 아니었다. 군말 없이 아이들은 껴입을 수 있는 옷을 건네주었다. 피트에게 주고 난 뒤로 남아 있는 건 많지 않았다. 하지만 모자를 하나 더 눌러 썼고, 바지 위에도 반바지를 겹쳐 입었다. 제이슨 녀석은 내 허름한 구닥다리 운동화를 피트와 맞바꾼 부츠로 바꿔 주었다. 나는 마지막으로 담요를 목 언저리에 망토처럼 둘렀다.

제이슨과 레스가 창문을 열기 직전, 창문에 내 모습이 비쳤다. 껄렁껄렁한 슈퍼 영웅 같았다. 나는 창문틀로 올라가 앉았다. 크리스타가 스노우슈즈를 건네주었다. 먼저 오른쪽을, 그런 다음 왼쪽을.

영화였다면, 이 장면에서 크리스타가 몸을 기대고 나에게 키스를 했을 것이다. 〈스타워즈〉의 레이아 공주처럼 "행운을 빌게." 라고 말했을 테지만, 현실에서 그런 행운은 없었다. 시간이 지나 생각해 보니 그때 상황은 사춘기 풋내 나는 연애와는 거리가 멀었다. 생존이 시급한 문제였다. 크리스타는 스노우슈즈를 건네주면서 눈도 마주치지 않았다. 그랬다고 해서, 유감이 있지는 않다. 크리스타 역시 눈 속에서 많은 사람들이 죽어 가고 있다는 생각에 사로잡혀 있었을 것이다.

스노우슈즈 끈을 꽉 조였다. 떠날 일만 남았다. 마지막이 될 지도 모를 말 따위는 하지 않기로 했다. 고개를 돌려 남아 있는 친구들에게 두 엄지손가락을 들어 올리는 짓도 하지 않으리라 이미 다짐한 상태였다.

잠시 뒤, 양쪽 스노우슈즈가 동시에 같은 높이로 착지하는 데 집중하면서 눈 위로 뛰어내렸다. 가장 높은 눈 더미 위로 뛰어내리는 게 관건이었다. 머릿속으로 숫자를 셌다. 하나, 둘, 셋.

드디어 눈 위를 걷기 시작했다.

37

돌풍이 불어와 내 뺨을 채찍질했다. 커다란 눈송이들이 눈썹에
자꾸 들러붙어 소매로 쓸어내렸다. 그 순간, 피트처럼 작업용 안
전 고글을 쓰고 나오지 않은 것이 후회됐다. 다시 가지러 갔다 올
까? 그런 생각이 떠오를 즈음, 창문이 닫히는 소리가 뒤에서 들
려왔다.

앞으로 앞으로 나아가는 것만 생각하자고 다짐했다. 오른발을
한 걸음 떼는 순간, 두 번째 실수를 알아냈다. 캔버스 천은 들러
붙는 눈을 털어 내지 못한다는 것이었다. 스노우슈즈 겉 부분이
부드러운 눈 위로 닿기를 원했지만, 발이 깊이 빠졌다. 오히려
캔버스와 눈은 서로 들러붙으려고만 했다. 그래서 사람들이 스노
우슈즈를 그물코 형태로 만드는 것이었다. 나도 직접 겪기 전에
는 그 이유를 알지 못했다.

두 팔을 내리고 눈밭에 파묻힌 오른쪽 발을 떼어 내야 했다. 왼
쪽도 사정은 마찬가지였다. 한두 번 그러고 나자, 조금씩 걷기
가 편해졌다. 창문으로 뛰어내리고 난 뒤로 고작 몇 십 센티미터
도 움직이지 못했지만, 눈 위를 계속 걸어가는 동안, 두 팔을 가
만히 놔둘 수 없었다. 바람이 거세 발밑에서 커다란 캔버스가 펄
럭였다. 바람을 뚫고 몸을 앞으로 숙이고 걷자니 속도가 느려 터

졌다. 비교하자면, 깊은 진흙탕 속을 걷는 느낌이라고 할 수 있었다. 십 미터 조금 넘게 걸어갔을 즈음부터 두 개의 모자를 뒤집어쓴 머리에서 땀이 나기 시작했지만, 얼굴과 허벅지는 찬바람을 맞아 얼얼했다. 매번 거센 돌풍이 불어닥칠 때마다 날카롭고 찌릿찌릿한 통증이 느껴졌다. 달리 표현하려 해도, '얼얼하다'가 그럭저럭 적당한 단어 같았다.

이십오 미터쯤 더 가자, 한기가 스키 장갑 안쪽으로 기어들어 왔다. 손가락을 굽혔다, 폈다, 다시 굽히기를 반복했다. 손가락의 감각이 무뎌지고 있었지만, 스노우카트까지 가려면 손가락 감각이 멀쩡해야 했다. 계속 꼼지락거리며 스노우슈즈를 조금씩 손봐 가면서 머리를 숙이고 앞만 보고 묵묵히 걸었다.

근처 눈밭 아래 어딘가에는 동상이 있었다. 떡갈나무 모양의 동상이었다. 진짜 떡갈나무를 심으면 될 일을 동상으로 만드는 건 바보 같은 짓이었다. 하지만 이제는 그나마도 볼 수 없었다. 다만 동상이 서 있는 곳으로 추정되는 지점을 목표로 삼고 걷다가 막 그 지점을 지나쳤다는 생각이 떠올랐다. 이 미터쯤 아래에 얼어붙은 가짜 나무가 있었다.

동상을 지나친 다음에는 다음 목표 지점을 골랐다. 상급생들이 몇 달 전에 차바퀴로 잔디 위에 둥근 도넛 모양의 흔적을 새겨 놓은 곳이었다. 그곳까지 가장 가까운 경로는 직선으로 가는 길이었지만, 나름대로 정한 경로도 그다지 둘러 가는 건 아니었다.

쭉 뻗은 직선 길 대신 두세 갈래의 길을 내며 눈 위를 걷고 있었다. 그렇게 해야 바람을 직접 맞지 않는 데 도움이 되었다.

오 미터쯤 떨어진 곳에서 마침내 스노우카트가 보였다. 가까이 갈수록 무엇을 보게 될지 두려워졌지만, 다른 곳으로 방향을 트는 것도 어처구니없는 짓이었다. 나는 앞만 보며 펄럭이는 캔버스 스노우슈즈를 앞으로 옮기며 계속 전진했다.

눈길에서 한 발을 떼는 건 만만찮은 일이었다. 캔버스 바닥이 눈에 들러붙을 뿐 아니라, 눈이 계속해서 캔버스 위로 쌓였기 때문이었다.

수천 년 동안 똑같은 기본 디자인을 반복하며 만들어진 그물코는 코 사이로 눈이 빠지도록 했지만, 내가 급히 만든 건 엉성했다. 더 나은 스노우슈즈를 만들 수 있었을까? 걸음을 뗄 때마다 스노우슈즈 위에는 눈이 한 덩이 두 덩이씩 쌓여 갔다. 누구라도 직접 보지 않고서는 믿지 못할 엄청난 양이었다.

넓적다리와 종아리가 아팠다. 스노우카트 날이 찢어 놓은 바지의 틈으로 거센 바람이 파고들어 살갗이 타는 듯한 고통을 더했다. 스노우카트를 보는 순간, 고통과 좌절감으로 두 눈에 눈물이 그렁그렁 맺혔다. 아직 더 가야했지만, 머리를 숙이고 턱을 목쪽으로 끌어당기면 충분히 볼 수 있을 만큼 가까운 거리였다. 카트의 은빛 바닥은 망가져 찌그러져 있었다. 콧물을 훌쩍 들이마시고 눈물을 닦고, 있는 힘껏 달리려고 노력했다.

"피트! 정신 차려, 피트!"

나는 소리를 질러 댔다.

하지만 가는 동안 내 페이스를 지켜야만 했다. 일 미터라도 뛰어갈 수는 없었다. 고함을 지르는 것조차 너무 많은 힘을 빼는 일처럼 느껴졌다. 마음속으로 스노우카트까지의 거리를 생각하면서, 끝까지 한 걸음 한 걸음 나아갔다. 하지만 거의 제자리 걸음이었다.

"그 밑에 파묻혀 있는 거지?"

내가 물었다. 피트 녀석이 스노우카트 밑에서 추위와 눈을 피하고 있기를 바라는 심정이었다. 어쩌면 밑에서 어떻게든 스노우카트를 고쳐 보려고 애쓰고 있을 가능성도 있다고 생각했다.

"피트!"

다시 소리를 쳤다.

그쯤 되자 녀석이 나를 알아보지 못하는 것에 화가 나기 시작했다. 넓적다리는 쓰라리고 허벅지는 쑤셨고 눈에서는 눈물이 났다. 두 팔을 뻗어 보았다. 녀석이 날 알아보고, 내가 왔다는 걸 확인하게 만들고 싶어 스노우카트를 뒤집었다. 스노우카트가 묵직한 소리를 내면서 천천히 한쪽으로 쓰러졌다.

피트는 그곳에 있었다.

내가 그 상황을 구체적으로 전달하기는 해야겠지만, 굳이 자세히 말로 하지 않아도 될 것 같다. 어쨌든 녀석은 스노우카트 밑으로 몸을 피한 게 아니었다. 그 밑에서 엔진을 손보고 있던 것도 아니었다. 카트가 망가질 때, 정신을 잃고 눈 속에 파묻혀 숨이 끊어졌다.

잠시 동안이지만 한눈에 모든 것이 보였다. 천천히 공포와 고독이 녀석을 덮쳐 왔을 터였다. 녀석의 두 손이 새의 굽은 발톱처럼 빳빳하게 얼어붙어 있었다.

세세히 기억하고 있기 때문에 구체적으로 이야기할 수는 있지만, 그러지 않으려고 한다. 사람들이 보고 싶어 하는 장면은 아니니까 이 정도만 말하는 게 좋을 것 같다.

나는 학교 쪽을 돌아봤다. 모두가 창밖을 내다보고 있는 걸 알 수 있었다. 심지어 몇몇의 얼굴은 창 뒤에서 작은 동그라미가 움직이는 것처럼 보였다. 나는 발을 내디디려고 애를 썼다. 하지만 발목에 맨 끈에 걸려 옆으로 쓰러졌다. 눈 속으로 한쪽 어깨가 깊숙이 파묻히면서 옆 얼굴에 차가운 눈이 닿았다.

그 순간, 피트를 내버려 두었다는 생각이 떠올랐다. 살아 있었더라면 녀석을 도와줄 수 있었을 테지만, 녀석은 살아 있지 않았다. 허술한 스노우슈즈를 신고서는 내 몸 가누기도 힘겨운데, 죽은 녀석을 나 혼자서 옮기기란 불가능했다.

'내 몸을 움직이는 것도 힘겨워……'

이런 생각만이 머릿속을 계속 맴돌았다.

'스코티, 너는 다시 저 눈을 헤치고 학교로 돌아가는 것도 힘들

어. 여기까지 오느라고 힘들었고, 막판에는 빨리 걷겠다며 남은 힘까지 다 써 버렸어.'

몸속 깊은 곳에서부터 떨려 오기 시작했다. 몸이 심하게 얼어붙은 사실을 그제야 알게 되었다. 손이나 발만이 아니라 이제는 팔도 다리도 얼굴도 모두 꽁꽁 얼어붙었다. 심지어 가슴과 등까지 덜덜 떨렸다.

나는 저체온증에 대해서 조금 알고 있었다. 그러니까 일단 체온이 떨어지면 잠에 빠지게 된다. 그러다 죽음에 이르게 되니까, 생각해 보면 그리 나쁘지만은 않을 것 같았다.

사람들은 내가 환각 상태에 빠졌거나 망상 중이었던 것으로 오해할 수도 있겠지만, 그렇지 않았다. 오히려 그 반대였다. 그 순간 모든 것이 너무나도 또렷하고 분명하게 보였다.

나에게는 세 개의 선택지가 있었다.

우선 뒤돌아서 학교로 되돌아간다. 어려울 수도 있겠지만, 해낼 수도 있다고 생각했다. 그런 다음 불 양동이 옆에 앉아 손가락과 발가락을 녹이며 감각이 돌아오는 걸 확인한다. 그러는 동안에는 동상이 걸릴 때처럼 따끔거리는 고통을 참아야 한다. 그렇게 불가에 앉아 지붕이 무너져 내리기를 기다리거나 우리를 구조하러 오는 사람을 기다린다. 어떤 것이 먼저일지는 모른다. 여기까지가 첫 번째 선택지였다.

두 번째 선택지는 잠들어 죽는 것이었다. 이미 절반쯤은 잠이

들 것 같은 상태였지만, 어쩌면 영웅 비슷하게 될 수도 있을 것 같았다. 시도해 보는 것 역시 그리 나쁘지 않을 것 같았다. 일단 스노우슈즈를 신고 절룩거리며 완전히 지칠 때까지 눈 위를 걷다 보면, 스노우슈즈의 허점 때문에라도 눈밭에 발이 박혀 빠지지 않게 될 것이었다. 제이슨의 아빠나 고슬 선생님 혹은 다른 죽은 사람들처럼 나도 영웅이 될 수 있을지도 몰랐다.

'때와 시간을 잘못 만났습니다. 꽃 피는 봄에 저 세상에서 다시 만나요.'

세 번째 선택지. 우선 느려 터진 몸을 일으켜 세우고 목표를 정해 계속 걷는다. 시내까지 걷는 건 불가능하겠지만, 시내에 가기 전에 변전소가 있었다. 내가 거기까지 갈 수 있으리란 생각은 물론 들지 않았다. 하지만 눈에 쓰러져 온몸이 굳어가고 있을 때야 말로 내 자신에게 솔직해질 수 있는 가장 좋은 시간이었다.

웃긴 일이었다. 내 머릿속에 누군가의 목소리가 떠올랐다고 말하면, 사람들은 엄마나 친구 중 한 명일 것이라고 생각할 테지만, 둘 다 아니었다. 언제나 연습 시간이면 한쪽 눈을 찡그리고서 나를 지켜봐 준 농구 코치였다. 껄렁껄렁하기만 했던 나 같은 신입생을 진짜 운동선수로 만들어 준 내 농구 코치, 킬티 선생님이었다. 좀 더 정확히 말하자면, 온갖 계단을 뛰어오르게 했고, 쪼그려 뛰기도 엄청나게 시킨 분이었다.

"신형 스테어마스터를 구해 놨다. 저 계단 꼭대기에 있으니, 달려!"라고 외치던가, "발을 빠르게 움직이는 사람이 보이질 않는다. 발을 높이 들어 올리란 말이다."라며 야단치거나, 그저 단순하게 "뛰어, 뛰어!"라고 명령했던 분.

돌이켜 보니 선생님은 훈련 시간 절반을 벽에 대고 소리 질렀다고 생각했을 것 같았지만, 나는 듣고 있었고, 아직도 들린다. 대항 경기에서 내가 경기 막판에 삼 점 슛을 쏘고 난 이후가 떠올랐다.

선생님은 이렇게 말했다.

"윔스, 우리 팀에 쓸 만한 녀석이 된 것 같구나."

하지만 눈 속에서 나는 전혀 쓸모없는 녀석이었다. 오프 시즌 내내 훈련을 받지 않았는데 이젠 포기 상태에 이르렀다. 다리를 들어올리고, 몸을 한쪽으로 굴려 일어섰다. 다시 커다란 캔버스 스노우슈즈를 신은 두 발을 눈밭에 내디뎠다.

38

오후 세 시가 조금 넘었을 것이다. 학교를 등 뒤로 하고 걷기 시작했다. 실수를 저지르고 있는 게 분명했다. 해가 저물 때까지는 고작 두 시간 정도밖에 안 남았다. 그때까지 변전소에 갈 수 있을지도 알 수 없었고, 그런다고 해서 달라질 게 있을지도 의문이었다. 아무도 없고, 혹시라도 우리에게 전력 공급이 가장 시급한 문제가 아니라면?

다른 선택을 찾아보기 시작했다. 시내 중심부에서 멀리 떨어져 있는 이곳에는 집이 몇 채 없었다. 솔직히 시내 중심에도 집이 많은 것은 아니었다. 그래도 몇몇 가구가 살긴 했다. 이미 몇 집을 지나쳤지만, 사람들이 살고 있는 흔적을 찾아볼 수는 없었다.

처음 몇 집은 무거운 눈을 이고 있는 지붕이라도 보였다. 지붕 가장자리가 슬쩍 드러나 있고, 꼭대기는 털모자처럼 쌓인 눈 위로 뾰족 튀어나와 있었다. 저런 집에서 지내는 게 학교에 있는 것보다 나을 것도 없어 보였다. 그리고 정말, 진심으로, 굽은 손과 파랗게 질린 얼굴은 더 이상 보고 싶지 않았다.

계속해서 걸었다. 사람들이 모두 피신한 걸까? 시청으로 갔거나, 방사능 대피소 같은 곳이 진짜 있었던 걸까? 나는 전봇대를 이정표 삼아 더듬더듬 길을 찾아갔다. 전봇대 옆으로 집이 있어야 했는데, 보이지 않았다. 이 길로 주 방위군이 다녀간 것 같았다. 사백 미터 앞쪽에는 작은 굴착기가 있었다. 7번 도로가 리버 로드와 만나는 지점이었다.

고개를 들었다. 뭔가가 움직였다. 멀어서 흐릿하게 보였지만, 사람이었다. 남자가 다리를 앞뒤로 젖고 있었다. 내 눈에 바람이 스치고 지나가 두어 번 깜박거리며 속눈썹에서 눈송이를 털어 냈다. 남자는 스키를 타고 있었다. 빨간색 크로스컨트리 스키가 남자의 발밑에서 미끄러지고, 검정색 스키폴은 눈밭을 찌르고 있었다. 리버 로드 모퉁이를 돌아 7번 도로로 향하고 있었다.

소리를 질렀지만, 남자는 맞바람을 맞으며 저 멀리 떨어져 있었다. 나는 남자를 놓치지 않으려고 눈을 부라렸다. 이제 남자는 저 앞에 있는 교차로를 돌고 있었다. 뒤따라오는 사람이 있는지 확인하려고 두리번거리는 게 남자의 습관 같았다. 이런 상황에서도 저러는 게 좀 우스워, 나도 모르게 이런 말을 던진 뻔했다.

"이봐요. 아무도 따라가지 않아요. 아무 쪽이나 내키는 대로 가도 돼요."

남자가 고개를 돌렸을 때 분명히 나를 봤다고 생각했다. 여기는 나 말고는 아무도 없었다. 나는 과장되게 큰 보폭으로 움직이고 있었다. 균형을 잡기 위해 두 팔을 좌우로 움직였고, 내 뒤로는 담요가 펄럭였다. 만약 그 남자가 날 봤다면, 말을 걸지 않았을 리 없었다. 남자는 교차로에서 일이 초쯤 멈춰 있다 다시 움직였다.

우리는 둘 다 같은 방향을 향하고 있었다. 물론 남자는 나보다 훨씬 빨랐다. 당연했다. 내가 두 발로 감자를 짓이기듯 뒤뚱거리고 있는 동안, 크로스컨트리 스키를 탄 남자는 눈 위에서도 부드럽게 움직였고, 성큼성큼 걷기까지 했으니까.

나에게는 눈을 이겨 낼 재간이 없었다. 게다가 완전히 기운이 빠져 버렸다. 피곤한 상태를 지나 몽롱한 상태에서 움직이고 있었다. 증기 기관차 엔진이 '척척' 소리를 내며 가듯이, 천천히 아무런 감각도 없이, 내가 본 것을 생각하지 않으려고 노력하며 걷고 있었다.

이제는 뇌에서 다리에 신호를 보냈고, 그 신호에 맞춰 다리가 반응했다. 다리가 아프다는 생각을 덜어 내려 할수록 더 많이 생각났다. 정말로 얼마나 피곤한지 계속 가려면 얼마나 더 많은 에너지가 들지 생각했더라면, 그 자리에서 멈췄을 게 분명했다. 손과 얼굴에는 감각마저 없었으니까.

스키를 타고 가는 남자는 움직임이 날렵하고 힘도 들어 보이지 않아서 나를 놀리는 것처럼 느껴졌다. 그에 비하면, 나는 북극 설원으로 내쳐진 프랑켄슈타인 박사의 괴물처럼 보였을 것이다.

처음에는 사람을 발견한 것만으로도 기뻤지만, 그가 나를 배려해 주지 않자, 화가 나기 시작했다. 한 걸음 한 걸음 내딛을 때마다 화가 났다. 나보다 잘 움직여서 심술이 났고, 앞서가고 있어서 성질이 났고, 스키폴을 잡고 있는 손에 감각이 살아 있을 것 같아 화가 났다.

물론 그 사람 탓은 아니었다. 스키를 만들어 가지고 나오지 않은 내 탓이었다. 그 대안으로 스노우슈즈를 만들었지만, 결과는? 조금 쌓인 눈에서도 움쩍달싹 못하게 박히곤 했다. 그러니까 그런 이유로 그 사람을 탓할 수는 없었다.

남자는 무섭게 내리는 눈이 그치기만을 기다렸다가 스키를 가지고 나왔을 것이었다. 스키를 타고 집 밖으로 나온 사람이 얼마나 될까? 그사이에 남자는 힘들이지 않고서도 눈 위를 이동하고 있었다. 좀 전에 봤을 때보다 나와의 거리가 삼십 미터쯤 더 벌어져 있었다.

"어디 불이라도 났어? 머저리!"

나는 작은 소리로 구시렁거렸다. 하지만 나도 언제라도 폭설이 다시 내릴 수 있다는 것은 잘 알고 있었다. 엄청난 눈보라가 몰아치다가도 잠시 그친 뒤에는 훨씬 더 강력해진 눈 폭풍이 되어 몰아쳤다. 당장이라도 눈 속에 갇히거나, 싸락눈이나 우박을 맞거나, 더 거세진 돌풍에 휘청거리게 될 수도 있었다.

실제로 그런 일이 벌어져, 우리 둘 다 죽을 수 있다는 생각을 하자, 묘하게도 위안이 되었다. 마지막으로 호흡을 한 번 크게 하고, 그 남자를 덮쳐 폼 나는 스키를 빼앗아야겠다는 생각도 했다. 남자가 눈 위에 뻗어 있는 모습도 상상해 봤지만, 내 자신이 그다지 자랑스럽지는 않았다. 하지만 친구가 죽은 추운 날, 탈진하지 않으려면 야멸차게 내 자신을 몰아붙여야 했다.

남자가 더 멀어져서 간신히 한 점으로 보일 때조차, 심지어 그가 변전소로 가는 길에서 벗어나 시내로 들어갈 때까지도 계속 뒤따라가고 있는 이유를 알 수 없었다. 하지만 눈앞이 어두워지고 일 분에 겨우 한 두 걸음 움직일 수 있을 정도로 쇠약해질 때까지 남자를 뒤따라갔다.

어쩌면 그 남자가 행선지를 알고 가고 있다고 믿었기 때문이었을 것이다. 자신이 가는 길을 잘 알지 못한다면 누구라도 저렇게 빨리 갈 수는 없었다. 그게 아니면, 밝은 파란색 스키복을 입은 남자에게 지고 싶지 않았기 때문일 것이다. 그밖의 다른 이유는 나도 모르겠다. 그저 피트가 가려던 곳이었지만, 녀석은 절대로 갈 수 없는 곳이 되어 버렸기 때문에, 나라도 대신해서 시내로 가고 싶었을지도 모른다.

나는 계속 걸었다. 더 이상 남자가 길 위에 보이지 않을 때까지, 내가 계속해서 걸을 수 있을 때까지, 한 발 한 발 앞으로 내딛었다.

깜깜한 어둠속에서 남자의 흔적마저 사라져 걸음을 멈추었다. 그 자리에 서 있다가 고꾸라지려는 찰라, 나무 타는 냄새가 코에 획 끼쳤다. 근처 어딘가에 벽난로 불이 타오르는 집이 있는 게 분명했다.

어떻게든 그 집으로 가야했지만, 너무 늦어 버렸다. 다리가 완전히 풀려서 움직일 수가 없었다. 다음은 없었다.

눈을 떴을 때, 아무도 없었다.

정신이 돌아왔다가 의식이 나갔다. 나는 완전히 실신했다.

39

소리가 들렸다. 그대로 눈 위에 누워 잠보다 깊은 상태에 빠져 있었다. 시끄러운 소리에 의식이 깨어나는 것 같았다. 그대로 누워 간신히 눈을 떴다. 눈부실 만큼 환하고 밝은 빛이 보였다.

그게 무엇인지 알 수 있었다. 드디어 나에게도 천사가 찾아온 것이다. 나는 준비가 되어 있었고, 이번엔 내 차례였다.

40

천사가 날 데리러 하늘에서 내려왔다. 날 반기든 버리든, 천사
는 죽은 사람들에게 무언가를 하러 내려온다. 천사의 날갯짓 소
리가 들렸다. 바람이 불어 내 몸이 누워 있는 곳의 눈들을 흐트러
뜨렸다. 귀에 익은 소리여서 기억해 내려고 애썼다. 머리로는 내
생애를 빠르게 돌려 하나도 빠짐없이 다시 보고 싶었지만, 그 소
리 때문에 오직 한 가지 생각에서 그대로 멈춰 버렸다.

바람이 불어 내가 누워 있는 아래쪽 눈을 흐트러뜨렸다. 이상
하게도 귀에 익은 소리였다.

41

천사가 나를 들어 올려 멀리로 데려갔다. 그곳에는 이제 천사가 한 명만 있지 않았다. 침침한 어둠 속에서 마음처럼 몸이 움직여지지 않았지만, 목소리는 들을 수 있었다. 나는 천사들이 이야기하는 소리에 귀를 기울였다. 두 목소리가 들리다 세 목소리로 들렸다. 어느 것이 가브리엘 대천사의 목소리인지 궁금했다.

"기력이 없지만 안정되어 가고 있어. 저체온증이야."

누군가 말했다.

괜찮다는 말소리가 들렸지만, 정확히 이해하는 데는 어려움이 있었다. 바로 그 순간, 내 팔을 세게 잡아당기는 느낌과 함께 날카로운 통증이 느껴졌다. 잠시 뒤, 온몸으로 나른하고 포근한 기분이 퍼졌다.

그러고 나자 주위가 조금씩 보이더니 천사들이 하는 말을 조금 더 이해하게 되었다. 나는 살짝 고개를 옆으로 돌렸다. 작은 선실이었다. 세 사람이 나와 함께 있었다. 여자 하나와 남자 둘. 모두 헬멧을 쓰고 유니폼을 입고 있었다. 나를 둘러싼 사방에서 '푸, 푸, 푸' 공기를 가르는 규칙적인 소리가 들렸다. 헬리콥터였다.

고개를 다시 한 번 살짝 움직이자, 나를 쳐다보고 있던 남자와 눈이 마주쳤다.

"어."

누군가 먼저 말했다. 그 남자인 것 같았다. 속이 미식거리고 머리가 지끈거렸다.

"어."

남자가 말했던가, 내가 소리를 냈던가.

"기분이 어때요?"

이번엔 분명히 그 남자가 물었다.

"괜찮아요. 나아졌어요. 살았군요."

내가 대답했다.

"그래, 지금 말하고 있잖아. 살아 있다는 좋은 징조야."

남자가 말했다.

나는 주변을 둘러보았다. 다른 두 사람은 매우 바빠 보였다. 무얼 하고 있는지 알 수 없었지만, 유니폼이 녹색이었다.

"군인이세요?"

내가 물었다.

"주 방위군."

남자가 대답했다.

"매사추세츠 주예요, 코네티컷 주예요?"

"테네시 주."

남자가 대답했다.

"헐."

"옛날엔 밸런티어 주었지."

남자의 말에서 약간의 억양이 있는 걸 눈치챘다.

무슨 말부터 해야 할지 생각이 정리되지 않아 사실대로 이야기했다.

"저는 천사인줄 알았어요."

"이런, 꼬마야. 나는 장교도 아니란다."

남자가 웃으며 말했다.

"마틴 병장이란다. 그런데 넌 누구지?"

이번엔 남자가 내게 물었다.

"스코티예요. 스코티 웜스. 계급은 없어요."

남자는 내 말이 재미있다고 했지만, 나는 농담으로 한 말은 아니었다. 모든 것이 어리둥절했다. 앉아 보려 했지만, 그러지 못했다. 뭔가 팔을 끌어당겼다. 정맥 주사가 팔뚝에 꽂혀 있었다.

"그런데 어디서 온 거지?"

마틴 병장이 물었다.

그 순간 머릿속에서 모든 것이 되돌아갔다. 나는 이야기를 꺼냈다. 급한 마음에 뒤죽박죽이었다.

"와우! 그런데 어디라고 말했지?"

마틴 병장이 다시 물었다.

"고등학교요. 타타와. 정말 가까워요. 여기에서요."

마음이 급했다.

그 순간 내가 얼마나 오랫동안 날고 있었는지, 어느 방향으로 가고 있는지 모른다는 사실을 깨달았다. 마틴 병장이 손을 얼굴에 가져갔다. 헬멧으로 연결된 작은 마우스피스가 있었다. 마틴 병장이 한 손으로 마우스피스를 가리고 몇 단어를 말했지만, 한 단어도 알아들을 수 없었다.

"로저, 접수 완료."

누군가 대답하는 소리가 멀찍이 들려왔다.

턱을 앞으로 내리자 머리가 숙여졌다. 저 앞쪽에 다른 사람이 한 명 더 보였다. 불빛이 반짝이는 계기판을 마주하고 앉아 있는 파일럿이었다.

"거기 너희 말고 다른 사람은? 선생님이라든가 다른 어른은?"

마틴 병장이 물었다.

"선생님은 없었어요. 거기엔 우리 일곱 명뿐이었어요."

내가 대답했다. 고슬 선생님에 대해 이야기하기에는 시간이 없어 보였다. 다음에 꺼낼 생각이었다.

"그러니까, 그 학교엔, 음, 아직 여섯 명의 학생이 있겠지?"

"다섯 명이에요."

내가 답했다.

"방금 네가 말하길……."

마틴 병장은 말을 하려다 말고, 이해를 했는지 고개를 끄덕였다.

"오, 오케이. 로저."

마틴 병장은 다시 손으로 입을 막고 말을 했다. 서두르는 듯한 목소리였다. 무슨 말인지 알아들을 수 없었다. 기운이 빠졌다.

"내 친구들을 도와주세요. 상황이 심각해요."

내가 부탁했다.

"그래. 고등학교는 엿 같지."

마틴 병장이 대꾸했다. 누군가 뒤에서 웃는 소리가 들렸다.

"진짜 심각해요."

내가 다시 말했다.

"알겠다."

마틴 병장이 대답했다.

발밑에서 바닥의 움직임이 느껴졌다. 헬리콥터가 왼쪽으로 심하게 기울어지더니, 우리가 왔던 방향으로 되돌아가기 시작했다. 온 세상이 비스듬한 지축을 중심으로 옆으로 기울어지는 것 같았다. 지금도 계속 기울어지고 있는 지축이!

1. 희망은 동사(動詞)다

21세기의 지구는 온난화와 기후 변화로 지금까지 겪어 보지 못했던 각종 자연재해를 당하고 있다. 첫 책《신사들Gentlemen》이 미국 도서관협회에서 수여하는 '청소년을 위한 최고의 도서(ALA Best Book for Young Adults)'로 선정되면서, 작가로서 세상에 이름을 알린 마이클 노스롭은 이 불길한 파국의 시대를 살아가면서도 재앙 불감증에 걸려 있는 사람들을 일깨우고자 펜을 들었다고 한다.

이야기는 폭설이 자주 내리는 미국 동북부의 지방 도시 타타와에서 시작된다. 여느 겨울날처럼 눈이 내리고 학교는 수업을 일찍 끝내기로 결정한다. 학생들과 선생님들은 집으로 일찍 돌아갔지만,

일곱 명의 고등학생들은 학교에 갇혀 버린다. 시간이 흐를수록 눈발은 굵어지고 날은 추워지지만, 전기 공급도 여의치 않게 되어 버리자, 이 아이들은 어떻게든 살아남기 위해 구내식당을 뒤져 음식물을 찾아내고, 집기들을 부숴 불을 지펴 온기를 얻는다. 이쯤 되면 그칠 줄 모르고 거세게 내리는 눈은 아이들에게 낭만과는 거리가 먼 공포의 상징이 되고, 외부 세계와 단절을 가져온 극복해야 할 재앙의 대상이 되어 버린다.

이처럼 간단하게 이야기의 골격만을 소개하다 보면, 본문을 아직 접하지 않은 독자들에게는 이 소설이 재미난 모험 이야기쯤으로 들릴 가능성도 있다. 보통 청소년 소설이라면 폭설로 학교에 갇힌 일곱 아이들의 생존 이야기가 낭만적인 모험담처럼 펼쳐질 수도 있기 때문이다.

이쯤에서 고백하자면, 필자는 할리우드 재앙·재난 영화에서 보여 주지 않았던, 절망에 맞닥뜨린 인간 내면의 변화에 초점을 맞춘 작품을 찾기 위해 여러 편의 해외 청소년 소설을 찾아서 읽어 보았다. 그러던 중, 등장인물들의 심리 묘사와 행동을 통해 재앙이 갖는 의미를 되새겨 볼 수 있도록 서사의 장치를 섬세하게 조탁한 이 작품을 번역하기로 결심했다.

언젠가부터 재난이 발생하면 그 생생한 참사의 과정이 거의 실시간으로 미디어 매체를 통해 전송되기 시작했다. 그런 보도의 내용을 가만 살펴보면, 마치 재난 영화의 한 장면처럼 굉장히 비현실적으로 다뤄지고 있다는 사실을 깨닫게 된다.

2014년 4월 16일에도 우리는 400명이 넘는 승객을 태운 세월호가 깊은 바다 아래로 서서히 가라앉는 모습을 지켜보았지만, 진정 보아야 할 것을 본 것이 아니라 보여 주는 것을 볼 수밖에 없었다. 우리는 실제로 존재하는 재앙마저도 피동적으로 받아들일 수밖에 없는 방관자 신세로 내몰리고 있다. 하지만 크고 작은 재앙과 재난이 부지불식간에 나와 내 가족에게 닥칠 수 있는 '위험 사회'에서 살고 있다는 사실을 간과해서는 안 된다.

재앙(catastrophe)이란 단어는 본디 '아래'를 뜻하는 그리스어 kata와 '뒤집어지다'를 뜻하는 streiphen에서 나왔다. 이 말은 예상되는 상황이 전복된 것을 뜻하며, 불행을 예고하는 단어로 쓰이게 되었다. 재앙과 비슷한 의미로 쓰이는 재난(disaster)은 '멀리' 또는 '없음'을 뜻하는 라틴어 접두어 'dis-'와 별 또는 행성을 뜻하는 'astro'의 합성어이다. 재앙 이후 밤하늘에 별 하나 떠 있지 않은 상태를 상상해 보면, 빛 한 줄기 비치지 않는 검은 공포가 피부로 와 닿을 수 있을 것이다.

작품 속에서 일곱 명의 아이들에게 공포가 엄습한 것도 정전 이후 암흑이 드리워진 때였다. 어둠 속에서 서로 의지하며 살아서 나갈 방법을 모색해야 하지만, 서로의 눈을 제대로 들여다 볼 수 없게 된 아이들의 마음속에는 정체 모를 공포가 깊숙이 파고든다.

1인칭 화자인 스코티 웜스의 회고로 시작되는 이 이야기는 우리가 학교에서 익힌 사회적 관습이나 도덕성 따위가 재난 상황에서는 얼마나 쉽게 흔들리고 허물어질 수 있는지를 본격적으로 드러내 준다.

2. 익숙하면서도 낯선 학교

이 작품의 공간적 배경은 처음부터 거의 끝부분까지 학교이다. 그런데 작가 마이클 노스롭이 자연이 얼마나 잔인한 파괴력을 지녔고, 숨 막히는 재난 상황에서 우리 인간이 얼마나 나약해질 수 있는지 드러내기 위해, 학교란 공간을 작품 구상 단계의 처음부터 떠올린 건 아니었다. 평소에도 자연재해에 관심이 많던 작가는 어느 날 텔레비전에서 포경선 Essex호가 바닷속으로 가라앉고 몇 달 동안 선원들이 표류한 이야기를 다룬 다큐멘터리를 보고 이와 비슷한 제재의 청소년 소설을 집필할 것을 결심했다고 한다. 그러던 중 십대들에게 가장 일상적인 장소가 오히려 낯설고 두려운 공간으로 변화되는 플롯을 떠올리고, 폭설로 인해 고립된 장소로 학교를 선택하게 되었다고 한다.

재난을 다루는 소설에서 장소가 갖는 의미는 매우 중요하다. 특히 집이나 학교처럼 일상적인 활동을 누리던 편안했던 공간이 자연재해 등으로 인해 외부와 격리되고 불편해진다면, 평소에는 의식하지 않았던 천재지변을 '내게도 일어날 수 있는 일'로 받아들이고, 안전 불감증에 대해서도 경각심을 갖게 된다고 전문가들은 말한다.

정신분석의 창시자인 지그문트 프로이트는 이처럼 가장 익숙하고 친숙한 것이 갑자기 기괴하고 낯설어지면서 두려움을 불러일으킬 때 사람들의 불안정한 심리 상태를 분석하면서, 이 이상 감정을 '친숙한 낯설음(umheimlich)'이라는 용어로 정리한 바 있다. 단어를 통해 잠시 심리적 전복이 어떻게 가능한지 잠시 살펴보자. 본래 독일어에서 'heim'은 집 또는 고향을 의미하고, 'heimlich'는 고향 같이 친밀한 상태를 가리킨다. 여기에 반의어를 만드는 접두사 'um-'이 붙게 됨으로써, 친밀한 것이 돌연 두렵고 낯선 공포심을 유발하는 대상으로 바뀌게 되는 것이다.

학교는 일정한 시간표에 따라서 단체 생활이 이뤄지는 곳으로, 엄격한 규율을 통해 학생들을 통제하고 그들의 안전을 보장하는 공간이다. 그런데 작가는 폭설 이후 본래의 기능을 잃은 학교가 서서히 낯설고 무서운 공간으로 변화되어 가는 과정을 보여 줌으로

서 재앙의 공포를 전면으로 부각시키고 있다.

학교 버스는 떠나 버리고, 데리러 오기로 했던 부모님들은 나타나지 않고, 심지어 일곱 명과 함께 남게 된 고슬 선생님마저 돌아오지 않게 되어 버린 상황에서 악재가 겹친다. 통신과 전기마저 끊어진 초유의 사태 속에서, 이제 아이들은 추위와 배고픔을 견디기 위해 평소대로 학교 규칙을 지킬 수 없게 된다. 식당을 약탈하고 기물을 파손해서라도 허기와 온기를 얻어 살아남아야 하는 극한 상황이 되어 버렸기 때문이다. 며칠이 지나도 눈이 그치지 않고, 설상가상으로 지붕마저 눈의 무게를 견디지 못해 무너져 내리고 있다. 구조대가 와줄 기미도 보이지 않는 처절한 상황에서, 외부와 철저히 단절된 학교로부터 서둘러 탈출하는 길만이 공포에서 벗어나는 유일한 방법이다. 결국 가만히 있으면 폭설에 파묻혀 줄게 될 운명 속에서 일곱 명은 살아남고자 하는 욕망과 살아가길 포기하는 체념 사이에서 다양한 모습과 갈등들을 보여 준다.

매해 여름이면 학교 괴담을 다룬 영화가 상영된다. 이들 영화들에서 학교는 한결같이 무서운 공간이고, 학교에서 벗어나지 못한 주인공들은 서서히 서로를 의심하며 정체를 알 수 없는 두려움에 사로잡힌다. 괴담 류의 영화에서 자주 다루는 공포의 원인이 주로 인물들 관계에서 억압되었던 사건이나 심리적 문제에 있었다면, 이 작품에서는 눈사태가 덮친 학교라는 공간 그 자체가 오히려 주

된 공포의 대상이 되어 일곱 아이들의 숨통을 옥죄어 온다. 근대 이후 학교야말로 한 개인을 문명인으로 키우는 가장 핵심적인 기관이었다. 그런 의미에서 자연재해 때문에 속수무책으로 무너질 위기에 처한 학교 상황을 그려 낸 이 작품은 매우 상징적이라고 할 수 있겠다.

3. 우리가 재난 소설을 읽어야 하는 이유

이 작품은 소재 면에서 눈사태에 갇힌 아이들의 이야기를 다룬 재난 소설이면서도 고립된 일곱 명의 아이들이 절망을 딛고 희망을 찾아 행동하기까지의 심리 상태 변화와 이에 영향받는 동안 변하는 관계의 역학에 많은 지면을 할애하고 있다. 따라서 잔잔하게 흐르는 서사를 따라가며 독자들은 많은 생각을 하게 된다. 바로 이 점 때문에 이 작품은 급박한 서사 위주로 진행되는 전형적인 재난 소설과 달리 사색 소설(speculative novel)로 분류될 수 있다.

처음에는 모두 손을 놓고 가만히 있던 아이들은 자발적으로 사소한 것부터 논의하여 나름의 규칙을 만들어 간다. 그러다 더 이상 가만히 기다릴 수 없는 상황에 이르자, 피트와 윔스는 스스로 구조를 요청하기 위해 눈 쌓인 학교 밖으로 나선다. 이 둘의 DNA가 유

달리 이타적 성향이 강했기 때문일까? 작품을 읽다 보면 그렇지만은 않음을 알 수 있다. 피트는 자신의 오해로 깨져 버린 줄리와의 관계에서 뭉개진 자존심을 회복하기 위해 제이슨의 스노우카트를 가지고 나간다. 윔스는 절친한 친구인 피트가 홀로 구조 요청을 떠나는 걸 적극적으로 찬성했던 죄책감 때문에 돌아오지 않는 친구를 찾기 위해 스노우슈즈를 만들어 신고 밖으로 나간다. 하지만 이역시 단순히 개인적인 문제 때문에 선택한 행동은 아니었다. 추측하건데, 통신과 교통이 두절된 상황에서 전력과 식량마저 바닥났지만, 추위와 건물 붕괴의 위험 속에서도 자신들의 적극적인 행동이 자신과 타인들의 생사를 결정한다고 강력하게 믿었기에 자신들의 목숨을 걸 수 있었을 것이다.

재난을 다룬 작품이 드문 우리 청소년 문학 판의 현실에서 이 작품을 번역하게 되어 반가운 한편, 좀 더 일찍 소개하지 못한 저간의 사정이 못내 아쉽다.

"재난은 그 자체로 끔찍하지만 때로는 천국으로 들어가는 뒷문이 될 수 있다."고, 재앙을 연구하는 사회학자 레베카 솔닛이 말한 바 있다. 수많은 재난 사태와 이재민의 삶을 멀리서 혹은 가까이에서 지켜본 그녀의 이 무시무시한 발언은 과연 무슨 뜻일까?

어떤 재난이든 끔찍하고 비극적이다. 아무리 재난의 간접 체험이 차후의 재난을 대비하게 해 주는 경고 효과를 지닌다고 한들, 재난은 막을 수 있다면 무슨 수를 써서든 막아야 한다. 하지만 일단 벌어진 재난 현장에서는, 현대 사회의 이익 집단에서는 찾아보기 힘든 용기, 동정심, 관대함을 회복해 가는 사람들을 찾아볼 수 있다. 재난을 이겨 내기 위해 힘없는 개인들이 함께 모이고, 불안을 나누고 희망을 건설해 나간다. 이처럼 위기와 파경에 처한 인간들이 발현하는 다양한 선한 본성을 들여다봄으로써 절망의 디스토피아를 희망의 유토피아로 바꿀 수 있을 것으로, 많은 재앙 연구자들은 믿고 있다.

그런데 재난 자체를 은폐하는 소수 권력자들의 야만적 태도나 사태를 왜곡 보도하는 대중매체의 기만적 정보야말로 선한 개인들을 분노케 한다. 위정자들은 힘없는 개인들에게 "가만있으라."고 명령하면서도 정작 아무런 대책도 제시해 주지 않는다. 우리는 뜬 눈으로 분명히 보았다. 비록 늦긴 했지만, 우리가 이제라도 이 책을 정독해야 하는 이유는 분명해졌다.

무지가 불안과 공포를 낳는다. 공포심에 사로 잡혀 있는 인간은 절망을 뚫고 희망으로 나아갈 수 없다. 사태가 아무리 절망적이더라도 나와 다른 이들의 공존을 이해하고 상호 신뢰하지 못한다면, 우리는 다음 재난에서도 또다시 가만있게 될 것이다.

문제는 희망을 배우는 일이다. 희망이야말로 삶의 두려움에 대항

하여 공포를 뿌리 뽑는 행동을 가능하게 해 주기 때문이다. 희망은 가만있지 않는다. 희망은 행동한다.

2015년 서리가 내리기 시작한 대성리에서
김영욱

트랩 학교에 갇힌 아이들

초판 1쇄 펴낸날 2015년 11월 9일
초판 6쇄 펴낸날 2022년 12월 15일

지은이   마이클 노스롭
옮긴이   김영욱
편집장   한해숙
편집   신경아
디자인   최성수, 이이환
마케팅   박영준, 한지훈
홍보   정보영, 박소현
영업관리   김효순

펴낸이   조은희
펴낸곳   주식회사 한솔수북
출판등록   제2013-000276호
주소   03996 서울시 마포구 월드컵로 96 영훈빌딩 5층
전화   편집 02-2001-5820 영업 02-2001-5828
팩스   02-2060-0108
전자우편   isoobook@eduhansol.co.kr
블로그   blog.naver.com/hsoobook
페이스북   chaekdam
인스타그램   chaekdam

ISBN 979-11-7028-017-0 43840

큐알 코드를 찍어서
독자 참여 신청을 하시면
선물을 보내 드립니다.

책담 다른 내일을 만드는 상상